· 新幻想故事选 ·

U0727117

神秘的旅伴

本书所收录的三篇幻想小说，文笔简洁，行文优美，故事生动，情节曲折，想象奇特，情趣盎然，内涵深刻，主题积极，能够激发青少年读者的想象力，引起共鸣。

黄非红 著

科学普及出版社

图书在版编目（CIP）数据

神秘的旅伴/黄非红著 . —北京：科学普及出版社，2012.5
（新幻想故事选）
ISBN 978 - 7 - 110 - 07765 - 8

Ⅰ.①神… Ⅱ.①黄… Ⅲ.①科学幻想小说—中国—当代
Ⅳ.①I247.5

中国版本图书馆 CIP 数据核字（2012）第 095824 号

策划编辑	鲍黎钧　马　强　岑诗琦
责任编辑	鲍黎钧　康晓路
封面设计	青华视觉
责任校对	赵丽英
责任印制	张建农

出　　版	科学普及出版社
发　　行	科学普及出版社发行部
地　　址	北京市海淀区中关村南大街 16 号
邮　　编	100081
网　　址	http://www.cspbooks.com.cn
投稿电话	010 - 62103115
购书电话	010 - 62103133
购书传真	010 - 62103349
经　　销	全国新华书店
印　　刷	北京嘉业印刷厂
开　　本	960mm×690mm　1/16
印　　张	15.5
字　　数	238 千字
版　　次	2012 年 5 月第 1 版
印　　次	2012 年 6 月第 1 次印刷
书　　号	ISBN 978 - 7 - 110 - 07765 - 8/I·269
定　　价	26.00 元

目录
CONTENTS

超时空
神奇之旅

第一章
"蓝蝴蝶号"和蓝色星球

1

小型星际空间转换器"蓝蝴蝶号"载着阿玲,向着一个蓝色的星球飞去。

那个星球叫做地球。

这一天是公元三〇〇七年十一月二日。时间观念淡薄的阿玲永远记住了这一天。

昨天刚刚过完十八岁生日的阿玲是个正宗的地球人,但她却只在同步影像传输和三维影像还原资料中见过地球,因为她是在人造星球"新世界"出生长大的。"新世界"星球和地球同一轨道环绕太阳自转和公转,所以季节、时间和地球相同。

"新世界"星球是地球人建造的,"新世界"的人也都来自地球,但这里的人却和地球人不大相同。阿玲知道这一点并非出自"新世界"人类之口,也不是源自植入她身体的储备有各种知识的智能芯片,而是跟一部电子书有关。

那部古老的电子书,是阿玲在一个偶然机会发现的。

"书"不过是一个传统和习惯称谓而已,阿玲发现的其实只是一个记忆卡片。卡片因为古老和保存不善,阿玲手上的万能表根本读不出它所储存的信息。好奇心驱使阿玲极力要破解那本书,后来阿玲从一个收藏家那里借来的一台叫"电脑"的古老机器,那机器老掉牙了,十分笨重,竟然会比手掌还大,而且看起来很可能也已经损坏了。阿玲体内芯片储存的知识都是现在甚至超前的，也就是说都是实用的，里边根本不可能找到一部不知已淘汰多少年的老电脑的修复方式，不过阿玲并没有知难而退，她想方设法千方百计终于修好了那部电脑。

阿玲的努力没有白费，那台古老的电脑真的读出了那本"书"。

不过很可惜的是因为那个卡片损毁严重，电脑只读出了"书"中很小的一部分内容，其他部分可能永远缺失了。

电脑读出的那部分恰好是有关爱情的。

当然那是地球上的爱情，因为在"新世界"这个人造星球上，根本不存在或者不需要什么爱情。

"新世界"上的人只要不出意外，寿命都可以达到千年以上的。这个崭新的星球没有什么传统和习惯的约束，所以从一开始它就注定是一个与爱情无缘的星球。在漫漫千年的岁月中，谁也不想用"爱情"两个字把自己束缚住，谁也不想因为"爱情"而让自己失去许多机会。一千年实在是不算太短的时间，而爱情有时会很辛苦，动不动就天荒地老的古人甚至连几十年都爱不到头，凭什么要让"新世界"的新人类去一爱上千年呢？

爱情跟我无关！

让爱情见鬼去吧！

为什么要爱呢……

这是"新世界"人特别是年轻人的口头禅。

以前阿玲并没怎么考虑过这个问题，因为"爱情"这个词对她来说实在是抽象空洞得很，就仿佛是一颗闪烁在天际的暗淡小星，隐隐约约太过遥远渺茫。但是自从那天读到了那本书，知道了爱得天长地久的牛郎织女，知道了爱得生死不渝的梁山伯与祝英台，也知道了爱得悲壮惨烈的罗密欧和朱丽叶……阿玲开始对爱情有了最初的认识。

那一天她第一次那么近地触摸了爱情，第一次那么深地被爱情所感动，第一次为了别人的爱情泪流满面，也是第一次产生了寻找一份属于自己的真挚爱情的强烈渴望……

阿玲是个任性的女孩，她想到的事情就要去做！现在她想要做的就是去地球，或者说她要回到地球！

以前地球对她来说不过是个和她的祖先有密切关系的星球，而现在，阿玲突然对那个古老的星球充满了渴望，因为那里已不仅是，包括她在内的人类的摇篮，同时也是孕育爱情的母体！

阿玲把她的想法告诉了朋友们，可大家都笑她出现了返祖现象，而且还有人举证，说阿玲妈妈阳光就返祖，因为阳光坚持亲自生下了自己的孩子，而不是像别人一样把自己的细胞交给育婴室去克隆。阿玲很失望，她知道，在这个星球上，在爱情这件事上，她找不到同盟者。

阿玲去找妈妈，请求妈妈和她一起去地球，虽说那个星球是她们的老家，可对于阿玲来说毕竟是完全陌生的地方，何况妈妈早就说过，有时间要带阿玲回到地球去看看。

但是当阿玲找到妈妈时，阳光却说暂时不能兑现自己的诺言，因为她的研究正进入关键时刻，现在离开她实在放不下。

在"新世界"这个科技高度发达的小小星球上，人们也享有充分的自由，每个人都可以根据自己的爱好自主选择自己的工作，阳光的工作不像大多数"新世界"人那样，选择热门的宇宙探索星际旅行什么的，她选择的主攻项目是"人类情感基因消失时间表"。在这个星球上，对这样一个边缘冷僻又没有实际利用价值的研究项目，感兴趣和有耐心的人肯定少之又少，但阳光已经研究了三十年！三十年相对于一千年实在不算多，但能用这么多年专攻一项研究的并不多见，因为有人只用了几年时间就发现了"新星系"，有人甚至宣称只用十年就发现了新宇宙，所以朋友们都为阳光遗憾，大家觉得以她的天赋应该去搞重要研究，把三十年时间花在情感研究上简直是在浪费生命。

当然并没有人阻止阳光，这就是"新世界"的风格。

也许用不了多久，阳光就会完成她的课题，了却自己的一桩心愿，为那一时刻她已经奋斗了三十年，在这样的时刻她无暇旁故也是理所当然的。

"宝贝，再等上一段时间，妈妈做完这个研究一定陪你去，不要说地球，你想去哪里咱们就去哪儿，好吗？"阳光蹦蹦跳跳地拍拍阿玲的头，稚声稚气地说。这里的人们可以比较自由地选择和更换自己的外貌，所以有时朋友甚至母女也会完全认不出对方，阳光现在就是一个小女孩的造型，样子只有十二岁，所以从外表看起来，这个大女儿已经五十岁的母亲比女儿还要小五岁。当然不管外貌如何变化，每个人的

DNA 身份都是不会改变的，这也是辨别一个人最重要的标准。

"不好不好，我别的地方不想去，我只要去地球，我现在就要去！"阿玲像个大姐姐一样跟妈妈撒娇又赌气。阿玲虽然早就习惯妈妈装嫩，但她自己却决定一千年只要自己本来这一种造型，她并不是要标新立异，而是她非常喜欢自己容貌，那是她已经习惯和熟悉了的样子，她没有要常常看到一个崭新自己的欲望，相反她想看着自己是怎样长大变老的——起码她现在是这样打算的。从这一点上说，阿玲自己也怀疑自己真的有返祖心态。

阳光最终没有答应阿玲的请求，阿玲也没有再次去求妈妈，因为在妈妈拒绝她的那一刻，她就已经暗暗做出了一个决定——自己一个人去地球。

2

做出决定之后，阿玲碰到了一个难题，因为高度自由不等于绝对自由，"新世界"也有一些规定，规定虽然不是很多，但不幸的是现在让阿玲碰到了其中一条，那就是未满二十五岁的人不准独自去做星际旅行。阿玲认为这条该死的规定万分不合理，如果按照规定她还要等上七八年才能去地球，而现在她一天都不想再等待了。

盾是为矛而生的，有了盾，矛就要变得更锋利才行。阿玲的记忆里没有这句话，这句话是她到了地球才知道的，但现在她已经在创造一支能刺破坚盾的利矛了。

阿玲没有自己的空间转换器，尽管她已申领了 N 加 M 次。

但是妈妈有。

阿玲的计划很简单——只要进入妈妈的"蓝蝴蝶号"，那就等于飞出了"新世界"。问题比较复杂之处在于，阿玲怎样才能进入妈妈的"蓝蝴蝶号"。

"新世界"的人们平时乘坐的交通工具，并非古代科幻片为了好看所展示的那些在空中飞来飞去的汽车，而是一种内部管道系统。当然它和老老笨拙的地铁不可同日而语，它就像古代地球人乘坐电梯一样方便，而且乘坐方式也基本和电梯一样，甚至它的名字就叫"电梯"，这是这个小星球为数不多的沿用古代名称的设施之一。电梯站点随处都有，只要进去，指点一下墙壁上的电子图标，很快电梯就会把你带到你想要去的地方。但是作为专用于星际探险旅行的交通工具，星际空间转换器则管理很严格，它们统一放置在星际旅行出入站。星际旅行出入站无人看守，但如果没有有效的身份验证，智能防护系统是不会放你进去的。

阿玲在星际旅行出入站附近徘徊了好一阵，想了好些办法，但最终都因为缺乏实际操作的可能而放弃。

如果能有妈妈的 DNA 身份证就好了，那样很容易就能进入"蓝蝴蝶号"，当然这个想法更是行不通，除非妈妈能来，因为一个人所谓的DNA 身份证其实就是那个人的一只手。

正当阿玲冥思苦想之时，一抬头，她的眼睛突然一亮——只见艾迪正从附近的电梯出来，向这边走过来了——看来他又要去做空间旅行了。

艾迪是阿玲十分讨厌的一个人，不光是因为他的造型是阿玲不喜欢的那一类，更因为他为人粗鄙，缺乏修养，还经常骚扰阿玲，简直就不像个"新世界"的新人类，所以平时阿玲总是远远躲着他。但现在阿玲却像见了救星一样迎上去，急切地问他是不是要去做星际旅行。

艾迪没想到今天阿玲会主动和自己打招呼，而且还这样热情，他喜出望外地连连点头说："是的，我要去海盗星探险，你想跟我一起去吗？"

阿玲摇摇头："现在不能！但现在我想到里面去看一看，你能带我进去吗？"

艾迪虽然很失望，可他还是很高兴地点点头："当然，跟我来吧！"

阿玲点点头，高兴得忘乎所以地拉住艾迪的手，迫不及待地跑上了出入站高高的台阶。

星际旅行出入站的门和幕墙都是合金玻璃的，站在外面就可以看到里面那一排排星际空间转换器，阳光的"蓝蝴蝶号"很醒目地排在最前排。艾迪举起手掌按在门上边的验证标志上，轻而易举打开了阻挡阿玲的那扇门。

一进门，阿玲便放开艾迪的手，边说谢谢边快步跑到了"蓝蝴蝶号"跟前，伸出手掌验证了身份，舱门很快打开了——阿玲很庆幸，也很感谢妈妈，因为在做近距离星际旅行时，阳光把阿玲的信息存入转换器，否则即使进入旅行出入站阿玲也无法进入"蓝蝴蝶号"里面去。

就在阿玲进入转换器里要关舱门时，艾迪也抢了进来，问阿玲要到哪里去。阿玲说要去地球，艾迪说地球一点儿也不神秘，不神秘就不刺激，还是去别的星球比较好玩，说不定还能有重大发现呢。阿玲再次说了谢谢，尽量压抑着不耐烦说："每个人的选择不同，我去我的地球，你去你的海盗星，谁也干涉不着谁——我要出发了，请你下去吧！"

艾迪却更加凑近些，看着阿玲的脸，呼吸有些急促地说："阿玲，虽然我不喜欢地球，但我愿意和你一起去，让我和你一起去地球吧，你一个人去我不放心，我们……"

"我们有什么关系么？你又是我什么人？别说肉麻的话了，求你了，快下去吧！"阿玲很反感艾迪这样跟自己说话，她沉下脸抢白着他，那架势就差没有直接把艾迪推下去了。

艾迪的脸涨得通红，眼睛里突地爆出一种怕人的火焰。他的手也下意识地向着阿玲抬了起来。他的神情让阿玲忽然很害怕，她不由自主地向后躲闪，可这种小型空间转换器内空间有限，她的躲闪仅是象征性的，如果艾迪真的动起手来，阿玲肯定无路可逃。

艾迪眼中的火焰愈来愈炽烈，他的手也慢慢挨近了阿玲的脸。

"啊，你……你要干什么，你滚……快滚……"一向胆子很大的阿玲现在几乎要喊救命了。

艾迪眼中的火光突地熄灭了，他猛地缩回手，瞪大眼睛看看自己的两手，再看看阿玲的脸，然后冲下飞船。

阿玲抚着激跳不止的胸口，真恨不得下去打艾迪几个耳光。可是还没等她有所行动，艾迪忽然又转身杀了回来。

阿玲手疾眼快，急忙在操作屏上一点。

转换器的舱门在艾迪冲到跟前的时候恰到好处地关严了。

艾迪在外面举着双手十分激动地向阿玲说着什么。

骂声混蛋，阿玲启动了转换器。

随着碟形小型空间转换器的启动，出入站的穹顶缓缓现出了一个圆形出口。

转换器将在三十秒内升空。

就在转换器起飞前的那一刻，阿玲扭脸不由又向外看了最后一眼。令阿玲非常意外的是，她正好看到了艾迪那一脸的泪。阿玲惊讶而又不解，当然她绝没有要弄清他因何流泪的愿望，今生她甚至都不想再看到艾迪那张令她不快甚至是恶心的脸。

"蓝蝴蝶号"转换器起飞了，下面的那些小、中型转换器被一下子拉远，当然还包括艾迪。然后转换器的碟沿高速旋转着，轻盈地冲出了出口，飞向了茫茫的天空，冲进了稀薄的人造大气层。

下边的"新世界"在疾速变小，至于那个艾迪早已忽略不计了。

在告别家园的这一刻，阿玲突然想到的竟然是自己为什么会骂了句"混蛋"——这两个字应该是地球上的一句不文明的古代俗语，她忘记了自己是如何知晓的，也不知自己为什么会骂出这样一句粗俗古老的脏话。

返祖?! 阿玲头脑中又蹦出了这两个字。

"新世界"越来越小，很快也忽略不计了。空间转换器载着阿玲，向茫茫太空飞去。

3

"新世界"终于第一次被阿玲抛开很远很远，远得无影无踪了，而原本挂在天上的太阳，现在则一直照射在"蓝蝴蝶号"的左舷窗上。

虽然此次旅行并没有飞离太阳系，更称不上是探险，但阿玲仍然无比兴奋着，因为她去的是地球。她就像一只刚出窝的鸟，看什么都新鲜；她又像一只回归的小燕子，迫切地飞向旧巢。

但是十小时之后，阿玲的兴奋便被无边的孤独和无所依托的感觉代替了。航线是转换器导航系统自主设定的最佳路线，阿玲几乎无事可做，虽然灿烂的太阳一直如影随形，但其他地方仍是黑茫茫的，这和"新世界"的白云蓝天很不相同，也让阿玲很不习惯。而因为有阳光一直跟随，阿玲也不能尽情欣赏星海奇观，十小时之中她一直处于一种空虚迷乱的状态之中。而操作器明确显示，到达目的地还有四十五小时，也就是说还有差不多两天时间，阿玲要在孤独乏味的旅途中度过。

一想到这一点，从没有在外单独待过这么久的阿玲真恨不得立刻从转换器上跳下去。

忍无可忍的阿玲终于打开了三维通信系统，她怕妈妈唠叨，原本打算到地球后再跟妈妈联系，但现在她特别想听到妈妈的唠叨。

连接后，孩子般的阳光很快出现在了阿玲旁边的座位上，当然这只是她的虚拟形象。她果真已经知道阿玲私自飞来，也不出所料地唠叨起来。阿玲头一次笑嘻嘻听着妈妈的唠叨，但仍改不了顶嘴的习惯。

阳光把女儿数落一通之后，知道再说什么也没用，便转而嘱咐起女儿来，阿玲像个乖女孩一样连连点头答应着，还不时撒娇地做个鬼脸儿。正在这时，报警系统报告有情况，阳光尽管十分不放心，可她明白，现在她能做的就是暂时关闭通信系统，让女儿安心驾驶转换器。

阿玲不得中断了与妈妈的联系，因为操作屏上显示，有两个不明飞行物正在向她靠近。阿玲有些兴奋又不免紧张，她渴望能够碰到旅伴，但太空神秘而又诡谲，她不知道会碰到的是个什么样旅伴。飞行物就在她的后方，阿玲不知道自己该不该减缓速度等一等。

正在犹豫的时候，偶然一扭头，阿玲被右侧方一个闪光的物体吸引住了。

那是个闪闪发光的球状星体，在阳光的照射下，闪烁着美丽炫目的蓝色光芒。

蓝色星球！那会是地球吗？不会的，地球不会这么快就到达的，而且地球绝对不会这么小！

可那又是怎样一个星球呢？阿玲被那近乎妖冶的美丽诱惑着，不觉偏离航线，向着那颗蓝色星球飞去。

那个奇异的蓝色小星距离并不是很远，不一会儿阿玲就飞到了它的近前。到了近前阿玲这才看清，这是一个体积不是很大的蓝色球体，表面由许多凹凸不平像玻璃一样的多边体拼成，所以经阳光照射，才会反射出那么炫丽的光彩。很显然这是个人工物体，但一时间阿玲还猜不透它的具体功能。

好奇地绕着这个蓝色球体转了一圈，阿玲又有了新的发现——原来这个蓝色球体并非静止不动，它是在不断旋转着的，只是因为速度十分缓慢，它的表面又没有差异，所以才令人不易察觉。阿玲正想更近一些看得再仔细些，可是正在这时，两驾小型空间转换器已经疾速向她靠近过来。

阿玲虽然十分紧张，但从转换器的形态判断，那也应该是人类的飞行器。阿玲很兴奋地迎了上去。

两架小型转换器很快飞到了"蓝蝴蝶号"身边，而且一边一个把阿玲夹在了中间。透过舷窗他们互相都看到了对方，阿玲发现两架飞行器的主人，都是地球人，都是地球男人——或者说是地球男孩，因为他们看起来比她大不了几岁。和过去的飞船相比，现在不但乘坐大型飞船已经像在家里一样舒适，就是这种中小型空间转换器密闭的机舱内也跟在地面上没什么两样，人造引力很好地解决了失重问题，宇航人员再也不必像一千年前那样戴着笨蛋的头盔穿着臃肿的宇航服什么在里面浮萍一样飘荡，所以驾驶飞船和空间转换器和开车一样自如，三个人可以很清楚地看清对方的面容。

左侧转换器里的那个男孩长得很帅，也很有特点，是那种看一眼就难以忘记的人，他的转换器上标有太阳图案，就像阿玲的转换器上印有蝴蝶标志一样，阿玲猜到这架飞行器应该就叫"太阳号"。右侧转换器标有一只鹰的图案，应该就叫"飞鹰号"吧，里面的男孩五官端正俊朗，有棱有角，是个英俊的美男子。

他们的共同点是都十分年轻——当然只能说看起来年轻，因为这个年代三十岁和三百岁从面貌上是看不出来差别的，即使六百岁，你也可以换回十六岁的造型。

但阿玲相信这两个人都只有二十出头，而且这两个人给阿玲的第一印象都不错。

但是那两个人却神情焦急地向阿玲做着手势，同时阿玲的智能操作系统也报告说有人请求通话，阿玲准允后，转换器自动调整了波长频率，很快阿玲就听到了一个男孩年轻而富于磁性的声音。

"你好，这里很危险，请马上离开，请马上离开！"

"危险？有什么危险？我怎么没有看出来？你是谁？"阿玲不相信他的话。

这时另一个男孩的声音也传了过来："现在没有时间解释，你必须相信我们，请马上跟我们走！"

他们这样一说，阿玲更不会听他们那一套了："你们没权利命令我，我是成人不是孩子，我知道自己该怎么做，我不会跟你们走的！"她的话音未落，忽然感到转换器震动了一下，接着转换器竟然自作主张地向那个蓝色球体靠去。

"马上离开，那个'蓝色妖姬'会把你整个吸进去的，再不离开就来不及了！"两个男孩同声疾呼起来，同时他们的飞行器已经疾速向后撤离。

阿玲自然也已意识到了异常和危险，但此时后退恐怕已经来不及了，"蓝蝴蝶号"中了邪一般颤抖着，向那个被称为"蓝色妖姬"的神秘球体靠去，犹如一只投火的飞蛾。

阿玲立时慌了，自动系统已经失灵，她打开手动操作系统，手忙脚乱地又点又按，可是无论怎么忙活，"蓝蝴蝶号"还是奋不顾身一往无前地向"蓝色妖姬"靠近着，靠近着。

阿玲急得一双柔拳乱捶起来，可"蓝蝴蝶号"毫无知觉，它像打摆子般震颤得越来越厉害，速度也在不断加快。突然，阿玲觉得转换器已经轻得像飓风中的一片树叶，一抬头她不禁瞪大了双眼——那个"蓝色妖姬"竟然对着她敞开了一扇圆形舱门，舱门四周是艳红的颜色，它就像一只性感怪异磁力很强的魔口，很快就要把猎物吞噬掉。

"救我……"阿玲脱口大呼救，但恐怕已经没人能够救得了她了，这两个字也许是她留在宇宙间的最后一句话了。

哈哈哈……"蓝色妖姬"内好像传出一阵儿销魂蚀骨的艳笑声。

4

就在"蓝色妖姬"张开魔口要把"蓝蝴蝶号"吸进肚里，阿玲的命运仿佛已不可逆转之时，后边突然伸出两只怪异的大手，把"蓝蝴蝶号"牢牢地抓住了。

其实那不是两只手，而是从去而复返的"太阳号"和"飞鹰号"上弹射出的两根高纤缆绳。这种特制软绳具有惊人的抗拉力，软绳顶端则是带有细密吸盘类似章鱼触须般的"手掌"，"手掌"具有强大的吸附力，所以这"两只手"才能牢牢地抓住阿玲的星际空间转换器，并且这种软绳是受转换器控制的智能化绳索，它是小型太空救援回收清障行动中的重要工具。

不过"蓝色妖姬"的吸引力实在太大了，虽然高纤缆绳抓住了阿玲的转换器，但停顿一刻之后，"蓝蝴蝶号"又开始慢慢向"蓝色妖姬"靠拢，而且这次把后边的两艘转换器也一起拉向了那个妖异可怕仿佛具有魔力的球体。

看来"蓝蝴蝶号"无论如何也是在劫难逃了，救援他的那两艘转换器要么放弃她，要么就要与她一起被吸进"蓝色妖姬"的肚子里。

选择有时是痛苦甚至残酷的，更残酷的是，有时你没有选择的权利，现在"太阳号"和"飞鹰号"看来已经无从选择，他们唯一可做的就是放弃"蓝蝴蝶号"，保全自己，避免同归于尽。

该做的都已做过，他们已经尽力了。

"蓝蝴蝶号"拖着"太阳号"和"飞鹰号"，自取灭亡地投向"蓝色妖姬"的险恶的怀抱。而且速度又一次在加快，距离也越来越近。

"放开我，你们快走！快走！"阿玲惊恐绝望地呼喊起来。

"飞鹰号"的"手"仍然牢牢抓着"蓝蝴蝶号"，没有丝毫放弃的意思，但是"太阳号"却倏地放开"蓝蝴蝶号"收回了自己的"手"。

阿玲对"飞鹰号"大叫："你也快走，快啊！"

"飞鹰号"依然没有动摇，而且放开"蓝蝴蝶号"，"太阳号"也没有掉头逃遁，而是追上并超过阿玲，向"蓝色妖姬"疾速冲去。

"你要干什么？"阿玲和"飞鹰号"主人同时惊呼起来。

他们的叫声未落，"太阳号"已经发射出一枚弹头，然后掉头撤退。但在强大的吸力下，它根本不可能退回来，反倒不可遏制地向"蓝色妖姬"继续冲去。

那枚弹头很小，具体说只有成人拇指大小，它轻而易举地击中了"蓝色妖姬"，并迅即炸裂开来。只是它爆炸产生的不是冲击波核辐射之类，而是一种轻微发白的气体。这种气体刚刚散发，"蓝色妖姬"立即关上舱门迅疾离开，差一点被它吞进肚里的"太阳号"压力顿消，一场致命危机旋即解除。

阿玲擦擦汗，长舒一口气，这才感到浑身绵软。想想刚才不过数分钟的时间，却好像经历了一场地老天荒的生死鏖战。

感激敬佩地望望那两只转换器，阿玲除了谢谢，竟不知再说什么，因为她知道说什么都太轻、太轻。

这次危机让三个年轻人很快成了朋友，一番自我介绍之后，阿玲知道了"太阳号"主人叫麦克，"飞鹰号"主人叫龙华，两个人是一对好朋友，现年都是二十三岁，也都来自地球，他们是太空旅行归来途中遇到阿玲的。从麦克和龙华口中，阿玲又了解到了"蓝色妖姬"的一些信息。

那个"蓝色妖姬"是近年来出现在近地太空的诡异飞行物，它行踪诡秘，飘忽不定，出没无常。据说它的主人是个美丽而狠毒的年轻女人，有人说她来自太阳系之外，有人说她和传说中的宇宙海盗是一伙的，还有说她是人工智能或地球人和外星人结合的产物……虽然流传的版本有几十种之多，但是没有人真正了解和说清那个人的来历，唯一可以确定的只有两点：一是"蓝色妖姬"的主人是个女人或者外形呈女性化，二是"蓝色妖姬"这种飞行器非常先进，而且它具有很强的诱惑力和毁灭欲，一旦一些小型飞行物被它诱惑到近前时，大多都会很难抗拒地被它吸进肚里，排放出来时则已经成了一些残渣剩块。今天阿玲如果不是万幸碰到麦克和龙华，肯定也难逃劫难了。

不过总算有惊无险，时间不长三个年轻人已经忽略了刚刚经历过的生死劫难，他们说说笑笑一起继续向地球飞去。

不过刚刚过去的那一幕惊险还不时真切地浮现在阿玲眼前，让她觉得又后怕又刺激。她好奇地问麦克，刚才发射的是什么武器，会把"蓝色妖姬"一下子吓得落荒而逃，她猜测那一定是非常先进厉害的武器。麦克却轻松一笑说不是什么武器，不过是玩具而已。阿玲当然不信，不过没等她接着追问，龙华已经先开口谴责起来：

"麦克，虽然刚才你救了阿玲，但你也已经触犯了法律！按《太空法》规定，民用飞行器是不准携带武器的——何况还是那种武器！"

麦克还是笑笑："我说过，我这只是玩具，何况事实证明携带和使用它是极其正确的选择！"

龙华不说话了，不过话头一岔开，阿玲也就忘记了再问，因为她想问得太多，她不住嘴地向麦克和龙华询问着地球上的事。

有了麦克和龙华这两个优秀的旅伴，阿玲孤独寂寞的旅途立时生动鲜活起来。虽然还没有真正拥抱到地球，但阿玲已经强烈地感受到了地球的爱意和温暖——"新世界"的年轻人都很孤独很自我，即使是好朋友，也不过是一起玩玩而已，很少有人能够为别人付出什么，她觉得如果今天她是和两个"新世界"的朋友在一起，遭遇"蓝色妖姬"的危急关头，几乎可以肯定他们不会与自己同生共死。而来自地球的两个陌生人却很自然地做到了这一点。

又经过几十个小时的飞行，那个让阿玲向往的蔚蓝色星球已经越来越近了，阿玲的心情也越加激动迫切，她像个远方归来的游子，恨不得一步跨进家门。

第二章
回家的感觉

1

在那个名为"老家"的星际旅行出入站，阿玲缓缓步出"蓝蝴蝶号"，第一次踏上了地球的土地。

那一刻，泪水竟然不可抑制地充盈了阿玲那美丽清澈的双眸，这个不喜欢流泪的"新世界"女孩，第一次当着那些陌生人哭了起来。

这之前，阿玲从来没把地球当成过家，可是在踏上地球土地的这一刻起，这个女孩第一次体会到了回家的感觉，也第一次有了归属感。

麦克在和一对中年男女边拥抱边亲热地说着什么，那个优雅的中年女士还不时慈爱地抚摸麦克的头发，龙华告诉阿玲，那是麦克的父母。看着那亲密和谐的一家人，阿玲既新鲜又羡慕，因为在"新世界"，许多人都是几百岁才会想到下一代的问题，而且一般都不会选择结婚，很多孩子都只是爸爸或妈妈的细胞复制品，也就是说他们只有爸爸或只有妈妈。像阿玲这样由妈妈亲身孕育而生的已不常见，而有父有母一家人生活在一起的就更稀少了。

在麦克和他父母的热情相邀下，阿玲在星际旅行出入站办理了相关手续后，便到麦克家去做客了。

当然，同去的还有龙华。

地球现在的公共交通工具和"新世界"一样也是电梯，进入结构相同的电梯时，阿玲一时间有些分不清自己现在是在"新世界"还是在地球了。大约过了十分钟，五个人走出电梯后，已经来到了城市的一个街区，这里宽阔整洁，远处的街市清新如画，近处几座庞大的圆形建筑掩映在绿树红花之中。蔚蓝的天空阳光灿烂，有洁白云朵点缀其中，有轻柔舒缓的音乐响在耳旁，却又像来自天边。空中还不时飘洒一些似雨似雾若有若无的水汽，不过这带有沁人芬芳的水汽不光没有让阿玲感到难受，反倒让她特别舒爽，心情也格外明媚。

“这是空气清新剂，空气中的杂污物质一旦超标，天空就会自行喷洒清新剂进行调解。”龙华向阿玲介绍说。

在阿玲的印象中，地球相对来说应该比“新世界”落后一些，但现在看来并不是那样。

这个城市没有宽阔的街道，外面的空地几乎全做美化和休闲之用。他们经过一片花丛，很快来到了那座直耸入云雄伟壮观的大厦中，然后又乘坐室内电梯来到了二十三层。

在一个房间的门口，麦克的父亲老麦克先生把手轻轻按在房门上的手掌印模中，同时还像对家人一样亲热地说了句：“哎，宝贝，我们回来了！”随着他的话音，房间的门立刻打开，同时响起的一句回应把毫无防备的阿玲吓了一跳：

“伙计们，欢迎回家！麦克、龙华，你们这俩小子可回来了，想死我了——啊，还有美女！这么多年总算见到美女了——美丽的女孩太迷人了，你是第一次到我家来吧？欢迎欢迎，热烈欢迎！在我的记忆里，这个房间还从来没有接待过像你这样美丽迷人的女士呢，快请，快请……”

四下看看并没别人，过了片刻阿玲才弄清，这个怪腔怪调说话的家伙原来就是麦克家的门，她一时不知说什么才好。麦克轻轻给了房门一拳说：“你这家伙见到女孩就不老实，你可小心，哪天我要对你进行改造了！”

那扇门一听立刻用不男不女的声音又恼又怕地叫起来：“不要，不要，我才不要做中性，我习惯做男人，男人的感觉就是爽，特别是见了这样迷人的女孩，我的心情好极了……”

麦克妈妈安琪笑着对阿玲说：“别理它，咱们快进去吧，你要是由着它，它能跟你贫上一百年！”

阿玲觉得很有趣，进了屋还不禁回头去看那扇门。

那扇正在关合的门一见玲玲看自己，又忍不住兴奋地叫起来："哎，美女，我叫保安，我是个又酷又帅的男孩，能告诉我你的芳名吗？"

阿玲觉得很有趣，就笑着告诉它自己叫阿玲，今年十八岁，来自"新世界"，很愿意和保安交朋友。保安竟然乐得唱起了一首古老的流行歌曲："耶耶耶——咱们老百姓啊，今儿个真高兴，咱们老百姓啊，今儿个真高兴，高兴……"

见大家被自己逗得哈哈大笑，保安唱得更起劲了。

这时，阿玲对面的墙壁出现了一幅图画，阿玲一看立时兴奋地大叫了一声，因为画中的出现的就是她居住的星球"新世界"，而且还是三维立体图像，就像真的一样。华龙告诉阿玲，房屋是智能化的，它不仅可以为主人提供安适的休息场所，而且会体察主人或客人心意，最大限度地给你幸福感、快乐感和满足感，因为刚才阿玲说过来自"新世界"，所以它就把她家乡的景象展现出来。

阿玲这才注意到，连房间和颜色也是可以变化的，至于房间的陈设则非常简单整洁，但主人的需要，则随时可以满足，阿玲觉得地球和"新世界"虽然科技水平程度差不多，但生活习惯却大不相同，就拿居住的房屋来说，"新世界"只注重高科技化，相比之下地球还多了人性化。

尽管和"新世界"人一样，一般只要每月输入一次营养素就可以维持身体所需的各种营养了，但地球人还是保持着一种古老的传统，就是来了客人要请客人吃饭。当然现在的吃饭已经从千百年前的生存需要蜕变成一种享受和礼仪了。

现代家居没有厨房概念，如果一定要找到厨房，那设在墙壁一角的那个小小的透明橱窗便已经包含了厨房的一切功能。阿玲冲澡的时候，安琪说了一些菜名，一刻钟后，阿玲走出浴室时，一桌丰盛的美食已在等待她了。

这顿饭是阿玲有生以来吃到的最可口的美食了，她现在才知道，原来吃东西还可以给人带来这么美妙的感受，现在她有些理解了古人打招呼，为什么喜欢说吃了没有。

吃过饭后，阿玲边品味着一种叫做"茶"的古老饮料，一边把自己来地球的目的说给了大家，听说她是来寻找真爱的，麦克先生和安琪都不禁点头说："难得，难得，现在能把爱情当回事的年轻人实在不多了，不过地球毕竟是人类的发源地，这里的情况可能稍好一些。"然后，麦克先生又告诉阿玲说她来得正是时候，他们所在的这个名为"雅丹"的城市正要举办一场"爱情之旅"活动，他热情邀请阿玲参加这次活动。

麦克很骄傲地介绍说："我父亲是雅丹城的市长！"

阿玲好奇地问："市长？好像是古代的一种职务，怎么现在还会有市长？"

安琪笑道："过去的市长是作为统治者出现的，而现在的市长完全是为公民服务的，只不过还是沿用了那个古代的称谓，性质是完全不同的，过一段儿你就会逐渐知道的！"

麦克生先又对阿玲建议说："'爱情之旅'还须要过两天才开始报名，我想你可以趁机会先了解一下地球的历史和现在，你觉得怎么样？"

阿玲虽然兴趣不大，但她还是接受了麦克先生的建议。但她不知道该怎么去了解，麦克生向阿玲推荐了一个人——哲林先生。

麦克和龙华都愿意陪阿玲一起去，安琪说该让阿玲先休息一下，阿玲说用不着，她一点也不觉得累。

三个年轻人走出那个有无数个房间和各种设施的庞大建筑，阿玲以为哲林先生就住在不远处的另一座大楼里，可是麦克却指指上边说："不，哲林先生就在我们上面！"

"上面？上面是哪里？天上吗？难道他在另一个星球上吗？"

龙华说："不，他在地面——地球表面！"

"地球表面？"阿玲很是意外，"难道我们是在地下？"

麦克也笑了："当然，难道你不知道！"

阿玲不说话，只是抬头看看天上，摇头说："怎么会是地下呢？难道那蓝天白云还有太阳都是假的？"

麦克大笑起来："傻呀！你？既然在地下，那些当然不会是真的！"

阿玲还是无法相信，龙华告诉她，那些蓝天白云都是同步模拟形象，也就是说现在他们在地下城看到的和在地上看到的天空景象，在同一时刻是完全一样的，太阳虽然也是模拟影像，但阳光却是真真切切的！

"太阳是假的，阳光又怎么会是真的呢?" 阿玲真有些搞糊涂了。

"是这样的，" 龙华不厌其烦地介绍说："地下的阳光完全是采自外面的太阳光，它们通过特殊管道被输送到地下城，现在连民用照明全都是太阳光……"

说话的时候，他们已经走进了附近的一部电梯。可是就在这个时候，麦克和龙华腕上的万用表忽然发出了警报声。

2

有情况!

麦克和龙华的神情立时凝重起来，他们都是地球卫队队员，接到警报后必须尽快赶到卫队司令部报到。

在电梯里，麦克和龙华把哲林先生的住址详细告诉了阿玲，并把他们的万用表呼号告诉了她。

"真抱歉，不能陪你一起去了!" 麦克说。

"有需要帮助的就尽快联系我们，我们是朋友了，别客气!" 龙华也说。

阿玲点点头："已经非常感谢你们了，快去忙你们的事吧!"

说着话，电梯已经到达地面。阿玲告别麦克龙华后，便向不远处的那幢银灰色圆顶建筑走去。走着阿玲抬头看看天，再看看四周的景色，阿玲几乎察觉不出有什么不同，如果不是麦克他们刚刚告诉了她，阿玲肯定不会想到自己刚刚是从数十米深的地下城走出来的。

走进那座银灰色建筑，一个高挑美丽的金发姑娘立刻迎上来，优雅而热情地欢迎阿玲："你好阿玲小姐，一路上辛苦了，快进去吧，哲林先生正等你呢!" 阿玲很奇怪这位姑娘怎么会认识自己，不过转念一想她就明白了，肯定是麦克先生已经和哲林先生打过招呼了。

金发姑娘把阿玲引进哲林先生的办公室。看到哲林先生后，阿玲非常意外，因为哲林先生太老，太老了，老得出乎阿玲的想象，阿玲从没有见过这么老的人——他的脸上沟壑纵横，像干枯的老树皮般毫无生气，他的胡子都掉得差不多了，只有稀疏的几根遗落在干瘪的唇边，他的身体也已抽缩得像个失去了所有水分的水果。

只有他的眼睛还很明亮，也很有生气，当他看到阿玲的那一刻，目光中竟似有火花一闪。

"您好——哲林先生……"阿玲第一次这样怯生地讲话。

"哈哈，你好，可爱的姑娘，欢迎回到地球！"哲林先生笑得眼睛眯成了一条缝，"没想到你这么快就过来了，对不起啊，我还没来得及换一换造型，年轻人都很讨厌或者害怕我这副样子的，你等一会儿好吗！虽然变不成美男子，但起码应该用一副不至于污染美女眼球的形象来待客啊！"说着他就要去另一个房间改造自己。

"请您等一等。"阿玲却唤住了哲林先生，"我很喜欢您现在的样子，因为这才是真实的您，我觉得这个样子的您才最美！"

"哦？"哲林先生眼中又有光彩闪现，"你有点与众不同，如果你说的是真的话，而不是安慰我，那我非常感谢你——小姑娘，你让我突然又产生了激情和自信！"

阿玲点点头，她确实不是在恭维哲林先生，现在到处都是俊男靓女，而且你弄不清你所见到的那张脸是他（她）的第几副面孔，所以让阿玲很难对谁产生亲近感，就是跟妈妈也是一样。而这个老人异常的真实竟然让阿玲感到了几分震撼，那一刻她觉得这是她所看到过的最动人的面容。

哲林先生没有再跟阿玲寒暄客气，他说他感到自己的时间已经不多了，生命已经不允他去做过多的耗费了，所有一切虚华对他都没什么意义。他很快切入正题，问阿玲想从什么地方听起。阿玲想想说："我对地球的历史多少了解一些，我也不求知道得那么多，如果可以，您就讲您的亲身经历吧，好吗？"

哲林先生点头："当然！"说着他略微沉思片刻，便用苍老低沉有些沙哑有些含混的嗓音讲了起来。随着他的讲述，圆形房间的四壁都变成了屏幕，相关的三维立体场景鲜活生动地显现出来。

"我出生于公元 1978 年的秋天，那时还没有组成地球联盟，我的故乡是古老的中国。那时的地球还很美丽，还有数不清的动物植物和昆虫，我们的家园还是一派生机勃勃的气象，但环境恶化的迹象已经初露端倪，只是没有引起人们的足够重视而已——人们一边大声呼喊着保护环境，一边加快破坏地球生态平衡的速度……"

四边的屏幕不断展现着被大片大片砍伐的森林，以及代之而起的黑烟弥漫的林立烟囱，还有沙化的土地，污染的河湖，暴发的洪水，遮天蔽日的沙暴，还有地震、海啸，还有各种瘟疫疾病，还有厮杀和战争，还有化学武器核武器……在人类的摧残下，每分钟都有物种在消失灭绝……因为画面太逼真，阿玲就如同置身其中，那触目惊心的一幕幕让她感到惊心动魄。

哲林先生的讲述越来越沉重，大概他也发现了这一点，便顿了顿，然后话锋一转说："不过那些年，也有些影响地球和人类历史的事情发生，我指的当然是正面影响，比如在二十一世纪之初，一本书影响甚至改变了世界，我们今天的生活，那本书在一千多年前就已预料到，它在很大程度启发了科学家的想象力，我改变专业改作生命科学的研究，主要是受了那本书的影响……"

阿玲很是好奇，问那是本什么样的书。

哲林先生郑重地说："《黄氏宣言》！"

"《黄氏宣言》？"

"对，那部书的作者叫黄非红，是个了不起的人类学家、预言家，一个少见的天才……"

哲林先生的话，让阿玲好奇心大增，她急于想了解那本书，当然更想了解写出那本书的那个了不起的黄非红，但是墙幕上并没有出现相关影像资料。

哲林先生叹了一口气："非常遗憾，大约在九百年前，这部书突然失踪了，不但所有的纸质版本都不见了踪影，连电子资料也都被全部删除了……"

"怎么会出现这种情况？难道一本书也没有留存？"阿玲有些难以置信。

"当然有，可是不久留存有那本书或资料的人都宣称他们的书和资料都莫名其妙地失踪了……"

"这是真的吗？他们不会是在说谎吧？"

哲林先生摇摇头："不会的，我想，因为我就是丢书人中的一员，当时我的纸版书和电子书全都不见了，之后那本书就失传了。"

阿玲百思不得其解："那些人怎么那么神通广大？他们费那么大力

气，不让《黄氏宣言》流传，目的又是什么呢？"

"问得好！"哲林先生轻轻咳了两声，"我也在一直思考这个问题，现在有些人只知道那本书的名字，却少有人真正了解那本书了，但我还记得一些内容。当时的人们也是纷纷猜测，说什么的都有，和我的判断相吻合的一条是——那本书里可能隐含有人类长寿的密码，只是当时没有被人们发现，密码一旦得到破解，人类或说地球人的寿命可能远不止千年，寿命的延长会使地球的科技发展在很大程度上得到提高，可能有人不希望或惧怕地球科技发展太快，所以才花那么大力气销毁那本书的，比如说一些外星生物……"

阿玲觉得有些可怕："你是说现在地球上会有外星人？"

哲林先生点点头："这是肯定的！其实外星生物很早就已经侵入地球了，不过有些外星人跟地球人十分接近或已主动被动地被地球人同化，要发现他们很不容易，也有些生物可能会以我们想象不到的方式而存在，比如，在水里，在空气中，他们可以不具备地球人眼睛能观察到思维能想象到的任何外在形态，也可以是我们所能看到的任何物质——比如说那个……"哲林先生指指那边的一把坐椅，"也许它就是个外星生物！"

阿玲立时跳开一步，远离了那张椅子："不会吧？这么恐怖？"

哲林先生哈哈大笑，嘴里两排新生出的牙齿分外洁白："理论上当然是可能的，包括你我都有可能是外来生物的化身或宿主，不过别害怕，我可以肯定现在我们都不是，包括那把椅子也不是——起码现在我们都不是……"看着阿玲如此害怕的样子，他又忍不住哈哈大笑起来，笑得皱纹乱颤，天真烂漫得像个孩子一样。然后他又说："这话题扯远了，咱们说点别的吧！不过时间快到了，又有客人要来了，我们还有三分钟时间！"

"您这一生有过爱情吗？有过几次，多长时间？"阿玲抓紧时间问她最感兴趣的问题。

哲林先生的神情变得温柔起来："当然有过，就一次，是永远！"

阿玲的好奇心立时又给勾起来了："那能让我见见您的爱人吗？我很想知道她是怎样一个人，她一定非常幸福……"

听她这么一说，哲林先生脸色忽然变得沉重哀伤起来，阿玲也已经察觉到了自己的鲁莽——哲林先生已经千岁有余，他的爱人也许早已不在人世了。阿玲赶忙向哲林先生道歉，没想到哲林先生却摇了摇头："不，没什么，改天吧，现在很少有人，有兴趣问到这个问题了，所以我没有准备，哪天我一定带你去见她，她一定会喜欢你的——你现在的样子，很像年轻时的她——很像，很像！"

阿玲没想到有这么巧的事，她还想要问的好多好多，但这时候那位金发女郎已经进来报告说，玛丽雅女士到了。哲林先生点点头，对阿玲摊摊手表示歉意。阿玲终于还是没忍住，又问了句："你说的那本《黄氏宣言》难道就一部也没有了吗？"

"应该还有一本，我几乎可以肯定，因为那部书如果是纸质的，如果主人从来没有打开过，那些想要销毁它的人是测试不到的……"

阿玲不得不离开了，可是走了两步她又停住，然后回身，提出了一个连她自己也毫无准备的请求："先生，我想摸一下您的脸，可以吗？"

哲林先生一愣，无论如何他也料不到这女孩儿会提出这样一个要求。不过老人到底是个科学家，不会像政治家那样善于随机应变，或者他也不忍拒绝阿玲的请求吧，所以尽管他面有难色，沉吟之时，阿玲那十分期待的目光最终还是让他迟滞地点了点头。

阿玲没有说谢谢，只是轻缓地伸出手，伸出手像要去抚摸一个娇嫩的婴儿一样，小心地接近了老人的脸。

但是当阿玲触到了老人那沟壑纵横的皮肤时，她却大吃一惊，触电一般猛然缩回了手，然后大张着嘴巴大瞪着眼睛，无比惊惧地望着眼前这个被称为"哲林"的"老人"……

3

尽管已经原谅了哲林先生，并接受了他的道歉，但是直到走出那幢银灰色大楼后，阿玲还是抹不去心中的不快。她怎么也没有想到，当她伸出手去抚摸哲林先生的脸颊时，竟然什么也没有触摸到。

惊诧过后阿玲才意识到，和她谈话的所谓"哲林先生"，其实也只是一个逼真的三维影像而已。

阿玲惊诧、意外，而更强烈感到的，还是那种上当受骗感觉，她非常失望——感觉中最真实的原来却最虚假！

哲林先生没想到阿玲反应那么强烈，他马上向阿玲道了歉，承认自己的疏忽和不礼貌。他说他已经二百多年没有离开他的研究室了，他的研究室远在千里之外的一个小山沟里。一来那里有他一刻也不愿意离开的爱人，二来毕竟过了一千岁，他的腿脚也十分不灵便了，而他又不愿意更换自己身上任何一个部件，虽然出于礼貌有时他会把自己的三维影像调整成几百年前的样子，但他本人从来没有做过任何改变。哲林先生说虽然阿玲面对的是他的虚拟化身，但完全是他本人现在的样子，而和她交谈的，则完全是他本人——只要是他接待的客人，他都会认真谈话，而不会像有些人那样用一个智能人替身去敷衍人家。因为熟悉他的人对这些都很了解，所以他也就忽略了向阿玲这个刚刚来自"新世界"的新朋友提前解释了……

这没什么，并不是哲林先生有意欺骗自己，只不过是自己没有想到太过意外了而已——阿玲说服着自己，想尽快忘记刚才的不快，不管怎么说，哲林先生都给阿玲留下了深刻印象，一千年时光，他经历的太多太多。

没有麦克他们的消息，阿玲想随便走走，浏览一下市容，正在这时，她的万用表响起了麦克的呼叫。

麦克告诉阿玲，近太空发现大型不明飞行物接近地球，他们被派出执行侦查任务，他让阿玲住到她家里去，等他回来再陪她去寻找爱情。阿玲答应着，并没有马上回去，而是乘上一部电梯，在电子路线图上点了一个最远的站点。不一会，当阿玲走出电梯后，发现自己已经置身城市边缘地带。

城市之外是什么？不是田野和村庄，而是一望无际的森林、河流和湖泊，一眼望去真个是绿波浩荡林涛汹涌，大有铺天盖地之势。阿玲从没有见到过这样广阔这样壮美的绿，面对这样无比浑厚磅礴的绿色海洋，阿玲觉得自己都要幻化成一滴绿了……

突然，阿玲觉到了异常——有几只像苍蝇一样的飞虫在她身边飞舞着，企图落到她身上。说它们像苍蝇，是因为它们比普通苍蝇要大，样子有些异常。地球人制造"新世界"的时候，原计划肯定没有苍蝇的一席之地，但是当人类进住之后才发现，不但苍蝇，连老鼠蚂蚁什么的都和他们一起来到了"新世界"，所以阿玲认识和熟悉苍蝇，而且苍蝇是她讨厌的生物之一。

但这几只"苍蝇"却给阿玲一种似是而非的感觉。

"苍蝇"越来越多，从几只到几十只，而且它们全都把阿玲当做了目标，很明确地绕着她飞来飞去，阿玲甚至能看到苍蝇们那诡谲的目光。她吓得转身想走，可是一转身她却惊呆了——身后不但有苍蝇，还有蝴蝶、蜜蜂、蜻蜓之类，它们全都在她身后盘飞着，它们全都十分古怪。

这些东西虽然并不全是阿玲讨厌的，像蝴蝶就是她和妈妈的共同喜爱，可是现在这场面却让她产生恐怖之感，她急于想逃离这里。不料就在这个时候，那些昆虫忽然离开她四散飞去，同时不知从哪里传来了清晰的说话声：

"你好阿玲小姐！很对不起，因为传输出现一些故障，仿生智能护林虫们没有收到您的相关信息，错把您当成了有可能对森林安全造成危害的嫌疑人员，所以对您进行了不礼貌的盘查举动，请多多包涵，在此向您道歉，并祝您的地球之旅轻松快乐！让我们共同保护我们共同的森林、建设我们共同的家园吧！"

阿玲这才知道刚才那些全是用来保护森林的人造昆虫。她已从哲林先生那里了解到地球现在的生态系统都是近二百年来逐渐开始修复的，看来现在地球人真的是吃一堑长一智了。

阿玲回到地下城麦克先生家时已近傍晚。地下城的夜晚也和地面上一样，都由储存的阳光来照明，所以和白天没什么区别，何况现代人的睡眠已经缩短至三四个小时以内，而且白天和夜晚基本上只是个时间概念而已。

但是阿玲不明白，地球人为什么要住到地下来，这一定是件很浩大的工程。麦克先生去参加会议了，安琪告诉她，地球并不像城市附近那样已被森林覆盖，大多数地方仍然沙化严重，环境恶劣，适宜人类居住的地方十分有限，水资源的极其匮乏也是重要原因之一，人类虽然在一定程度上解决了吃饭问题却仍然每天都离不开水，从某种意义上说，人不过是上岸的鱼，尽管可以不依靠水而自由呼吸，但水仍是他们的生命源泉……因为这些原因，一部分人迁入地下，留在地面上的多是地球管理、防卫、球境保护等机构。安琪说和地上比起来，地下城其实有很多优点，比如更抗震，气候稳定适宜，不受地球表面环境变化影响等，当然前提是拥有阳光。她们说话的时候，保安也不时插一嘴。

两人说到很晚，阿玲终于有些困了。安琪在墙上的一个标记处轻轻点了一点，天花板上便缓缓落下两个小房间。两个人互道晚安后，便各自进了房间。

房间很小，但一点没有憋闷的感觉，因为空气流通循环系统时刻在发挥作用。房间里也没有床，只在房间的底部有一块软硬适度的毯子，人一躺下去，毯子就会按着人体舒适度自动调解各部位高低。阿玲刚躺下去，她的万用表忽然传来了妈妈的呼叫。

阳光问了女儿的情况后，责怪阿玲不及时跟她联系。阿玲想想说早上已跟妈妈联系过啊，阳光却说是昨天，她还规定阿玲每天必须跟她联系一次。阿玲在家时，跟妈妈既不住在一起，联系也不紧密，母女俩经常好几天既不见面也不联系，所以现在妈妈这样要求阿玲还有些不习惯，不过她还是很听话地答应了妈妈，现在她觉得妈妈那令她不喜欢的造型也有些可爱了。跟妈妈道别后，阿玲不知不觉就睡着了。房间的光线也慢慢暗了下去，直到变成黑夜状态。

阿玲醒来后已是五个小时之后。她起床之后，小房间自动收拢到天花板之内，保安也就是那扇房门告诉阿玲，说安琪去自己的实验室了，她给阿玲留言了。说着安琪优雅温柔的声音已真切地响了起来。她给阿玲介绍了一些娱乐景点，说如果想出去就可以去那些地方玩玩，不想出去在家一样可以通过模拟场景观赏那些场景，还可以参加那里的各种互动活动。阿玲当然还是想出去转转，于是她告别了保安，很快乘坐电梯来到了地面。

阿玲先到一个叫"想啥是啥"的小型娱乐场所。这里是一个相对来说比较普通的娱乐项目，到这里来的多是一些孩子和老人。玩家戴上一副特制头盔，坐到特制的座位上，只要你想什么，你的眼前就会出现你想象中的事物，就像真的一样。孩子们不时发出尖叫，因为他们想象的多是古老传说中的妖魔鬼怪以及恐怖诡异的外星生物。而老人们则多是面带微笑和温情，因为他们大多沉醉在往事的回放中。阿玲找了个位置，戴上了头盔。阿玲想看到自己的爱情是什么样的，但是她的眼前出现的却是一团五颜六色十分鲜艳而又模糊不清的东西。玩了一阵，阿玲终究看不清爱情的真实面目，她很快便没趣地走了出来，随便又走进了另一家娱乐城。

所有娱乐项目都是免费的，因为现在已经取消了钱币。当然不仅是娱乐，地球和地球人居住的所有星球，所有的吃穿住行医疗教育娱乐都是地球联盟免费提供的，公民没有对错之分，只要法律上没有禁止的就没有人有权干涉他们。而对于触犯了法律的人，就要相对限制他们的公民权利，当一个人的法律权利降为零时，他就只能维持最低生存而不能参加重要的社会活动了。而当一个人的法律权利出现负数时，他就要被流放到荒凉的名为"忏悔岛"的星球去过近乎刀耕火种的生活。这时候的阿玲不会料想到，在不久后的某一天里，自己竟然会和那个放逐违法者的荒凉星球联系在一起。

游戏都很诱人，阿玲玩得也很上瘾，这一玩竟然就是三天时间，中间她只简短地回应过妈妈麦克龙华还有安琪的呼唤。

三天后，阿玲红着眼睛哈欠连天地走出了那家名为"魔力无限"的娱乐城，她现在最想做的事就是赶快找个地方去睡觉。娱乐城边上就有类似于古代宾馆饭店的休息区，只要有合法身份，谁都可以进去。这里同样没有老板，阿玲在验证器上按了手掌，上边的小屏幕上立时出现了一个房间号码：38。

阿玲来到 38 号房间，三分钟之内就睡着了。不知过了多长时间，她突然被一种恐惧异样的感觉唤醒了。一睁眼，她吓得立时尖叫起来。

阿玲确实尖叫了，却没有发出声音——并不是她把声音控制住了，而是她的声音根本发不出来，她的嗓子就像被一团棉花紧紧塞住，并且她的身体也似乎完全不受她的支配了。

能动的也许只剩下了一双眼睛。

但是阿玲很快就把眼睛紧紧闭上了，因为她实在不敢再多看一眼，她很后悔刚才为什么要睁开眼睛。

4

阿玲究竟看到了什么？

其实她看到的只是一个影子。

房间里的光线很好，那个影子活动得也算不得快，但它仍然只是一团模糊的影子，像人的影子，也像动物的影子，或者说那就是一个影子——一个什么也不像的影子。

阿玲虽然动不了，但她觉得自己的头发汗毛全都竖了起来，她觉得没有什么比只看到一个一团模糊来历不明的影子更叫人毛骨悚然了。

紧闭眼睛的阿玲，眼前仍然是晃动着那团恐怖至极的影子，世界上也好像只剩下了两种声音——一种是她自己震天动地的心跳声，一种是她自己快要窒息的呼吸声。

阿玲真希望此刻自己的意识完全消失，但不幸的是，此刻她的意识似乎比任何时候都清晰，也许是身体其他器官都已失去作用的缘故，现在她闭着眼睛，也似乎能看得到东西。

阿玲"看见"房间中的光线渐渐暗下去，然后变成漆黑一片，这时那团模糊的影子反倒渐渐明朗清晰起来。

那是一个什么样的生物呢？

可以肯定那不是人——确切说那不是地球人，或者说他也可能是。它没有头，却有两只触须，身体像虫一样有软质结节，看不到他有脚，但他却能走，而且走得很稳也很快，像在地板上在滑行。

这样子本来已经让阿玲吓得要死了，而更让她受不了的还是那东西竟然从一个很快分化成两个、四个、八个，当阿玲猛然忍无可忍地睁开眼时，漆黑的房间里已经挤满了那种丑陋恶心非常瘆人的东西，包括她的床前，甚至连她身上也爬上了一个，他的两只触须正试图触摸阿玲的脸颊。

"啊！"阿玲又是一声尖叫。这次她竟然叫出了声，而且忽地坐了起来。

随着阿玲的喊声和动作，屋里光明重现，而那些怪物也在眨眼之间消失得无影无踪了。

阿玲活动一下，发现自己已经活动自如，再看房间里，已经看不出一点异样。她长舒一口气，小心地下了那张很低矮的床。地上也看不出有什么不一样的，这让阿玲十分怀疑自己刚才是不是做了一个可怕逼真的梦魇。她很愿意自己看到的只是梦中的幻影，可刚才的一切却又是那么清晰，清晰得让阿玲印象如此深刻，使她又不能相信那真的仅是一个梦。

不管是不是梦，阿玲都不想在这个房间多待一会儿。可是就在她跑到门口的那一刻，下意识地一回头，眼前又是黑影一闪。

阿玲惊叫着跑出了那个房间，来到外面后，她马上坐下来，心有余悸地真想到把刚才那一幕彻底忘掉。按说那种情形应该是想忘也不容易忘掉的，可奇怪的是，坐了一会儿之后，站起来的阿玲差不多已恢复了正常，因为阿玲差不多已经把刚才在房间的可怕经历忘光了。

这当然太不正常了，当然已经忘记了这段经历的阿玲不会有这种感觉，这时阿玲的脸上现出了阳光般灿烂的笑靥，因为她收到了麦克和龙华的呼叫，他们已经返回地球，现在正在海滨浴场游泳呢。

海滨浴场距离市区有近百公里的路程，电梯没有通过去，去那里需要乘坐一种更快捷的交通工具——空中飞车。空中飞车俗称"炮弹车"，顾名思义，这种车是由古代发射炮弹的原理演化而来的。客车经推进器发射出去后，呈舒缓的抛物线状迅疾而准确地落到预定车站，这是百公里内短途旅行中最为普遍的交通工具。阿玲去车站的路上，老觉得身后有人跟踪自己，可回头又找不到人，后来她终于发现一个戴着奇怪帽子的人很可疑，但那人离得很远，看不清面目。坐上车后，车子正在进入推进器的那一刻，阿玲感觉身后又有一双眼睛在盯着自己。

阿玲猛然一回头，却发现自己后面正是那个戴着一顶很特别的帽子的人，从衣着打扮上分辨不出男女，而他（她）的脸又被帽子严严遮挡住了。

阿玲很想看清这个人到底是谁，因为直觉告诉她，这个人跟她有着某种联系。但是就在这时，车子已经发出发射预报。阿玲只能先坐好，她想到达之后肯定有机会看清那个人的真面目。

车子发射了，阿玲只感到了一点轻微的震颤。十秒钟之后，车子便已经平稳地落在了海滨浴场的起落台上。

阿玲按顺序走出车子，然后回身去找那个戴着奇怪帽子的神秘人。可是直到乘客全部走出来后，她也没有再看到那个人。而车里已然空空如也。

那个神秘人像空气一样蒸发了。

阿玲满腹疑团离开了车站，很快来到了浴场。望着扑面而来的蔚蓝大海，阿玲的心情很快开朗起来，她正不知如何找到麦克他们，身后忽然有人轻轻拍了她一下。

阿玲现在有些过敏，她惊叫一声跳开转身，这才看清身后原来是麦克，他穿着泳裤身上挂着水珠，正笑着望着她。麦克的身边站着龙华。

"为什么吓我?"阿玲娇嗔地瞪着麦克。

麦克有些奇怪："没想到你这么胆小?"

阿玲这才觉得很失态，她撅撅嘴说："谁胆小了，刚才有个人跟踪我，我还以为是他呢!"

"是谁?"站在麦克一旁穿戴齐整的龙华开口问。

阿玲摇了摇头："没看清嘴脸，那人像鬼一样，但我觉得那是个认识我的人……好了，不说他了，管他是谁，说说你们吧!"

麦克告诉阿玲，他们驾驶作战飞船去追一队不明飞行物，可那些飞行物却在太空中神秘地消失了，消失得没留下一点痕迹。

"啊，也是突然消失了……"阿玲脱口说了句，她像突然想起了什么。

"是的——你也遇到过那种情况么?"龙华盯着阿玲。

阿玲的两眼变得迷茫起来，片刻之后她摇了摇头，因为她什么也没有想起来。

龙华又说："最近这种情况已经出现过好几次了，我预感地球正面临着一场可怕的阴谋!"

"什么阴谋?"阿玲有些紧张。

麦克打断他们的话："行了，别听他的预感，他这人患有杞人忧天症，走，咱们游泳去!"说着拉起阿玲就走。

阿玲回头招呼龙华，龙华却认真地说："你们去玩吧，我在这儿等你们，我从不游泳的!"

阿玲看着麦克，麦克说这是真的，龙华确实从来就不喜欢水。阿玲又回头看了看龙华，然后小声说："你刚才怎么那样说他——他不肯来，是不是生气了?"

麦克轻松笑笑："怎么会呢，我们是从小长大的好兄弟，生我的气他就是大傻瓜——他不喜欢水，快去换衣服吧!"

那天阿玲玩得很开心，但是回去之后她发现和妈妈联系不上了。不过阿玲很快收到一条消息——地球和"新世界"的通信卫星突然遭到攻击损毁了，备用卫星需要在一周后才能发射升空。不过阿玲又从麦克先生那里得到了一个好消息——酝酿已久的"爱情之旅"探险活动即将开始了。

第三章
爱情之旅前奏

1

五天以后，由雅丹市公共服务委员会（相当于历史上那个时期的市政府）组织举办的"爱情之旅"探险活动正式开始报名了。正像委员会主席也就是俗称市长的麦克先生讲的那样，发扬勇于探索的优良传统，拯救濒临消亡的人类爱情是这次活动的出发点。

报名的人十分踊跃，虽然爱情已不时尚，但探险却是永不过时的刺激游戏，何况这次探险的第一对获胜者还有一份非常丰厚的奖品——一架中型太空远航飞船。这种具有长途太空考察探险科研并具有先进护卫功能的太空设备可是当今时尚人士梦寐以求的，特别是青年人，所以这次活动称得上是几十年来地球上备受关注的大型活动之一了。

阿玲早早就赶来报名了。按规定报名人员不光年龄要在五百岁以下且健康状况良好，而且还必须是男女成对报名参加才可以。阿玲的朋友只有麦克和龙华，他们也愿意陪阿玲一起去探险，但前提条件是麦克和龙华要去就要一起去，要不去就都不去，因为他们是一对从来没有分开过的好兄弟。在这一点上，连比较随便的麦克也和龙华一样，毫无妥协余地。

阿玲赌气一个人去报名了。

报名地点在公共服务委员会宽敞的大厅里，这里装置有先进的通信传输设备，每个市民都可以在家里身临其境地观看报名和最终选拔的全过程。阿玲去得很早，但是因为报名人很多，还是排了半天队才轮到她。不过因为只有阿玲自己一个人报名，按照规定她被委婉而又毫不通融地拒绝了。

"很遗憾阿玲小姐，如果你真的想参加这次活动，就赶紧去找个男伴吧！"负责报名的智能小姐微笑着向阿玲建议。

阿玲没办好，只能跑出来。出来正好碰到一个小伙子，她赶忙走上前，问他愿不愿意跟自己去报名参加"爱情之旅"。那个小伙子打量一下阿玲，肯定地点点头很高兴地说当然愿意。

"那好，快跟我去报名！"

小伙子很遗憾地摇摇头："可惜我今年已经六百零八岁了，过了规定的年龄，要造假怕是不容易，不过如果小姐愿意的话，我们可以开始只有我们两个人的'爱情之旅'……"

他的话还没说完，阿玲早已丢下他，转身去找下一个目标了。

真是常走夜间路，莫愁看流星，阿玲寻找询问了好一会儿，终于找到了一位年龄符合规定而且愿意与她一起参加这次活动的帅哥。阿玲很高兴，马上和他一起去报名。谁知名还没报上，一个女孩就抢先追进来质问那男人为什么跟别人去报名。那男人轻松笑着说："我觉得我和阿玲小姐更合适，你再去找个别人吧，咱们每个人都有重新选择的权利啊！快去找你的另一个吧，再见！"

女孩狠狠给了男人一个嘴巴，然后哭着跑走了。男人用袖子抹抹鼻子上的血，好在现在的衣服沾上脏东西很快就会挥发掉，半分钟就会像新的一样，就是沾上血迹也一样可以很快消失。而那个帅哥比衣服恢复的还快，血迹还没擦净就轻轻耸耸肩，什么也没发生一样转脸对阿玲笑道："玲儿，咱们快报名吧……"

啪——他的话还没说完，另一边脸颊又挨了阿玲一个火辣辣的小嘴巴。待到这个倒霉的帅哥眼前金星散尽又第二次擦去鼻子底下的血迹时，阿玲已不见了踪影。

阿玲没有再去寻找旅伴。

麦克和龙华回到家中时，没进门，保安就伤心地嚷嚷开了，它叫他们快去看看阿玲吧，不知为什么她这么郁闷，连一句话都没跟它说。麦克和龙华相视笑笑，正要安慰一下那扇门，聪明的保安却已愤怒地叫喊起来："我知道了，肯定是你们两个欺负人家了，男人没一个好东西，我恨你们!"

"重色轻友的家伙!"麦克给它一巴掌,进屋只见屋里多个睡房。他和龙华上去叫门,可是叫了老半天,阿玲连应都没应一声。麦克他们总算第一次领教了阿玲的小姐脾气。

但这还只是开始,三天报名时间,眼看已过去了两天,阿玲却还把自己关在房间不肯出来。这种房间只要里边的人不肯打开,而她的生命体征又一切正常,一般情况下外边是无法进去的,这两天不但保安很伤心,连麦克和龙华情绪都低落了下来。

麦克他们以为阿玲已经放弃了这次机会,可是眼看离结束的时间只剩三个小时了,阿玲却突然打开了门,匆匆赶去报名了。

阿玲出了电梯后,没有马上进入大厅,而是在门口焦急地搜寻着,看看那边过来个年轻人,阿玲抢上去干巴两句话问清那个人年龄在五百岁以下眼下没有女友,她不由分说拉上那人就往大厅里跑,进去就急不可待地说要报名。

那位负责报名的智能小姐依然微笑着,不慌不忙一丝不苟的按程序办事。当问到那男人的姓名时,那男人却哭着脸叫起来:"我不想去参加什么爱情之旅,我是被她强迫来的,我绝不会说出我的名字……"

在众目睽睽之下,阿玲只好颜面扫地地放开了那男人,然后沮丧地跑出大厅,胡乱坐下哭了起来。

"呵呵,原来你还会哭啊?"

阿玲抬头,却见麦克和龙华不知什么时候站在了自己面前,麦克还一脸幸灾乐祸的样子。阿玲抹去泪,站起来扭身就要走,麦克依然嬉皮笑脸说:"呵呵,怎么走了?不去爱情之旅了?真不去了?走了?可别后悔啊!"

阿玲气得头也不回,只管走自己的,龙华追上来拦住了她。

"干什么?"阿玲气呼呼瞪着龙华。

"我们陪你去报名。"龙华说。

阿玲眼睛火花一闪,但很快就熄灭了,因为三个人组成队是犯规的。

龙华接着说:"麦克和我商量好了,你选一个人跟你去。"

"什么——真的吗?"阿玲喜出望外,但又有点不敢相信自己的耳朵。

龙华点了点头。

"耶!"阿玲破涕为笑,情不自禁抱住了龙华。

可是在报名大厅里,阿玲却为了难——面对麦克和龙华,她不知道应该选择谁,因为这两位朋友是她在漫漫旅程中一起结识的,他们虽然是两个人,却又像一个人一样不可分开,她觉得缺少了哪个也会是永远的遗憾。

时间在悄无声息而又毫不停留地走过去,大厅里那个古老的时钟显示离报名截止时间还剩下不到半小时了。

"阿玲,快选择吧,我们是商量好的,是自愿分开的,又不是永远分开,活动结束我和龙华还会形影不离的!"麦克一副不在乎的样子催促起阿玲来。

那一刻阿玲心里突然一热,眼里好像有泪水流出来。这对形影不离的好兄弟为了救自己不顾自身安危,现在为了帮自己又情愿分开,阿玲突然觉得很惭愧,她觉得自己很自私,她也在一瞬间暗暗做出了一个决定:放弃!

可是还没等阿玲把自己的决定说出来,她却突然睁大了眼睛——她看到一个戴着奇怪帽子的人急匆匆跑了进来。

这就是那天跟踪自己,后来又在空中飞车上神秘消失的那个人——没错,从那顶标志性的帽子上,阿玲一眼就认出了那个人。

今天他的帽檐压得并不低,但阿玲同样看不到他的脸,因为他戴着一个怪异的面具。

那个人是来报名的,虽然他戴着面具,但没有人认为那有什么妨碍,因为那是他的自由,因为他的身份是合法的,条件也都符合规定,并且身边还有个愿意同去的女伴。

阿玲有些冲动,她真想上前揭开他的面具,看看面具下到底是一张什么样的脸。

但阿玲终究还是忍住了,因为那样她就会构成侵犯人权的罪名,后果最起码也要被禁止参加这次活动的。不过阿玲也不是一无所获,她知道了他的名字:多多姆。另外阿玲还知道了多多姆女伴的名字叫露露,因为他们报名时她就紧随在他们身边。

那一刻阿玲又改变了刚刚改变的决定——她要重新报名参加这次活动。

神秘的多多姆和露露报名之后很快走了出去，并没有多看阿玲一眼。

报名截止时间还剩下了最后十分钟，阿玲正要决定选谁，门外忽然风风火火又踏进一个女孩儿来。

这个女孩和阿玲年龄不相上下，模样很甜也很乖巧，她进屋一眼看到了阿玲，便径直奔到她面前，急火火地问报名结束了没有。听说还有几分钟，她舒了一口气，刚要去报名，又回身问阿玲报没报。听阿玲说马上去报，她又要和阿玲一起去。听说要一对选手同时参加才可以，那女孩鲁莽地一把拉住阿玲："那咱俩做伴儿吧，好吗，快走！"

阿玲挣开她的手："不行，要一个男的一个女的才可以的！"那一刻她忽然对这女孩产生了似曾相识的感觉。

女孩儿一听撂下阿玲，上去又去一把拉住距她较近的龙华说："那我们凑一对吧！"

"啊——对！啊——耶，太好了！太好了！"阿玲眼前豁然开朗，高兴得禁不住跳了起来。

2

阿玲高兴得太早了。

报上名只不过是拥有了参加选手选拔的资格而已，要在数千对报名者中脱颖而出进入前十名，还须经过很多考验。

选拔测试方法有的很现代，比如测定两颗星球之间的准确距离，回答各种太空旅行知识，操作各种航天工具仪器。而有的又非常原始，比如五千米长跑，比如摔跤和踢毽子等。这样几轮下来，合格者只剩下了一百多对。所幸的是阿玲麦克、龙华和梅花鹿都在，甚至多多姆也没有被淘汰掉。

对了，那个在报名结束前匆匆赶到并和龙华凑成一对的女孩叫梅花鹿。梅花鹿是古代一种温驯善良的食草动物，但后来在那次核战争中灭绝了。现在科学家正试图找到它的生命基因，利用现在科学技术使它得到重生。叫梅花鹿的这个女孩说她最喜欢梅花鹿。

又经过几轮选拔，选手还只剩下了三十对，而阿玲他们一直遥遥领先。虽然这些天折腾得有些筋疲力尽，但总算看到了希望。

决赛开始了。

第一项是在最短的时间内通过几户民居之家，并要在主人的帮助下到达指定的另一户人家。这项测试看似简单，其实难度很大，因为它不光考验的是体力、智力、应变能力等，更主要的还是考验选手的人际交往能力，或者说是考验人与人之间和谐相处互相帮助的能力。这是现代人的弱项之一，因为现代人自由、独立而又孤独。

好在麦克和龙华在这方面比较优秀一些，因为这两兄弟从小在一起形影不离，比较起来他们比别人多一些交往和交流的经验，也不缺乏友谊，所以相对来说比较容易地得到了主人的配合。眼看阿玲和麦克又要稳夺头筹，意外却发生了。

就在他们即将通过最后一户人家并从那家窗户攀上楼顶的最后一户人家时，女主人突然发病。她躺在地上浑身抽搐，还直翻白眼，样子很是吓人。现在人从胚胎开始就进行健康培育，出生后还要注射各种防病保健疫苗，一般人平时发病很少，阿玲和麦克都没有见过这种情形，一时间他们有些不知所措了。

麦克首先反应过来，他急忙跑过去按动墙壁上救护中心的虚拟按钮。那个虚拟按钮每家每户都有，通过它可以随时向医护中心求救。一般来说医护中心会马上通过影像进行指导，随后救护人员会在数分钟内赶到。而今天糟糕得很，那个按钮或是系统出了故障，麦克阿玲按了半天一点反应都没有。更糟糕的是，这家屋内和外界所有联系全部中断了，而参加测试时选手们的万用表也都按要求暂时上缴组委会，此时此刻在通信如此发达的现代都市里，他们却根本无法和外界取得联系。

麦克和阿玲互相看了一眼，他们没有说什么，双双跑过去搀扶起那个已经说不出话的女人，然后阿玲跑出去求助。几分钟后，当救护中心的救护飞机赶到时，麦克也已经把女主人背出了那幢楼。

看着飞机载着女主人飞速离去后，麦克和阿玲这才松了口气。但随后他们又叹了口气，因为剩下那些选手应该说都很优秀，前后差距有时是以秒计算的，他们前后耽误了七八分钟，肯定已失去了这项测试的成绩，而失去这次成绩几乎就等于宣判了他们失去了参加这次活动的机会。

"后悔吗？"半晌麦克问。

阿玲不说话，转过头去努力不让麦克看到自己眼里的泪花，半晌才低哑地说出几个字："我们没有别的选择。"

"没关系，机会还会有的！"麦克也学会了安慰。不料他这么一说，阿玲竟再也忍不住，她懊恼地哭了起来。

麦克上去拍拍她的背，阿玲就忍不住转身伏到麦克怀里，边哭边说："我真想去，知道吗？我真想去……"

当麦克陪着两眼红肿的阿玲回到组委会时，等待他们的却是一个意外惊喜——他们已经顺利通过这项测试，而且成绩优秀，因为那个患病的女主人是组委会安排的，主要是为了测试选手的是否有一颗爱心——如果连起码的人间关爱都没有，怎么有资格参加"爱情之旅"？参加"爱情之旅"又能有什么意义呢？

当然比赛是公平的，三十对选手全都遭遇了这种情况，但能够冒着被淘汰危险进行救助的仅有六对，其中包括阿玲麦克、龙华和梅花鹿。除了这六对之外，后九对选手才是按成绩选取的，多多姆和露露包括在后九名选手之中，并且是后九名中的第一名。

剩下的最后十五对选手又经过最后两项测试，最终十对选手胜出，阿玲麦克、龙华梅花鹿名列其中。

对了，还有多多姆和露露。

到现在，组委会成员才出来接见了十对胜出选手。这是他们第一次露面，这之前谁都不知他们是谁，一切工作全由智能人严格按程序和规则操作。

组委会成员里阿玲认识两个，一个是麦克先生，另一个是哲林先生。当哲林先生实实在在拉住阿玲的手时，阿玲这才相信他是真的。

哲林先生笑着再一次当面向阿玲道歉，同时还邀请阿玲有机会去他家做客，他还没忘记答应阿玲的事——让阿玲见见他的爱人。

阿玲很高兴地答应了，这一次她真正摸到了哲林先生的脸，那感觉就像看上去一样苍老而真实。

但是现在阿玲还没有时间去哲林先生家，因为他们还要进行为期一周的紧张培训。

培训开始后，阿玲他们了解到，这次"爱情之旅"的终极目标是要找到传说中具有魔力的"爱情结"。

"爱情结"源自古代中国，所以曾被称为中国结，它美丽朴素和谐自然，循环往复没有终点，所以后来成为爱情的象征。传说有一个"爱情结"是具有魔力的，得到它的情侣们会相爱千年万年，永远不离不弃，所以千百年来有很多情侣一直在寻找它，有的甚至为它献出了生命。

阿玲非常兴奋，这正是她要找到的东西，她又一次特别庆幸自己能够参加这次活动。

据说"爱情结"可能藏在以下三个地方：地心、海底、银河系中一个叫作"维纳斯"的星球上。选手们旅行探险中所必需的一切由组委会提供，路线则由选手自主安排，选手们既可以集体行动，可以分头探索，但考虑到安全因素，每组不能少于五对队员，也就是说十对选手最多可以分为两组。

规定宣布以后，就是正规的探险培训了。虽然婴儿从小所注射的各种疫苗和营养素中都含有知识成分，现代人不用像古代人一样读书上学，而且成长也迅速了很多，十岁的孩子就已经基本完成发育了，并且也已储存了一定量的知识，这时再在手臂中植入一个知识芯片与大脑神经连接，可以说每个人都是一部百科全书了。

但知识是知识，它永远不能代替实践和创造，在实践中会碰到各种意想不到的事情，如何随机应变，能够灵活运用现有的知识去解决前所未见的难题，是每个探险者必备的素质。

会遇到什么样的危险和意外谁也无法预料，所以培训的重点放在了提高选手的心理素质上。

紧张的培训终于结束了，选手们将于三天后出发。阿玲决定趁这个机会去拜访哲林先生，她想看看哲林夫人到底是怎样的一个女人。

9

麦克和龙华还有梅花鹿陪着阿玲一起去拜访哲林先生。因为有千里之遥，所以他们乘坐飞机前往哲林先生的研究所。

现在的飞机和千年以前大不相同，现在不但可以直接起落不用跑道，而且不用燃料，完全靠阳光、风甚至空气作为动力能源，所以非常环保。但是地球联盟仍然在很大程度上限制飞机数量，并且不准私人拥有，阿玲对这一规定很不理解，她认为有些矫枉过正，因为太阳能风能不用也会白白浪费掉的。

不过，阿玲现在顾不上深入思考这些问题，她只想快点见到哲林夫人，她想看看一个活过千年的女人会有怎样的魅力，她清楚记得哲林先生说到爱人时眼中迸发的那种激情和挚爱的青春火花。

二十分钟后，飞机在一处深山沟里降落了。这里的景色和城市有很大不同，草木都已经很稀疏了，沙化的痕迹还没有完全被遮掩住。虽然刚才在飞机上阿玲已经发现了这些变化，可下来之后她还是有些不适应之感。麦克告诉她，再远些的地方环境要更为恶劣，虽然科技如此发达，但要恢复已被人类践踏得百孔千疮的家园也并非一朝一夕可以完成的。

前边的一片矮树林中现出两幢圆顶建筑，那就是哲林博士的家，当然也是他研究室。

"听说很少有人能被哲林先生请到家里做客，你的面子看来比我老爸大多了！我可是借你的光啊！"麦克有些嫉妒地开玩笑说。

阿玲撇撇嘴，但脸上还是掩饰不住几分得意。

很快，一行人就来到了两幢一模一样的建筑前，几个形象年轻的人已在门口迎接他们了，其中一位美女走上前，优雅热情地和他们握手寒暄，然后拉着阿玲一起走进屋去，阿玲忍不住打量这位很有气质的美丽女士，心中猜测着她会不会就是哲林夫人。

哲林先生的研究室比较大，里边既有很多尖端精密仪器，又有不少简单的瓶瓶罐罐，当然这都是阿玲他们隔着玻璃看到的，因为哲林先生是在研究室外面的这个小客厅接待大家的。

哲林先生虽然已经千岁有余，但他并没有多么世故，对这几位来客除了礼节性的几句客套之后，他便自顾和阿玲旁若无人地聊了起来，而且丝毫不掩饰自己眼中的热情。

很快，哲林先生便摞下别人，只带着阿玲去探望他的夫人了。梅花鹿也要跟去，但哲林先生却拒绝了她，很明显哲林先生不怎么喜欢叽叽喳喳的梅花鹿。

阿玲随着哲林先生穿过宽大的研究室，进入了一个套间，那就是哲林先生的睡房。在套间门口，哲林先生和阿玲一起脱了鞋，并嘱咐阿玲脚步要特别轻特别轻，因为他的爱人正在睡觉。

可是推开门走进那个房间，阿玲却愣住了。因为她看到一个很年轻的女子躺在一张古老的大床上。睡得好像很沉，而大床的外面是一个透明的罩子，罩子里面还能看到一些仪器。

"这……"阿玲忍不住望着哲林先生要说什么。

"嘘……"哲林先生示意一下，然后放低声音说："雯雯，这是阿玲，我和你说起的那个很像你的阿玲，她特意来看你了。阿玲，这就是我爱人雯雯，你看你是不是很像她，你看她是不是很年轻很美丽……"

阿玲认真看着，发现雯雯和自己真的很有几分相似，只是雯雯的装束明显是古代的。

"雯雯，你也好好看看啊——好好看看阿玲是不是很像你！那天一见到她，我差一点以为她是年轻的你，她叫我仿佛回到了一千多年前，我们初次见面时你就像阿玲现在这个样子……"哲林轻声细语地絮叨着，眼中充溢光彩饱含柔情。

阿玲没有再说话，只是静静地看着雯雯，静静地听着哲林先生的脉脉絮语。半响，哲林先生叫阿玲坐在屋里唯一的一张椅子上，自己依然面对着雯雯，然后半是讲述半是自语地向阿玲说起的他和雯雯的事。

哲林先生是在 2008 年和雯雯相识的，那一年古城北京正在承办世界性的体育盛事——奥林匹克运动会。他和雯雯作为奥运会志愿服务者相识相爱，几年后就结婚了。但是结婚刚刚三年，雯雯就被一场突如其来的疾病击倒了——那是一场迅速传播大面积扩散的传染病，开始那只是一种新型感冒病毒，可后来由于用药不当，病毒迅速变异重组，很快演变成了致命的杀手，感染者初期症状并不严重，可是一旦症状显露的时候，病情已经很危险了。因为抗生素的滥用，病毒变异的速度已远远超出了人类的控制范围，当一种新药以最快的速度研制开发出来后，新病毒却又以更快的速度诞生了——很不幸，雯雯就是遭遇了这种情况，所以哲林先生只能眼睁睁看着自己的爱妻渐渐离他而去而束手无策……弥留之际，雯雯提出了一个要求，她要求哲林把她作为实验对象冷冻起来，这样也许对他的试验会有所帮助，因为那时候哲林正协助老师进行人体冷冻的研究工作。哲林先生真的把爱妻当做了第一个试验对象冷冻起来，但这一冷冻他就再没有给她解冻，因为他要等到科技发展到一定程度、有了更大把握的时候才会把雯雯唤醒。千百年来，哲林先生从来没有离开过妻子，他总是把冷冻中的雯雯放在自己的睡房里，累了、孤独了、失败了，他都会和雯雯说上一会儿话，和雯雯说上一会儿，哲林先生就会感觉轻松许多，自信也会重新回到他身边。他相信爱妻能够听得到自己的话，他更加坚信有一天雯雯甜美的笑声一定会重新在这个世界响起来，因为自雯雯被冷冻那一刻起，生命科学的研究就成了哲林先生的事业和生活。期间他认真阅读了《黄氏宣言》，受到了很大启发和触动，研究实验也不断出现新的进展，当然那时候全世界有许多像哲林先生这样的优秀科学家都在进行这一研究。后来研究不断取得实际成果，人的寿命不断被延长再延长，衰老过程被延缓再延缓。后来出现了万能细胞，用它可以再造人类的绝大部分器官，许多病变只要发现不算太迟，换上新的部件后危重病人很快又可以恢复成为一个健康人，老人也会返老还童，人类真的实现了长寿梦。但是哲林先生一直靠运动、药物和信心使用着自己所有的原始部件，他希望自己能够在有生之年，用一个完全真实完整的自己去唤醒沉睡千年的爱人……

听着哲林先生的诉说，阿玲非常感动，那一刻她觉得这个沉睡千年的女子是世界上最幸福的女人，因为爱她的人已经不离不弃毫不动摇地守候等待了她上千年。

如果有一个人能这样爱自己，自己也宁愿这样睡上千年万年——那一刻阿玲这样想。

4

一轮崭新的太阳向全世界宣告："爱情之旅"探险队出发的日子到来了。

因为意见不统一，探险队最终分成了两个队——阿玲和麦克他们这边决定先易后难，从海底开始，而以安德烈为首的六对选手则迫切地要先去银河系探险，于是他们组成了"爱旅"一组，而阿玲、麦克他们四对组成"爱旅"第二组。阿玲麦克、龙华梅花鹿他们肯定是意见一致的，金智林和喀秋莎则是做了一番选择摇摆后选择的第二组，而多多姆则根本没做选择就带着露露站到了阿玲麦克他们一边。虽然按规定要够五对才能组成一组，但第一组那六对无论怎么做工作，谁都不想过到这边来，最后组委会只好做了唯一一次通融，允许阿玲他们四对选手组成一组。

在雅丹市著名的郁金香广场上举行了盛大的送行仪式。看到麦克他们甚至多多姆都在与亲人拥抱告别，阿玲不禁想起了妈妈。这些天竞赛紧张，加之通信不畅，她跟妈妈好久没能好好说话了。

和阿玲一样，梅花鹿龙华也都没有亲人赶来送行，但龙华还有麦克先生和安琪，只有梅花鹿和阿玲在热闹的人群中显得异常冷清。

"来，我们也拥抱一下，自己为自己送行鼓劲！"

梅花鹿的这个提议得到了阿玲的响应，两人抱在一起的时候，阿玲忍不住问出一句："我总觉得我认识你——我们见过面吗？"

梅花鹿肯定地点点头。

"在什么地方？"阿玲抬起头看看梅花鹿的脸。

梅花鹿想想，诡笑一下说："梦里！"说着两个女孩又抱在一起笑起来，刚才心中那一缕惆怅很快烟消云散。

这时安琪也放开了麦克和龙华，过来跟两个姑娘送行了。她把一个不是很大的合金瓶子交给阿玲，说是哲林先生托她转交阿玲的。梅花鹿抢先问这瓶子有什么用途，安琪说这一点哲林先生没有具体说明，他只说让阿玲在最困难最黑暗的时候才可以打开它。阿玲珍重地接过，并请安琪转达她的谢意，她说回来还要去看望哲林先生，哲林先生说等他们回来后，他就要唤醒他的爱人。

随着麦克先生激动地宣布"爱情之旅"开始，两组队员便分乘两艘中型飞船升空了。

两艘飞船飞到地球上空互致祝福之后，很快便分开了——第一艘飞船载着第一组六对男女飞向了外太空，奔银河系而去；第二艘飞船则载着阿玲麦克他们向着浩瀚无边的大西洋飞去。

现在的飞船不光可以在太空翱翔，也可以在水中遨游，甚至可以在陆地奔驰。本来飞船计划在百慕大附近下水，因为根据传说，那个具有魔力的"爱情结"如果藏在海里，就可能藏在这片海域。

可是就在飞船即将入海的那一刻，异常的事情突然发生了——只见前边海水突然掀起一阵十余米高的水浪，紧跟着水浪下窜出一个不规则的物体，它破水而出离开水面升空之后，便疾速向南飞去。

这个意外只发生在一瞬间，那一刻第二组推选出的指挥长麦克不及细想，便调整飞船向那个不明飞行物追去。

队员们并没有人提出异议。

前边那个飞行物飞得非常快，好在飞船也不慢，尽管那个形状怪异有些不规则的飞行物一直想甩掉麦克他们，但它却一直没有能够成功。

飞船一会儿飞上云端，一会儿又贴近海面，但那个怪异的飞行物始终没有逃出飞船的显示屏。

向南，向南，一直向南。

不久他们就已经接近南极了。

"这家伙要向哪里去？"梅花鹿沉不住气了。

没有人回答她，因为就在她说话的时候，前边那个怪异飞行物突然一分为三，分别向着三个方向飞去了。

"怎么办？"大家叫着一齐望着麦克。

麦克略作犹豫，便仍然一直向南追赶。

飞船很快便进入了南极。

由于冰川融化，现在的南极个别地方已斑斑点点现出大陆，不过大部分仍然冰雪皑皑，见不到生气。

那个已经只剩下三分之一部分的飞行物在南极和麦克他们兜着圈子，极力要摆脱他们。但是几十个圈子兜过之后，它竟然离开南极向北飞去。

"打它，打掉它！"很少说话的多多姆突然叫起来。

"不行，现在情况不明，不能随便动用武力，先和地面取得联系问明情况再说吧！"龙华很严肃地说。

和地面联系上后，联盟防卫部说那个飞行物肯定不属于地球军事和科研部门，而极有可能是侵入地球的地外飞行物，现已派出作战飞船进行拦截。

虽然已经明确那个飞行物很可能不属于地球，可阿玲还是阻止了多多姆动用武力的建议，她觉得即使真的不属于地球，也未必就怀有恶意。她试图和那个飞行物进行联系，但所有通话频道都试过好几次，却无法和对方连接，当然也有可能是对方故意拒绝和他们联系。

没别的办法，他们只能先咬住那个飞行物，等待地面空军的到来。

向北，向北，一直向北。那个飞行物似乎又要飞往北极。但麦克知道它到不了北极了，因为有几十架空军的作战飞船正从前方迎头赶来，还有几分钟就可以和麦克他们呈前后夹击之势了，到那时候看它还能往哪跑！

其实头三架作战飞船仅用了不到三分钟就赶到了，但他们还是来晚了一步，因为就在三十秒之前，那个只剩下三分之一部分的不明飞行物突然自行爆炸了，空军作战飞船到达时，仅仅看到了那团残留的淡蓝色烟雾。待到最后三架作战飞船和他们汇合时，那团烟雾也已经融汇在蓝天里了。

麦克他们全体都有些失望，今天他们差一点就制造了一起轰动世界的特大新闻。

"好了，现在我们可以做我们应该做的事情去了！"梅花鹿说着又问龙华，"你说呢，我发现你虽然说话不多，但每次说话都很管用！"

没等龙华开口，阿玲先说了话："可是还有另外两个啊，不如我们去寻找它们吧！"

喀秋莎说："我想追不到的……"

"对！"龙华肯定地点点头。

"可以试试——我们再去南极！"麦克说着，飞船已经调转方向，又一次向南极大陆飞去。

"为什么？"除了龙华和多多姆，那几个人都不仅脱口问了起来。

"那个家伙一直向南飞，到了南极因为一直无法甩掉我们才不得不离开的。而在无法逃脱的情况下，它又选择了自我毁灭，这说明它有不可告人的秘密不想让我们知道，而这个秘密很可能就藏在南极，现在我们出其不意地飞回南极，也许正好可以碰到刚才分离逃脱的那两部分！"麦克虽然脸上依然挂着那好像永远也抹不掉的满不在乎的微笑，但此时他的神情又与平时有很大不同。

阿玲头一次发现麦克还真有指挥官的风度和才能，他们还真没有选错人。她忍不住拍拍他的肩膀，仰望着这个男孩夸赞鼓励道："小伙子行啊，好好干，前途无量啊！"

麦克耸耸肩，谦逊地笑道："嗯，这一点地球人都知道！"

不一会儿，南极又已遥遥在望了。

第四章
爱情之旅地球篇

1

南极再一次展现在阿玲他们面前。

麦克的预料得到了证实，虽然他们还没有亲眼看到那个飞行物的另外两部分，但它们已经显示在飞船的显示屏上了。两个飞行物越来越近，应该很快就可以进入他们的视野了。

"麦克你还真有一套，快赶上诸葛亮了，你怎么就知道那两个还会回来呢，给我们说说吧！"

梅花鹿的话音未落，那两个飞行器突然之间在显示屏上消失了。

经过一阵紧张的扫描寻找，两个飞行物依然没有踪影。

"他们会不会也已经爆炸了？"阿玲望着麦克。

"不会。"开口的是龙华。

飞船在南极兜着圈子，麦克征求伙伴们的意见，是继续寻找还是返回百慕大。大家议论一阵，还是采纳了龙华的意见：找上两个小时，如果找不到，再去百慕大！

一个多小时过去了，没有那两个飞行物的一点踪迹，大家有些懈怠起来。阿玲就忙里偷闲去悄悄问多多姆是不是跟踪自己的那个人。多多姆略作犹豫，然后肯定地点了点头。

"告诉我，为什么要跟踪我，你是谁？"阿玲盯着多多姆那张怪脸，双眼像要变成两把利剑刺透他那张假脸，看透他的真面目。

多多姆声音平板地说："我是多多姆，我没有跟踪你，只是我们曾经是一路而已——现在我们不是依然是一路吗?"

"让我看看你的脸!"阿玲忘记了应有的礼貌,说着还下意识地伸出了胳膊要亲自动手。

多多姆急忙后退一步:"以后、以后一定让你看清楚的……"

阿玲还要说什么,龙华在后边制止了她:"阿玲你已经涉嫌侵犯人权了。"

阿玲哼了一声,扭过头去。

这一切都被梅花鹿看在眼里,她想说句支持阿玲的话,可一听龙华开口,她顿时掩住了嘴。

而金智林和喀秋莎并没有注意别人,他们一边看着外边的景色,一边看着对方,那眼神很明确地告诉对方:只要你在身边,别的都不重要。

这时一直全神贯注在搜索的麦克突然叫了一声,大家的注意力都被吸引过来。麦克说: "我想起来了,那两个飞行物也许并没有离开南极!"

"那它们会去了哪里?"

麦克指指下边:"地下!"

大家面面相觑,让麦克说明白。麦克说传说地球有一地下城,出口就在南极,这个秘密早在一千多年前就有人发现了,据说当时的美国曾派人前去探查过,据说遇到了某种警告而放弃了。后来因为发生了小型核战争,之后人们全力用在了恢复生态和寻找制造新家园上了,可能一时无暇顾及南极了……麦克建议先用一段时间寻找南极入口,如果真的找到了,说不定可以从这里找到通往地心的通道。

大家一听纷纷点头赞成,龙华又建议大家分开来找,这样可以扩大范围节省时间。飞船里配备有小型飞行器,麦克也想到了这一点,于是决定只留一个人在飞船指挥接应,其余选手分乘小型飞行器去搜索。大家一致要麦克留在飞船上统筹指挥,然后大家分剩七架小型飞行器飞出了飞船。

阿玲飞出去不远,另一架飞行器已经追了上来,是梅花鹿,而梅花鹿的后边还跟着一架,是多多姆。阿玲再三强调要分开寻找,否则出来就失去意义了,那两架飞行器这才不情愿地散开了。

阿玲飞行一阵，尽管麦克一再叮嘱她不要走得太远，可阿玲还是想飞得远些再远些。下边偶尔有些空寂无主的简单建筑，那是很多年前各国在此建立的考察站，不过后来不知为什么，地球人放弃了对南极的考察，这些考察站也就成了遗弃物。这和环保的主旨是相悖离的，但阿玲现在顾不上追究那是谁的责任，她越来越觉得麦克的话有道理，越来越觉得南极这个寂静无声的地方真的隐藏有很多秘密。

但是找了几个小时，除了看到一些企鹅和两只海豹还有一些海鸟外，阿玲一无所获。别的选手也和她一样。麦克叫大家不要急，先回去商量一下再说，这样盲目寻找也不是办法。

大家赶回飞船后商量一阵，觉得还是麦克的提议最切合实际，就是每天划定一定范围，一块块推进，这样既可以避免盲目乱找，又可以避免有遗漏的地方。然后他们又制定了几条安全纪律，同时他们还给自己的飞船起了一个好听的名字"爱神号"。

龙华强调，虽然现在正是极昼时期，可大家也要按时休息，以保障充足的体能，何况现在的时间已是晚上十点了。

大家真的困了。飞船的舷窗很快变为黑色，遮挡了外面的阳光，八个人在模拟的黑夜里睡着了。

阿玲醒来时，发现飞船里少了两个人。她走出飞船，走向在不远处看风景的那对好兄弟。

"睡醒了么？"麦克回头笑着问。

阿玲点点头，看看他们问："你们没有睡？"

龙华说："我很少睡觉，麦克一天只睡两个小时，从小就是这样！"

然后三个人不再说话，只是看那悬挂在天边的太阳，还有太阳下那一望无际的白茫茫雪原，他们似在倾听那无边的纯净和寂寥。

几个小时之后，选手们再次出发了。就这样向前推进着，三天后，他们终于发现了线索。

这天在一处巨大的冰山附近，阿玲发现有两只海豹跳进海里之后，似乎是钻进了冰山里。仔细再一看，冰山与海面之间，原来存在着一条细微的缝隙，只是不仔细观察是看不出来的。阿玲想马上告诉麦克，可想想还是该斟酌好再说不迟，因为昨天她就谎报了军情，把一处融化的地点当成了异常，结果把大家招来后，却什么也没有发现，这让阿玲觉得很没面子。所以今天阿玲接受教训，要有些把握后再联系大家。

好在小型飞行器一样能够下水，不过直觉让阿玲多了几多警惕。她先是慢慢潜入水下，仔细一看不觉瞪大了眼睛——对面冰山浸在水中的那部分，原来有一个巨大的冰洞！

幽不可测的冰洞中似乎隐藏有惊人的秘密，当然也似乎隐藏着巨大的危险，但阿玲还是毫不犹豫地冲了进去。

洞内注满海水，但是走了一阵，阿玲发现海水越来越浅，她知道这是冰洞越来越高的原因。同时冰洞也越来越宽阔了——阿玲发现原来这个洞并非冰洞，而实际是一个山洞，只是外边也被厚厚的冰茧包裹遮掩着而已。

山洞越来越大，大得有些不着边际了，大得阿玲有些找不到方向了。好在麻雀虽小五脏俱全，小型飞行器一样也是神通广大。阿玲用声波测量仪测定了距离，然后向左一直开去——按仪器测定，那里该是一条通路。

山洞里幽森黑暗，黑暗得像是地狱，黑暗得像集中了全世界所有的沉重。

看着前边飞行器射出的那一柱仿佛随时要被千钧黑暗吞噬的弱小光芒，阿玲突然恐惧起来。

而比恐惧更可怕的，是那无边的压力和孤独。阿玲知道自己应该马上退出去，叫上同伴一起来。心里这样想着，阿玲的飞行器并没有掉头，而是依然一直向里开去。

再向前一点，再向前一点就掉头——阿玲不断这样在心里自言自语着，但是飞行器一直向前一直没有掉头，前边像有一根无形而有魔力的绳索，在牵引和强迫着阿玲的意志。

山洞无比黑暗，黑暗得仿佛世界已经永远不见天日，黑暗得叫人看不见一点希望。这时阿玲想起了哲林先生送给自己的礼物——那个瓶子，他要阿玲在最黑暗最绝望的时候打开它，阿玲觉得现在就是应该打开的时候。

但是现在那瓶子并不在阿玲的身边，它放在"爱神号"上。

阿玲想退回去了，她真的坚持不下去了，她决定前行一百米，一百米之后，不管有没有什么发现，她都要先撤出这比坟墓还可怕的黑暗之地。

然而刚刚前进了六十米，飞船就遇到了障碍。虽然灯光还不能照射到，但声波测定仪显示阿玲还能前进三十米。

飞行器放慢了速度，慢慢靠了过去。

不一会，灯光中出现了奇怪的景象，但阿玲一时看不清那是什么。灯光慢慢摇移、慢慢摇移，然后无边的黑暗中，阿玲听到一声瘆人的惊叫。

2

阿玲听到的惊叫声不是别人的，正是她自己的。但她觉得那一刻全世界都听到了她的叫声。

她看到了什么？

阿玲看到的是一条鳄鱼，但那不是一条普通的鳄鱼，而是一条超级鳄鱼，阿玲看到的只是它的一张嘴，虽然只是半张着，但那张嘴足以吞下一只小船。

阿玲吓坏了，鳄鱼是她最恐惧的动物之一，她调头往回跑，但是手忙脚乱中小型飞行器却径直向着鳄鱼口冲去。

眼看飞行器就要冲入鳄鱼口，阿玲大叫着按动紧急装置。飞行器终于险险地停在了鳄鱼嘴边上。

阿玲闭着眼，生怕惊动了鳄鱼般颤声轻叫："快，转向，向后，向后，快呀！"

但是无论阿玲怎么叫，飞行器还是一动不动。阿玲哭了起来，可她又不敢大声哭，只是呜咽着联系麦克，她叫麦克赶快来救她。但是叫了半天，麦克一句回应也没有。阿玲觉得自己已被这个世界抛弃了。

睁开眼，阿玲好像看到鳄鱼嘴在慢慢合拢。她终于绝望地哭了起来，边哭边叫边胡乱捶打操纵器。终于飞行器重新启动了。

随着阿玲的叫声，飞行器调转方向向后冲去。阿玲恨不得一步跨出这个恐怖的山洞，跑了半天，估计应该到洞口了，可是前边依旧是黑暗无边的海水。阿玲更加慌乱，她冒险加快速度，不顾一切地横冲直撞。海水终于到了尽头，但是阿玲仍旧看不到希望，因为海水的尽头，是狰狞的山洞石壁。

"我要出去，我要出去！"阿玲疯狂大叫着又冲向另一个方向。慌乱之中的阿玲没有发现，那边一股漩流正在张网以待。

啊——很快随着阿玲一声大叫，她的飞行器如一片树叶般被卷进漩流，很快就消失了踪影……

此时此刻同伴们正在焦急地寻找阿玲。

已经超过了规定时间，可是不光不见阿玲回到飞船上，而且跟她的联系都中断了，这让"爱神号"上的七个选手都非常着急，梅花鹿和多多姆马上就要出去寻找，麦克拦住了他们。他说他也一样着急，但这样寻找不是办法，因为阿玲失去联系，很可能飞行器出了故障，这样出去乱找反而会耽误时间，如果找她的人再有什么故障就更麻烦了，大家还是应该分工后按阿玲所在的区域寻找，这样才能更快找到她。梅花鹿说那你快说该怎么找。

麦克稍加沉思，指着南极电子地图说："按我们分配的区域，阿玲应该在这一带，我们先在这里寻找，如果找不到再扩大范围，怎么样？"

龙华点头："一定要仔细，现在不知她的情况怎么样，分分秒秒都很宝贵！"

"那还浪费什么时间，快走吧！"多多姆说着登上了小型飞行器。

而梅花鹿的飞行器已经飞出了"爱神号"。

大家在那个不是很大的区域仔细搜索了几遍，没有发现阿玲的任何线索，扩大范围后，依然没有找到任何蛛丝马迹。梅花鹿急得哭了起来，虽然相处时间不长，但谁都看得出她和阿玲的感情最好。龙华过去安慰她，说找不到不一定就是坏事，找不到说明阿玲不一定就会有什么事，也许是阿玲跑远了，或者被什么东西吸引到了别处。

梅花鹿心急如焚地说："可是不管到哪里，总该联系得到啊，可现在飞行器和万用表全都联系不到，她到底遇到了什么事啊？"

大家心里都是沉沉的，但谁都不肯说出那种最坏结果。麦克也有些沉不住气了，他要大家扩大范围，一定要找到阿玲。这时露露提出该让大家补充一下睡眠，因为大家已经快三十个小时没有休息了。

"找不到阿玲谁能睡得着，你能吗？"多多姆很恼火地抢白她。

露露打着哈欠撅着嘴不说话了。

龙华说也确实应该让大家休息一下了，梅花鹿和多多姆坚持继续寻找。麦克说："这样吧，需要休息的就留在飞船上睡一会儿，睡不着的就继续去寻找！不过大家一定要随时保持联系，遇到可疑情况千万不要自己单独行动！"说着他自己先上了一架小型飞行器。

露露犹豫着，最后还是上了她的小型飞行器，随着大家一起出发了。

又是二十四小时过去了，阿玲仍然没有任何消息。大家都有些坚持不住了，麦克强行命令大家休息一下。

梅花鹿是哭着睡着的，刚睡着她就看见阿玲正在黑暗阴沉的海水中挣扎呼救，她扑上去刚要拉住阿玲的一只手，可是一个墨黑的大浪打来，阿玲立时不见了。

"阿玲，阿玲……"叫着的梅花鹿猛然坐起，睁开眼这才知道是做了个噩梦。但她再也躺不住了，起来就要走。

"等一等！"那边已经起来正在电子地图前和龙华说着什么的麦克叫住了她。梅花鹿焦急地说阿玲正在海里，要马上去救她，再晚就来不及了。

梅花鹿的话让麦克眼前一亮："对啊——既然我们在陆地上找不到阿玲的一点线索，也许她真的到了海里呢——我看这样，咱们现在重点搜查海陆交汇处，看能不能找到线索！"

龙华点头同意。

在这时多多姆也已起来，并且马上叫醒了其他人。

又是十几个小时过去了，梅花鹿报告发现异常，于是大家一起赶了过去。

在离岸不远的海陆汇合处，梅花鹿指着他们前面那座巨大的冰山让大家看。大家很快都看到了海水与冰山之间那条细小的缝隙，麦克下水观察之后告诉大家，冰山下有一个很大的冰洞。

大家全都兴奋起来，因为这是几天来第一个给大家以希望的重大发现。麦克也不例外，但既然身为队长，他还是考虑得要比别人多一些。阿玲如果真的去了这个洞里，这么长时间没有音信，说明洞内可能十分凶险，甚至阿玲有可能发生了不测，那现在他们进洞很有可能会重蹈覆辙。

麦克要大家都留下，如果他进去后二十四小时无音信，大家都听从龙华指挥，离开这里，再不要进这个冰洞。龙华本来是一定要和麦克一起去的，可麦克这样一安排，他只能把话又咽了回去。

坚持一定要跟麦克一起去的是梅花鹿和多多姆，而麦克则坚持要自己一个人进去。龙华建议多多姆跟麦克一起进洞，万一有事，也好有个照应。梅花鹿恼火地抗议，说他这是歧视女性，她一定要一起去。

正在争论不下，忽听喀秋莎惊叫一声："快看！"

大家寻声望去，却见一个人正站在海面上，乘风踏浪划水而来，虽然离得还远，但梅花鹿已经第一个欢叫起来："啊，是玲玲，是玲玲……"

3

那个人真的是阿玲！

大家发现阿玲是骑在一条小鲸鱼的背上，她的两手紧紧抓着鱼鳍，像驾驶着一艘快艇。那一刻大家全都被这个意外的奇迹惊呆了，以至于阿玲到了近前他们都忘了有所表示。

"我回来了，我回来了，怎么你们不欢迎吗？"阿玲衣服破烂，头发粘在额上，身上还滴着水。

这时飞船已经抛出智能绳索抓住了阿玲，三个小飞行器都围着阿玲转了起来。阿玲很快被智能绳索送到飞船门口，飞船门打开，大家七手八脚把阿玲拉了进去。

那条小鲸鱼悄悄游走了。

劫后余生的阿玲向大家讲起了她这几天的历险。原来阿玲被卷进汹涌的漩流之后，很快便被吸进了一个小洞中。特殊材料制成的小型飞行器在激烈的摔打碰撞中损坏漏水了，在被抛出小洞的那一刻竟然散碎了，而阿玲也被撞昏了……当她醒来时，那只小鲸鱼正把她托到海面……

听着阿玲的讲述，大家都有惊心动魄的感觉，却又有些不明白。麦克说："看来大洞里有个小洞通向海底，所以阿玲被卷了进去，然后被小鲸鱼所救！"

梅花鹿一边给阿玲梳理头发，一边直嚷嚷："不知道鲸鱼这么可爱这么通人性，以后我要拿出五十年时间专门去研究鲸鱼。"

龙华说："从三百年前开始，人类有计划地为一批动物注入了人类情感信息，想以此推进人和动物的沟通交流，我估计这只小鲸鱼可能就是一个试验对象或者是一个试验对象的后代的后代。"

阿玲除受了些皮肉之苦，并没有受到大的损伤，涂上一些药，八个小时就基本恢复了。大家休息了二十个小时，然后商议去冰洞探险。露露第 个强烈反对，而金智林和喀秋莎看来也有些摇摆不定。

麦克说："我看那个冰洞——哦，是山洞肯定藏有秘密，说不定从那里真的可以找到一条通往地心的通道……"

"我们这是爱情之旅，探险不是主要目的啊！"喀秋莎看来也倾向于露露的意见。

龙华说："是爱情探险之旅！"

见意见一时不能统一，麦克便采取了一个古老的方法——举手表决。结果开始只有露露、金智林、喀秋莎没有举手，到后来金智林和喀秋莎也举了手。

麦克宣布："少数服从多数，一小时后我们出发！"

露露没有再反对，但她却提出要退出这次旅行。虽然每个选手都有权随时退出活动，但大家还是劝她再考虑一下，阿玲上前拉住露露的手说："露露姐，既然当初选择了这次行程，我们就应该一起走到底，不论遇到什么困难艰险都不应该放弃退缩——我们还是一起走吧！"

露露摇摇头："当初我就不想参加，我不知道怎么会鬼迷心窍来到了这里，这不是我喜欢的，我不想勉强自己，你也不要勉强我，好吗？"

"让她走吧！"多多姆是唯一没有阻拦露露的人。

阿玲不再说话了。

见露露主意打定，大家都不好再强留她。麦克联系了组委会，数小时后一架飞船把露露接走了。

"我回去等着你们，我祝大家旅途顺利，收获爱情！"要回家的露露第一次显得这么兴奋，但在飞机门口和大家告别的那一刻，她还是流下了泪。

望着飞船飞上云端，大家都没有说话。阿玲没有流泪，但她心里却

56

有些难过，她第一次懂得了，和你一同踏上旅途的人，并不一定就能陪你走完全程。

因为等待飞船送露露，"爱神号"的行程推迟了两个小时。

傍晚九点，太阳依然挂在天边，"爱神号"又落到了那座巨大冰山的脚下。

按照计划，大家同乘飞船一同进入山洞。

因为已对山洞有了初步了解，所以这次飞船进去后，有点轻车熟路的意思，而且飞船的各种设备更要大大优于小型飞行器，速度也要快很多，所以只用了三个多小时，"爱神号"就比较顺利地抵达那只巨鳄的嘴边。

尽管早有心理准备，可面对那只凶恶狰狞的巨口，大家还是不禁倒吸一口冷气。

不过惊恐过后，龙华很快判定："这是只假鳄鱼！"

这确实是一只假鳄鱼——准确说只是个鳄鱼头。但因为夸张逼真，加之太过巨大，乍一看还真吓死人。大家松了口气，恐惧很快便被兴奋紧张所代替——既然有人在这个山洞里造就了这么一个恐怖的庞然大物，那么这个山洞之中如果没有隐藏着一个巨大的秘密，连鬼都不会相信。

那么那个秘密又会是什么呢？找到秘密的大门又会在哪里呢？

"爱神号"浮出海面，用高亮度激光灯扫射观察着这个山洞。但是这个山洞真的太大了，连飞船那十几盏闪光灯也看不清它的真面目。飞船再次潜入海洋中，重新面对那个巨大人造鳄鱼头，因为这是他们现在唯一可以面对的线索。

"大家说说，制造者为什么要在这里建造一个这种东西？"

梅花鹿抢着说："肯定是想把别人吓跑，肯定是怕暴露他的秘密！"

龙华说："如果真有什么秘密怕被发现，弄那个东西在这里吓人就不对了，这不是此地无银三百两么？"

麦克看看咬着嘴唇低头不语的阿玲笑道："阿玲，你和那家伙多见过一面，应该比我们更有发言权，你怎么反倒不说话了？"

阿玲抬起头，盯着那个巨大的鳄鱼嘴沉思着说："我在想，这个鳄鱼嘴是不是一道门……"

她的话还没说完，所有人都是眼前一亮。

飞船再次浮出水面，然后穿着全封闭潜水衣的麦克和龙华下了水，向鳄鱼嘴游去。

他们小心地接近了那仿佛大得没边没沿巨嘴。在那个巨大的鳄鱼嘴面前，麦克和龙华渺小得就像两条小鱼丁儿，而鳄鱼嘴内那些巨大的牙齿都很狰狞雄壮地矗立在他们面前。两个人打个手势，麦克首先闯进了那片巨牙林。不一会儿他闪身对着外边招了招手，龙华也很快游了进去。两个人像鱼一样在里边游来游去，仔细地寻找着什么。虽然他们还不清楚要找的是什么，但他们相信他们要找的就藏在这里面。

忽然，一个影子似乎在他们身后一闪而过。

4

麦克和龙华浑然不觉，依然在鳄鱼牙齿的丛林中寻觅着。

黑影又是一闪，然后不见了。

麦克和龙华找了半天，还没发现什么门道，两人打个手势，又隐入了牙林之中。

黑影再次划过飞船的灯光，正在她又要隐入牙林中的时候，麦克龙华两边夹击，把她"捉"住了。

原来是偷偷跟来的阿玲！

虚惊过后，三个人继续寻找起来，但是很快他们就不得不退回飞船，因为刚才在"捕捉"阿玲的时候，龙华的潜水服被锋利的鳄牙刮破了。龙华看来真的很怕水，呛了几口水就差点昏过去。麦克关切地为他脱去潜水服，扶他躺下休息，看着他没事了，这才和大家琢磨起那个鳄鱼嘴的秘密到底在哪里。

麦克说："大家想想，如果那里是一个门，如果那是我们设计的，开启大门的机关应该在哪里？应该用什么方法开启最好？"

"要是我，我就把机关装在眼睛上，当然要用遥控开关，所以你们那样傻找，一千年怕也不会找到！"梅花鹿很为自己的判断而得意。

但阿玲不以为然："这么老套啊？你是不是古代电影看多了？"

梅花鹿反击说："那你说说该怎么开？"

"好了，我看梅花鹿说的有道理，让我们先来试试吧！"麦克说着又要出去。金智林要去替换他们，可喀秋莎也要随着金智林去，说可能会有危险，喀秋莎说正因为有危险我们才要在一起……在他们两个情意绵绵之际，阿玲已经跟着麦克来到了舱门口。这时多多姆才说也要去，麦克说人多万一有危险就要做无谓的牺牲，多多姆说那就他和麦克去。阿玲却一口拒绝了他："我和麦克是旅伴，当然应该我们两个去！"说着一把把麦克推出了舱门。

麦克阿玲两个游了半天，方才来到了那只巨鳄的头顶，两人做手势，一人奔向鳄鱼的一只眼睛。

鳄鱼头的眼睛并不是很大，相对来说反倒显得有些小，小得不成比例，而且分不清它是金属还是玻璃。麦克观察一阵，耳机里传来阿玲的声音："开始吗?"麦克说声"一、二、三"，两个人便一起伸手向巨鳄的两只眼睛按去。

随着两只眼球的按动，只听一阵闷雷似的声音响起，然后整个山洞全都震动起来，连洞内比较平静的海水都掀起了大浪。几乎就在同时，巨鳄大口也猛然张开，一股巨大的吸力仿佛要把整个世界全都吞噬。

"快跑！"麦克和阿玲反应不慢，发觉不好他们就转身要向飞船逃去。但还是太晚了，两个人连同他们的飞行器全都毫无抵抗能力地被那只发怒的巨口席卷而去。

顷刻间仿佛一切都已结束。

不知过了多久，麦克睁开眼，发现自己躺在一间金属房间内，头盔已经被摘去，他的手和另一只手紧紧攥在一起。

麦克的心一阵激动——不用看，他知道那一定是阿玲的手。他不知自己是怎么到了这里，他也记不起是如何抓住了阿玲的手，也许是危机时刻的本能吧。

麦克急忙撑起身子去唤阿玲，阿玲很快睁开了眼睛。

两只手紧紧握了一下，然后他们起身，想出去寻找飞船和龙华他们。

可是他们刚起来，那扇金属门就重重地打开了，一个不是很高大的人出现在他们面前。一见这个人，麦克和阿玲都是大吃一惊——这个人竟然很像历史资料中的希特勒。

虽然希特勒已是一千多年前的古人了，但因为他是对世界产生过重大影响的人物，现代人对他并不陌生。不过麦克阿玲很快知道自己判断错误，因为这个人不是像希特勒，而是就是希特勒——他不光长有那撮标志性小胡子，还佩带有"卐"形帽徽，而且他还对着麦克他们行了一个纳粹礼。

麦克和阿玲互相望了一眼，很是惊讶地问道："你是——希特勒！"

那人很严肃地回答："我是希特勒1250号，你们为什么不听警告，再次闯入我们的第三帝国军事基地？"

"第三帝国军事基地？希特勒1250号？"这个希特勒1250说的是古代德语，麦克阿玲他们的智能芯片让他们通晓地球古今各种语言，但他们虽然听得懂，却对这个1250的话又糊里糊涂，"我们并没有接到过任何警示，我们不知道怎么会到了这里，我们的飞船呢？"

希特勒1250号也是狐疑地打量了两个人一阵，说："我不管你们有什么理由，我只是在执行命令——我奉命处死你们！"

麦克和阿玲更糊涂了——能给希特勒下命令的人又会是什么人呢？难道还有一个比希特勒更疯狂的狂人？不过现在他们顾不上追究那个人到底是谁，现在最要紧的是要尽快逃脱这个希特勒1250号的魔掌，尽快找到飞船和龙华他们，尽快弄清这是什么地方，然后找机会逃出去。

"跟我走！"希特勒1250说着转过身去要往门外走。麦克和阿玲心有灵犀，他们一起猛扑上去要制服这个当年曾经挑起第二次世界大战的大魔头。可是麦克他们怎么也没有料到，还没挨到希特勒1250的边儿，希特勒1250已经双臂向后猛挥，一下子就把两个人打飞出去。

麦克和阿玲狠狠撞击到金属墙上，然后又重重摔到了地上，阿玲疼得直叫。他们想不清这家伙怎么会有那么大的力气，要知道现代人从小就注射全面营养素，而且上千年来不断以人工方式加速人类智力和体力的改良进化，不要说麦克，就是阿玲这样的女孩子，正常情况下力气至少应该比千年前的古代壮汉大上两三倍，何况希特勒是个并不强壮的古代男人。这一点让麦克他们很觉不可思议。

当麦克坐起并拉起阿玲时，希特勒1250再次命令："老老实实跟我走，否则你们将会被就地处决！"他的语调平板冷漠而又傲慢，甚至连身体都没有转过来。

麦克和阿玲手拉手站了起来，然后又一次联手地扑向了希特勒1250。

结果应该是麦克他们再次被摔脱出去。但这次轮到希特勒1250意外了，因为他们竟然没有被甩脱。而接下去三个人就毫无风度章法地扭打在了一起。

把三个人强行分开的是另外两个纳粹军官。当狼狈不堪的希特勒1250挣脱开麦克的手掌后，他顾不上擦一擦那标志性小胡子上的鲜血，上前就用皮靴狠狠地踢起了麦克。

"好了，马上把他们带走吧！"说话的纳粹军官用命令的口气对希特勒1250说。

听他的声音跟希特勒1250如出一口，麦克和阿玲抬头一看不禁又是一惊——原来这个纳粹军官也是希特勒。

再看另一个纳粹，麦克阿玲真的只能用目瞪口呆来形容了——这又是一个希特勒。

不过这两个人的编号一个是469，一个是873，看来编号越小职位越高，这也是区别这三个希特勒的唯一标志。

麦克和阿玲被押出了那间金属房屋。

房间之外是一条走廊，走廊内的光线不知来自哪里，但很昏暗，走廊不是很宽，但却很高，显得发空，两边的墙壁却反射着金属坚硬冰冷的光泽，墙壁上不时会出现一些坚实得有些笨重的门，方形圆形都有。走过长长的一段之后，生硬地拐了一个九十度的直角弯，继续前行。

前边一个希特勒，后边两个希特勒，以希特勒们的那超强的力气，加上那让人丝毫看不到希望的金属墙壁，要逃跑几乎是毫无可能的，但是麦克依然努力镇定着自己的心绪，留心观察等待着。虽然麦克一直没有找到可乘之机，但他的镇定在很大程度感染了惊恐的阿玲，在这时候，麦克那原本让她感觉有些轻浮的微笑也变得那样亲切可爱了。

希特勒们的皮靴声强硬粗暴地叩击在金属地面上，仿佛那已是世界上唯一的声音了。

终于，前边出现了一扇门。前边的希特勒直接用手有些吃力地拉开了那扇门，那动作原始、笨拙，然而非常有力。

半开的那扇门里很黑，里边的黑暗仿佛都是经过千倍万倍压缩过的，展现给麦克他们的只是无底的阴森，而且那黑暗中还有一股彻骨的寒凉迎头涌出。

"请进吧，尊敬的先生和女士！"前边的希特勒彬彬有礼地做了个请进的手势。

"这是什么地方？"

"这是你们的归宿，进去之后，你们很快就会体验到死亡的快感，死神正在里边张开怀抱迎接你们！"

阿玲不由自主地后退了一步，差点退到了后边的一个希特勒的怀里："我们、我们没有别的选择吗？"

开门的希特勒摊摊手耸耸肩，表示非常遗憾。而后边的希特勒则开始驱赶他们了。

阿玲似乎看到了死神的笑脸，如果死神真的存在，那他现在离阿玲只有几步远。

第五章
爱情之旅地球篇（续）

1

　　时间似乎凝固了片刻，然后麦克猝不及防地猛然抱住了前边的希特勒，一只手死死抓住他的一只手，另一只手死死卡住了他的脖子，同时麦克大声喊道："放我们走，不然我们同归于尽！"

　　这个倒霉的希特勒是469。

　　大概从没有经历过这种情况的发生，另外两个希特勒面面相觑，一时不知所措。

　　希特勒1250反应稍快一些，他冲上来要抓阿玲。但阿玲比他更快，已抢先一步跑到了麦克身边。

　　"退后，立刻退后！"麦克厉声命令着希特勒，同时又向手中的希特勒道歉："对不起469，不让他们退后，我们会很危险的，请你理解和配合，我安全你才会安全。"

　　"快，退后，我命令你们！"希特勒469很是配合。

　　但是那两个希特勒并没有退后，反而虎视眈眈，跃跃欲试。正在这时，一个很有磁性的声音忽然响起：

　　"好了，873、1250，把他们两个带来见我吧，469也一起来吧！"

　　一听那个声音，希特勒们包括麦克手中这个都立时肃然起敬，他们马上敬礼接受命令，然后向麦克阿玲做个手势："请跟我们来，第三帝国至高无上的超级大帝要接见你们，你们应该感到无比荣幸！"

　　麦克和阿玲交换一下眼神，决定跟他们走。不过边走麦克还边打量，因为刚才那个超级大帝的话就像响在耳边，但他怎么也找不到声音的来源。他怀疑这是刚才那两个希特勒在搞鬼，所以一路上他并没有放松希特勒469。

紧紧跟在麦克身边的阿玲没有麦克这么紧张，因为有麦克在她身边。

走了一段，又转了一个直角弯，他们来到了一个房间门口。不过说这是个门有些牵强，因为它只有一般房门的三分之一大小。但是几个希特勒，包括麦克手中这个，刚到门口就再次毕恭毕敬地立正敬礼，并向至高无上的超级大帝报告说："把两个闯入者带来了"。

"让他们进来。"里边平静而威严地命令。

"女士，先生，请进吧？"两位希特勒很恭敬地做着手势，当然这恭敬不是给麦克和阿玲的。

"这样矮的门我们怎么进去？"阿玲质问道。

几个希特勒又惊恐又愤怒："你胆敢亵渎至高无上超级大帝的宫门？你能进到这扇门是你最高的荣誉和最大的幸运，我们做梦都想有朝一日能进入这扇门，哪怕就一次，然后我们情愿马上死去！"

"快进来吧，趁我现在心情正好，否则你们将永远失去机会！"里边开始催促。

"小心有诈！"见麦克要放开希特勒469，阿玲提醒道。

麦克笑笑，还是放开了手中这个希特勒。果然不出麦克所料，放开469后几个希特勒并没有一拥而上捉捕他们，他刚一松手469就忙着整理衣服，然后异常激动地抢先爬进了已经打开的那扇矮门，另外两个希特勒则是满脸羡慕地看着他，直到希特勒469连头带脚全部爬了进去。

"我们也进去吧，去见识一下这个超级大帝是何许人也！"麦克说着猫下腰先钻进了那扇门。阿玲随后也钻了进去。待他们进去后，那半扇门便自动关闭了。

直起身体之后，阿玲大为意外，因为门虽然只有那么小，可是这个房间竟然是那样高大，更令他们吃惊的是房间里站着的这个人。

这个人还是一个希特勒，不过这个希特勒是个巨人希特勒，他身高起码也有六七米，连麦克也只是刚刚接近他的膝盖，而且他的皮肤也和常人不一样，给人一种金属的质感，甚至身上隐隐闪烁着金光。他的手中则是一个金光闪闪的球体，那是一个很精致的地球模型。

这个人肯定就是超级大帝了，那一刻阿玲不由自主抓住了麦克的胳膊，目光中也不由现出了敬畏。而希特勒469则激动万分地跪下去，狂吻这个超级大帝的大脚。

"超帝"的脚就像两只小船。

"469，你这是第一次见到我，当然也是最后一次了，因为在危急关头你为保命而丧失了一个军人的尊严，同时你也违背了我的命令，现在你将受到军法最严厉的惩处！"超帝没有理会麦克他们，但麦克和阿玲同样感受到了他身上那不可抗拒的尊严和权威。

希特勒469惊恐万状地抱着超帝大脚苦求饶命。

"你这已经是错上加错，孩子，走进那扇门，你将毫无痛苦的舍弃旧我，获得新生！"随着这句话，墙上已现出一扇人体轮廓形状的"门"来。

超级大帝的话仿佛带有强大的魔力，希特勒469很快停止苦求，脸上的神情也变得十分怪。他没有再看阿玲他们一眼，而是匍匐在"超帝"面前，万分谦恭地说："我至高无上的超级大帝啊，今生能够见到您，我死而无怨！为你而死，是我最高的理想和追求！"说着他站起来，机械地向那扇并不遥远的人形门走去。

在门口站了一下，希特勒469终于填补了那扇门的空白，那扇门似乎就是比着希特勒469的身体做出的一样。

然后希特勒469进入里面，那扇门便无声地合拢了。门里有什么，麦克和阿玲根本看不到。

几秒钟后，那扇人形门再次打开了，里边走出了希特勒469。他略带迟疑的走到麦克他们面前，打量一下他们，低头看看自己摸摸自己，然后一脸茫然地像在问，又像在自言自语："我是谁？我这是在哪里？"

"超帝"的声音再次响起："孩子，这里是第三帝国的军事基地啊？你是希特勒469号，难道你忘了吗？"

"哦，第三帝国、希特勒469……"469若有所悟地叨念几句，抬头仰望着"超帝"，忽然又扑通一下跪下去求告："至高无上的超级大帝，饶我这一次吧，我，我以后会视死如归，不再惧怕任何敌人……"说着他下意识地看一眼麦克，目光里还是显露出掩饰不住的畏惧。

房间内仿佛响起了一声轻叹，然后"超帝"那略带悲悯的声音再次响起："孩子，走进那扇门，你的心灵会得到永远的安宁！"

随着他的话，那扇门再次打开了。希特勒469几乎是迫不及待地走了进去。然后人形门再次关闭，和上次一样关闭之后墙壁上便立刻恢复得没有一点痕迹。不过这次和上次不同的是，几秒钟后，人形门开启的地方有红光轻闪一现，然后倏然消失。

门没有再次打开，也没有希特勒469再次出现在麦克和阿玲面前。

"好了，469不会再出现了——这孩子过多继承了希特勒生命中的软弱基因，刚才我重新复制了一下，想给他换换脑子，结果他还是那么软弱怕死，我只好把他彻底删除了——没办法，我不得不这么做，每次删除他们的时候，我都能感觉到心在疼痛，他们都是我的孩子啊……"说着他一只大手真的就捂在了胸口上。

"复制？"阿玲和麦克惊疑地互望一眼，这时他们才发现不知道什么时候，他们的手又拉在了一起。

"是的，我是无所不能的超级大帝，我主宰着这里所有人包括你们的生死！"

"那么你打算怎么处置我们？"阿玲仰起头，仰望着那张大得有些模糊的脸。

"当然是死，不过我要当众处死你们，包括你们所有人！"说着他伸出一只大手把麦克阿玲两个提了起来，然后叫声打开宫门，只见墙壁上慢慢现出一条缝隙，然后一道高大宽阔的大门打开了。

2

超级大帝的巨大号皮靴踏着走廊坚硬的地面，发出让人心颤的践踏声。下边是一阵欢呼和敬礼声，麦克和阿玲被仰面提在"超帝"的左手中，只能看到"超帝"快要碰到天花板的那颗硕大头颅，却看不清下边到底有多少人，但从欢呼和跟随脚步声中，麦克估计走廊里已经全部都是希特勒们了。

当麦克阿玲被放下时，他们已经置身于一个宽阔的大厅中，麦克和阿玲被丢在了一个台子上，而"超帝"就坐在这个台子上一把特制的金属超大椅子上，台下是数百名长相身材一模一样只有编号差异的希特勒们。麦克和阿玲刚站起来，那边几个希特勒已把五个人押上台来，麦克阿玲一见，立刻扑上去和几个人拥抱在了一起。

那就五个人正是龙华、梅花鹿、金智林、喀秋莎和多多姆。伙伴们虽然分别时间不长，但现在却像已经分别了一千年。没等说上什么话，几个希特勒已经把他们强行分开了。但是大家很快挣脱开又抱在了一起，任希特勒们怎样又打又拉再也不肯分开。

"好了，随他们吧，他们的生命马上就要结束了！""超帝"略带悲悯地说了一声，然后摆摆手，台下立时静了下来，他开始演讲。

"超帝"还是用的古老德语，同时还夹杂有这里特有的用语，大意是表示慰问和鼓励。他的声音很大很响亮很有金属质感，很有震撼力和感染力，在他的演讲过程中，下边的希特勒们都在狂热的鼓掌欢呼表达他们超乎寻常的崇拜，台上那几个更是近水楼台，都匍匐到"超帝"脚下去吻他的大脚。在这封闭坚固的大厅中间，在这么多强有力的希特勒中间，要逃出去可以说比登上另一个宇宙还难，何况还有这个看来无人能敌的"超级大帝"。

麦克他们看不到一点逃生的机会和希望。

谁知就在大厅内陷入一片痴迷和疯狂的时候，麦克他们突然出手了——他们刚才抱在一起就是在紧急传递信息。七个人猝不及防地一齐攻向"超帝"的一条腿——擒贼先擒王，要和这么多力量超过他们的希特勒搏斗是不可能的，先摆平"超帝"当然是最有效的办法。

但是麦克他们还是太低估了这个巨人，合七个人之力撞到"超帝"腿上，"超帝"没什么反应，而麦克他们则被他们自己巨大的力量反弹回去，重重地摔在了金属台上。希特勒们一拥而上，到了这时，麦克他们已经别无选择，只好不顾一切地和希特勒们打在了一起。

虽然希特勒人数和力量上占绝对优势，但麦克他们知道这已是拼死一搏，倒下和屈服就意味着死亡，所以他们的潜力全都暴发出来，一时间希特勒的人数虽多却不能都挤上前，加上麦克他们把阵地选在"超帝"腿脚附近，希特勒们也有些投鼠忌器，还有麦克他们也占了双方都没有使用武器的便宜——麦克他们的武器都在飞船上，而这里的希特勒们腰中的古代手枪看来只是装饰品，"超帝"不给他们武器，说明一般来说这里非常安全，当然也可能是防止这些希特勒们闹事吧。

虽然暂时麦克他们还能应付，但是时间一长，他们肯定是要吃亏的。从形势上看，麦克他们虽然勇猛异常，但他们仍然无法改变最终结局，被擒获杀死只是时间问题——也许是下一个小时，也许是下一秒钟。

"孩子们都下去吧，让我来逗逗他们！""超帝"突然发话了，大概他很少有一展身手的机会，而现在又见这几个闯入者值得他一展身手吧，或者说他也想在崇拜者们面前露一手。

希特勒们闻声立刻都退到了台下，包括几个被打倒的也被抬了下去。谁都相信"超帝"抬抬脚就可以踩死这几个人，动动手就可以捻死这几个人，他们刚才拼命跟麦克他们以死相搏只是出与责任和义务，"超帝"用不到他们来保护，相反他们都要依靠"超帝"的庇护。

"超帝"当然也不会真的是要跟这几个比他鞋子大不多少的"小人物"大动干戈，他真的只是想活动一下吧。所以他一手背在身后，一手握着那个地球模型，只用两只脚去踩麦克他们。"超帝"的脚是不是肉长的看不出，但他的军靴肯定是金属的，无论他多用力，只需他一脚踩下去，相信没人还会从他脚下站起来，所幸在灵活性上，"超帝"的两只脚远不如麦克他们，所以几个人还能在他的两脚之间展开游击战。

忙活半天，竟然连几个"小人物"的一只鞋子也没有踩到，"超帝"有些恼火起来，更让他气恼的是当着这么多崇拜他的子民，他的两只看起来几乎可以踏破地球的大脚却太不争气。"超帝"那只背在背后的手不自觉地伸了出来，并不时弯腰弓背，手脚并用地向麦克他们发起了真正的攻击。这一来形势立转，麦克他们险象环生，有几次阿玲和梅花鹿都差一点就被那巨手抓到。此时"超帝"已经动了真怒，一旦抓到肯定会被当场捏碎。

时间一分一秒地在流逝，而每分每秒对于麦克他们都是生死之战的。

麦克抓住一个空隙和龙华说了句什么，但就是这么小小的一分神，"超帝"的巨手就扫了过来。

"快闪"阿玲一声尖叫扑上去推了麦克一把，而她自己却被"超帝"一把抓到了手中。

"抛我上去!"随着麦克一声大喝,龙华和多多姆金智林抓起麦克用尽全力把他抛向空中。麦克在空中奋力一跃,落到了"超帝"的手臂上部,借着"超帝"的手背麦克又是一跃,一下子跃到了"超帝"肩上,然后他大吼一声拼尽全力飞起一脚向这个巨人的粗壮脖颈踢去。

　　所有动作都是在一瞬间行云流水般连贯自然完成的。随着喀嚓一声巨响,"超帝"一声痛吼,一颗硕大的头颅已经向一边歪去。

　　麦克没有给"超帝"一点喘息"机会",第二脚第三脚已经连续不断地踢中了"超帝"的脖子。

　　"啊……"随着"超帝"又一声惊天动地的痛嚎,他手中的地球模型和阿玲一起失手掉落下去。

　　阿玲被伙伴们一起接住,而地球模型则摔到了台子上,然后滚动起来,一直到了台子边缘才险险停住。

　　此时"超帝"已经疼痛难忍,如果他真的有疼痛感觉的话。他的头吃力地垂在一边,身体却在疯狂抖动摇摆,极力要把麦克甩下去。麦克正要给这个"超帝"再一次重创,谁知一个站立不稳,他便头下脚上地栽了下去。下边的同伴们惊呼着忙去接他,可是麦克却及时抓住了"超帝"的领子,反身跃起并牢牢抓住了"超帝"那两只大耳朵,然后大喝一声,飞起双脚向"超帝"的太阳穴踢了过去。

　　随着哗啦一阵破碎之声,"超帝"的硕大脑壳已经四分五裂,碎片纷纷掉落下去,现出了里面的线路和模拟人眼等内部构造。

　　果然不出麦克所料,这家伙真的是人工智能的。麦克早就怀疑这个巨人不是真正的人类,又观察到他的下半身比较坚硬,而上半身比较软弱,特别是脖子,因为要转动所以肯定是最脆弱的部分,又因为高高在上以为没什么人能构成威胁,所以也留下了死穴。事实证明了麦克的判断。

　　随着"超帝"头颅的破裂,阿玲梅花鹿她们都有些目瞪口呆,而那些希特勒们则全都傻了眼——他们肯定无论如何也想不到,被他们当做超人神灵万分敬仰的"超级大帝"根本就不是人,他们更不愿相信,被他们当作依靠和偶像看起来不可一世的巨人竟然这么容易就被打倒——不过几十秒钟,一个神话就破灭了。

　　那一刻,也许有人突然懂得了,越是貌似神圣庄严强大不可侵犯,其实越可能外强中干不堪一击——就像这个所谓的"超级大帝"。

"超级大帝"的脑壳虽然破裂了，但他并没有倒下，而是一边嚎叫着，一边挣扎着费力地抬起两条胳膊去抓麦克。不过他的手还没碰到麦克，就突然被抽去筋骨一般耷拉了下去再也没能抬起来——麦克拔蒿扯草一般抢先破坏了他的脑部线路。

"超级大帝"终于闷吼一声，浑身乱颤着扑通跪倒下去。这时除了这副庞大的身躯，这个"超级大帝"早已经面目全非。至高无上的威严也一下子丧失殆尽。树倒猢狲散，台下醒过神儿来的希特勒们争先恐后一哄而散。

麦克最后又给了"超帝"的"脑子"一脚，然后跳下他的身子，和大家一起用力推翻了这个已经变成一堆废物的庞然大物。之后麦克问飞船还好吗，龙华他们点点头。麦克说声快走，带着大家就要去找回他们的"爱神号"。可是还没等他们跑出大厅，身后忽然传来一声怪异的笑声：

"哈哈哈哈哈，呵呵呵呵，看你们能往哪里走呢……"

3

麦克他们吃惊地回头一看，却见台子上无中生有多出来一个只有一米多高的小人。他看起来像个孩子，但长得有说不出的异样，脸上的神情也显得妖异鬼魅，特别是那双眼睛更是让人无端的产生一种怪诞和恐惧之感。

"你是谁，从哪里冒出来的？"

"哈哈哈，我是他的灵魂啊，当然是从他的身体里出来的！"那个孩子一般的诡异小人怪笑着指指"超帝"的"尸体"——原来他是刚刚从"超帝"的身体里钻出来的！

大家互相看看，梅花鹿说别管他咱们快走。那个孩子般的小人又笑了起来："哈哈，来到这里的人能走得了吗？你们以为打败了这个笨家伙就可以一走了之？哈哈，告诉你们吧，其实他只不过是一个供我驱使的躯壳而已，在这里的我才是真正主宰！"

"你到底是谁？是人还是智能人？"

"我不是人也不是智能人，但我远远比人和智能人更高级——我是一部超级电脑，我的名字叫万能。"

"超级电脑？万能？"

"对，我诞生于一千多年前，那时像我这种生命就叫电脑，不管现在你们叫什么，但这些生命都是从我这样的电脑发展进化而来的——我虽然已经一千多岁了，但现在我每天都在不断升级更新之中，所以我每天都是一部最先进的电脑，你们地面上恐怕没有任何同类能够超过我，至于你们人类就更不能和我相提并论了……"万能说得很自信也很自得。

阿玲不相信他的话："吹牛吧？我才不信——一部电脑统治希特勒——他们难道知道吗？"

万能笑了起来："他们当然不知道，那些傻瓜都是一千年前的脑瓜呢，不会想到这一点的。想当初希特勒用李代桃僵金蝉脱壳之计，乘潜艇来到南极，这里有他早已经营的地下城，也就是第三帝国的军事基地，可以说那时的希特勒还是个比较有头脑的孩子，可惜到达之后不久他就因疲劳抑郁和过分服用保健品而死。地下城聚集着忠于希特勒和被胁迫来的大批最优秀科学家，这里的科学技术在当时也要优于地面很多，这里的计算机比地面上，要早诞生四年零两个月，这里制造出了多种类型的飞行器，人们多年前所称为'飞碟'的东西，有一些就是第三帝国南极地下军事基地的产物……可惜希特勒的死得太早，虽然这里科技那么发达，但失去核心、领导的队伍就像一个人失去了灵魂一样，最终成为一盘散沙，如果不是这样，世界历史肯定是要改写的……"

"哦，南极地下果真隐藏着惊天的秘密——既然希特勒早就死了，你们还维持这个系统做什么？"麦克望着万能问。

"哈哈，这里的科学家研究生命科学比地面上还要早，可惜走了弯路，并没有使希特勒延长寿命，也没能让他起死回生。不过他们保存了希特勒的生命基因，这才终于有一天使领袖复活，但是让纳粹们大失所望的是，这个'领袖'只有希特勒的形，而没有他的神……后来嘛，很多优秀的人都死了，但我却越来越先进越来越年轻，当然也越来越智慧，直到有一天我不再依靠人类而独立升级自己，然后我就开始控制、复制人类、指挥人类，最后要达到统治所有人类的远大目标……"

"你、你想干什么？"阿玲很是震惊。

"哈哈，我没什么野心，只想做地球的主人……"

阿玲愤怒起来："你做梦，你不过是一台老掉牙的电脑……"

"哈哈哈……"万能终于忍不住狂笑起来，"亏你还是现代人，怎么会有这么传统的思维，你以为人是什么？人是最愚蠢的动物，几千年来，人类干了多少蠢事傻事，而且干了蠢事、傻事还不肯承认，这就说明人类一代更比一代蠢，一茬更比一茬傻，所以说没有最傻只有更傻……再说你们就算现在能活上一千年，但你们终究是要死的，而我不会，我会随时更新换代，所以我永远年青永远不死，世界以后当然就是我的啊！"

麦克问："你不怕这里的人，就是那些希特勒们造反吗？现在'超帝'已经失去作用，如果大家起来反对你，你有什么办法保护自己呢？"

"哈哈哈，傻孩子，你是在套我的话，想知道怎么对付我吧？告诉你，我对付敌人的方法很多很多，比如现在只要我稍一激动，地下城将是一座带有千万伏以上高压电的'电城'，据我所知，地球上还没有一种动物能够抗拒那样高的电压……"

阿玲让万能说得身上麻酥酥的，真像已经通电一样，但她没处躲藏，她所见到的一切都像是金属。

麦克向万能走了几步，然后停下来说："你为什么要告诉我们这些？"

"因为这个叫地球的星球即将在宇宙中消失了，我已经启动了爆炸装置，你们现在真的已经是死人一样了……"万能说得很轻松。

阿玲和梅花鹿不信他的话，万能指指台上那个地球模型："看看，这里面是核炸弹，只要它一爆炸，就会引爆这个基地的所有核炸药，其能量足以摧毁三个地球！"

阿玲他们看看麦克，不信万能的话，梅花鹿说："吹牛，你不怕把你自己也炸飞了？"

"哈哈哈，我现在突然不想做地球主人了，因为地球人偏见太重，我想到另一个空间去施展我的才能，而唯有这样大威力的爆炸才能把我送到我想要去的那个空间——把你们吸引来的飞行器就是我的异域空间探测器，把你们引来实在只是个意外！"

"为了自己一个，你竟然要拿整个地球给你做陪葬，你！你有一点人心没有？"梅花鹿冲上去要抓住万能，可是万能眼里突然射出了一束妖艳的光芒，梅花鹿眼前立时出现了一个怪异的世界——那是一个光怪陆离的世界，许多奇形怪状的虫子动物还有植物包围着她，梅花鹿就像喝醉酒一样，不由自主地手舞足蹈起来。

4

顷刻之间，不但梅花鹿变得痴迷癫狂，连上前拉她的阿玲一经和万能的目光接触，也立时迷失了自己。

接下去是喀秋莎、金智林和多多姆。最后连麦克也未能幸免，他望着万能与大家在一起手舞足蹈起来。

龙华是伙伴中唯一没有受传染者，他很快看出了端倪，并马上高声喝喊起来："不要看他的眼睛——都别看他的眼睛！"

大家不但置若罔闻，反而更加激烈疯狂。

龙华向万能走去。万能收拢目光，全力迎接龙华。龙华并没有躲避万能的眼睛，他牢牢地盯着万能，目光中似乎有千年寒冰要把万能眼中的邪火融化。

万能犯了一个致命的错误，直到龙华走到身边时候才相信龙华真的不受他的蛊惑，不过万能此时想逃已经来不及了，龙华一把抓住他，高高地举过头顶，用力向金属墙壁撞去——一下、两下、三下……

万能终于散了架，手臂和身体已经分了家。但他已经变型的头部仍然在怪笑着，而且还说出了最后一句话："不可能，不可能，我不会死，我不会死，还有一小时我就应该在爆炸声中升入我的理智王国。不可能、我不能死……"话没说完，他眼中一点光彩一闪，然后便黯然熄灭了。

龙华望着它，突然有些于心不忍的样子。

"你做得对，多亏了你，否则大家可能会永远迷失在这个地方！"麦克上来很理解地拍拍龙华，然后上前检查万能破碎的"尸身"，并从他的部分尸体上找到了一个小东西。那东西是一个墨黑的小棒棒，只有大拇指粗，十厘米长短，似乎是合金制成的，凭感觉麦克觉得它应该是一件武器。他试着按动上边唯一的红色按钮，小棒棒立刻变成了淡红色。麦克再次按动按钮，一束细如小手指的蓝色光剑立时"刺"进了厚厚的金属墙壁。

这是一只激光枪，它比地面上现在使用的激光枪威力要大很多。

麦克的手稍稍一动，厚厚的金属墙壁立时被整齐的划开了一条深深的缝隙。

"这个东西还有半小时就要爆炸了，我们必须马上想办法销毁它！"龙华手中捧着那个沉重的地球模型。

这句话提醒了麦克，还有围上来的伙伴们。大家神情全都变得异常严峻和万分紧张。

"怎么办？"

"怎么办？"

"怎么办？"

"破坏它！"

"用那只激光枪割开它！"

麦克的头上见了汗，他接过那个地球模型看了看，摇了摇头："不可能，外壳是特殊合金的，我们无法打开，用激光抢只能让它提前爆炸！"

大家头上全都见了汗——龙华除外，他的神情依然那么冷静。

滴答，滴答，大家能清楚地听到时间的脚步声，不慌不忙却又一刻不停。

地球的生命已进入了倒计时。

"给我。"龙华说着伸出了手。

麦克抬头，很快明白了龙华的意思，他稍作犹豫，便把地球模型递给了龙华，并对他郑重地点了点头。龙华抱着那个模型坐下来，并把模型放在胸口，屏息静气似乎在细听什么。

大家虽不明白，但也都屏住呼吸望着龙华。阿玲望望麦克，欲言又止。

过了好久好久，龙华还没什么反应。麦克看看表，其实才过去了三分钟。但是在这样的时刻，一秒钟都关系着地球的安危。

龙华终于抬起头来，望着麦克摇了摇头："不行，它的装置很特殊，联系不上。"说着他让麦克拿着模型，自己则解开上衣现出了健壮的胸腔。然后他的右手略微一动，一把薄如蝉翼的小刀片竟从指甲缝中伸了出来。

"龙华，你……"麦克急叫一声。

"没别的办法，只能试试了!"说着龙华毫不犹豫地用刀片划开了胸腔。

啊——大家不由自主一阵惊叫，随之又是一声惊呼——龙华没有流血，而且胸腔里也不是心脏，而是和万能一样是些线路装置，其中一个类似心脏的圆形"器官"似乎是一个重要部件，龙华顾不上理会大家惊异的眼神，接过模型紧紧贴到胸腔内那个"圆形"器官上。

大家都惊呆了，一时间大家真不敢相信这个和他们朝夕相处的伙伴竟然会是位智能人。

只有麦克没有惊讶，只有心痛和难过，更有佩服——他明白龙华是在尽最大努力和那个具有人工智能的炸弹沟通，想要尽快找到挽救地球的办法。麦克知道，如果不是面临这种无法解决的危机，龙华永远也不会希望其他人知道他的真实身份。

在大家惊异注目下过了大概有漫长的三分钟，龙华睁开了眼睛，十分愧疚地对大家摇了摇头，说核炸弹拒绝和他沟通。麦克赶忙拿出地球模型，拍拍他的肩说："你已经尽力了，你是个英雄——快复原吧!"龙华一手抓住切口，一手又用那片小刀向切口中划过，眨眼间他的身体就已完好如初了无痕迹了。大家的注意力又很快集中了那个地球模型炸弹上了。时间在无情地流逝着，大家一点办法也想不出，他们和他们的地球似乎只能坐以待毙。

"找他们问问，也许会有办法!"阿玲突然叫了一声。

一句话提醒了大家，麦克抱着核炸弹第一个冲出了大厅。

几分钟后，他们还算顺利地捉到了一个希特勒，他的编号是0008，级别还不低。他证实了基地存有大量核武器，但他无法提供帮助。麦克他们晓知利害后，求生的本能让希特勒0008不顾一切地带领大家找到了希特勒0001号。看来0001比0008号还怕死，但他也不知道出去的路，因为只有"超帝"或者说万能才能打开通往外边的路。

麦克原来希望能找到出去的路，把核炸弹送上太空，即便来不及飞上太空，能在其他地方引爆也应该能保住地球，但现在看来那种希望已经非常渺茫。

不过 0001 号一句话又给绝望的麦克他们带来了一线希望——他说他知道还有一条通道，不过不是出去的，而是通往地心的。

时间紧急，他们已别无选择，只能尽快把核炸弹带向地心，尽量远离这个基地。希特勒 0008 带着他们找到了飞船。

通往底心通道之门打开了，麦克驾驶飞船向地球最隐秘的部位飞去。

时间还剩下二十分钟。

所幸通道比较宽阔，"爱神号"又比较"苗条"，加上麦克的驾驶技术超一流，所以飞船能够以较快的速度冲向地球最深处。

飞行十分钟之后，通道突然变窄了，飞船无法继续下去了。

"怎么样？可以了吗？"麦克望着龙华。

龙华点头："应该没问题了！"

舱门打开，麦克轻轻撒手，地球模型核炸弹便向黑暗无底的通道下边疾落而去。然后飞船急速飞升。此时大家紧张到了极点，因为他们无法预知核炸弹会不会因为遭遇意外碰撞而提前爆炸。

五分钟过去，他们担心的意外没有发生，但却发生了另一种意外——通道从上面崩塌了！显然，这是那些怕死的希特勒们为了不被爆炸波及堵死了通道，当然也是为了报复而堵死了他们退路。

离爆炸还剩下了不到五分钟。飞船上不能上、下不能下，只好开启掘地系统，横向向地里钻去。

又过去四分二十秒之后，虫子一样在地里钻行的"爱神号"感动了一阵震动，然后从地心深处传来一声闷雷。

片刻之后，飞船停止了颤动，周围变得一派寂静。一场毁灭性的浩劫终于过去了！可是大家刚刚松了口气，飞船突然又颤抖起来，而且比刚才颤抖的还要剧烈，同时又有隐隐雷声从地底传出。

难道是两颗炸弹？难道……那一刻大家以为已到了世界末日。

"是地震，肯定是爆炸引发的。"龙华做出了最初判断。

终于又一次恢复了平静。大家都有筋疲力尽的感觉。飞船自动向前推进着，麦克和大家一起休息起来。

梅花鹿问她要往哪里去，阿玲说那还用问，当然是要挖个洞钻出去。

"那要钻多深啊?"梅花鹿没有理会阿玲,却转向龙华,"你说他们修个地心通道做什么? 会不会是想把地球打通啊?"

龙华沉思着摇头: "我估计主要目标还是黄金——据测算,地心储存的黄金要占到地球黄金总量的 95% 以上,而且肯定还有其他稀有金属,比如……"他的话还没说完,梅花鹿已经靠在他身上睡着了。

"爱神号"在地下行驶了近十个小时之后,前边突然出现了一个数百平米的空洞区。就在飞船进入这个空洞区的那一刻,似乎有一个影子在灯光前一闪。

那一刻阿玲心中一动,似乎想到了什么,可仔细再看,又什么也没有了。她问身边的梅花鹿有没有看到什么,梅花鹿说也好像看到了一个影子,但她说也可能是眼睛疲劳出现了幻觉。

阿玲还要说什么,梅花鹿突然指着外边喊起来: "快看!"

其实大家几乎在同一时刻都看到了,在这个很空洞区的一面整齐的洞壁上出现了两个圆形洞口,洞口规则整齐,似乎还散发着一种淡淡的神秘光芒。

虽然不知道这两个洞口能够通到哪里去,但这毕竟是一条出路,只是麦克他们还在犹豫着,一时不知该选择哪个洞口更正确。

也许两个洞口都正确,也许两个洞口都不该进去,而在通常情况下,应该一个洞通向险境,另一个则会带给他们幸运。

正在犹豫不决之时,奇怪的事情发生了——左边那个洞口光芒渐散、然后洞口也变得模糊。

眨眼之间,左边的洞口已消失得无影无踪,就像从来没有存在过一样。而右边的洞口也在开始变得暗淡起来。

机不可失,"爱神号"猛然加速,果断地冲进了那个洞口。几十秒钟之后,那个洞口消失了,然后连那个空洞也消失不见了。

第六章
爱情之旅异域时空篇

1

"爱神号"在一条光怪陆离让人眼花缭乱的隧道中航行着，但阿玲他们却感觉不到飞船在动，而且他们身上和飞船中所有显示时间的仪器在那一刻也都失灵了。

更也没人能准确估算出他们走了多久，也许是一分钟，也许是一万年。

当一切虚幻般的景象终于消失时，"爱神号"已经从地球内部冲了出来，大家的眼前豁然开朗。但是当飞船停下，大家打开舱门走出来时，却弄不清他们这时来到了什么地方。

这里开始什么也没有，分不清哪里是天空，哪里是大地，眼前是灰蒙蒙一片，而脚下则软绵空虚，似乎一不小心就会陷落到不知什么地方去。

"大家手拉手，谁也不要单独行动！"麦克大声提醒大家，并第一个拉住了紧跟在他身后的阿玲，但是那一刻他却不禁意外地啊了一声，因为他拉住的阿玲，只是一个模糊的人。

大家都听到了麦克的说话声，但大家都觉得麦克的声音是那样模糊而陌生，惊异之中大家互相一望，结果发现了更惊人的异常——每个人的声音都已变得似是而非，并且每个人的面目都已变得模糊不清。

"你们都是怎么了？我怎么认不出你们了，你们都变了样子——是不是我的眼睛出了问题——阿玲，哪一个是你？"

说话的好像是梅花鹿，她应该很焦急才对，但是她的声音却显得很平静，甚至还有几分快乐和娇媚。不过在她话音刚落的时候，阿玲在她眼里终于恢复了阿玲原有的样子，同时阿玲一句"梅花鹿你怎么也不是你了？"也让梅花鹿立时恢复了本来面目。

"这儿要是亮一些就好了！"喀秋莎随口一句话刚出口，他们的眼前就马上明亮起来。

过了一阵儿，大家总算摸到了一点头绪——原来这似乎是个混沌未开的世界，什么都是模糊的。同时这又是奇妙的世界，你能想到什么，它就能给你什么。

时间不长，他们都找回了自己，还拥有了他们想象中的蓝天白云绿树海洋，而且梅花鹿真的拥有了一只可爱的梅花鹿。

这是梦里？还是仙境？或者这里就是传说中的童话世界？大家纷纷猜测着，虽然猜想并不统一，但有一点则是一致的——不管这里是哪里，反正最不像是在地球上。

不管是不是在地球上，这里对于刚刚在地下经历了一场劫难的麦克阿玲他们来说，都像到了天堂一样。

他们先是想象出了一个最美的海滩，然后在那个温柔清澈的梦幻海洋中舒舒服服地洗了个海水澡，然后在沙滩上，用彩霞支起了遮阳伞，他们美美地享用了一顿无比丰盛的美酒大餐。然后他们又沐浴着太阳雨走上七彩虹霓，麦克用一块黑云挡住太阳，阿玲和女伴们则抓紧时间往篮子里采摘星星……

然后他们在天籁般的乐曲中翩翩起舞，他们身边百花盛开，百鸟和鸣，还有仙鹤凤凰披着彩云给他们伴舞……

从未经历过的美妙和快乐让他们忘记了一切——从哪里来到哪里去，追寻和理想，都已被这想象中的美丽所替代。

也许最美好的地方，真的只存在于你的想象之中。

"玩够了没有，我的朋友们！梦想可以让人忘掉应该忘记的同时也可以让人忘掉应该记住的，过度沉溺于梦幻会迷失掉自己，所以该醒来了！"

随着这仿佛来自天外声音，麦克他们遽然惊醒，眼前的美景立时肥皂泡一样纷纷破灭，他们竟然又回到了半睡半醒般的朦胧混沌状态。

顷刻间，大家的心情也变得无比灰暗。

"朋友们，你们的心境决定你们的环境，只有笑着面对这个世界，这个世界才会对你微笑！"那个声音再次响起。

梅花鹿第一个笑起来。世界果真又重新亮丽起来。

阿玲问："你是谁？在哪里？"

"我是我、就在这里！"

"在哪里？怎么看不到你？"梅花鹿四下张望，寻觅，却根本看不到一个人。

"你想找就能找到！"

"当然想找！"

梅花鹿话音未落，一个人已经出现在他们面前。但他们的没想到这竟然是个不男不女的人。

"你——是男的还是女的？"梅花鹿问。

"男女又有什么分别呢？"

"可是刚才听你说话分明是男人声音啊！"

"那是你们的习惯而已，你们总是以男人为主，你们习惯地以为我是个男人，所以才会听到男人的声音！"

"这么说你是女人？"

"这取决于你的取向喜好，我无所谓。"

"你快变成帅哥吧，这样看你太别扭——别，你还是变成慈祥的老头吧，这样有点安全感，不过也别老得让人没法看，就要既慈祥宽厚又成熟智慧的那种类型的……"

梅花鹿说完，那个人果然变成了一个她想象中的年轻老头。

"能告诉我你是谁这是什么地方吗？"阿玲觉得梅花鹿总抓不住关键，就抢在她前边开了口。

那人说；"你就叫我梦幻老人好了，这里是另一个世界，是不同于你们地球的另一个世界！"

麦克说："难道我们来到了另一个时空？"

梦幻老人说："这样阐述完全可以。"

梅花鹿又抢过了话头："你怎么知道我们来自地球？我们刚才看到的一切到底真的假的啊？"

梦幻老人微微一笑："你们地球上有句老话，叫空即是色，色即是空，这证明你们地球人并不笨，早就有人看透了真与假所隐含的玄机——什么是真的？就是你认真，当真，付出真心真情；什么是假的？就是你弄虚，作假，虚情假意，所以有时真假主要取自于你自己的一念之间，就像刚才，如果你们不在乎我的话，而坚信你们想象的一切都是真的，那么现在你们还会继续留在那个美好快乐的世界中……至于你问的前一个问题我说了恐怕你们也不明白，那么我就请你参观一下吧！"

说完梦幻老人微微闭目凝思一下，片刻之后大家的面前已经出了一座建筑。只不过这座建筑只有框架而没有墙壁屋顶。是个似是而非的房屋。

梦幻老人笑笑说，"这就是我的家，当然我的家并不是这个样子，但因为它要迎接的是来自地球的客人，所以就成了这个样子。"说着他做了一个请的手势——地道的地球礼节。

阿玲第一个进了"屋"。

"屋"里陈设和地球没什么两样，起码现在她看到的是这样。在进"屋"的一刹那，阿玲的眼睛一下子瞪大了。

首先吸引阿玲的并不是"房屋"中心的那个星系模盘，而是放在书架上的一部书。

阿玲张张口，但又强迫自己闭上了嘴。

"你们来看看这个，就知道我为什么对你们很理解了！"梦幻老人指着那个模盘说。

阿玲转身，和大家一起观看起那个星系模盘来，一看之下，阿玲发现这个模盘很不一般，它竟然显示着整个银河系的运转——群星们大得要超过两个拳头，而小的几乎看不见，而且不论大小，都是独立而准确地悬浮在空中自己的轨道上自转着和公转着，不用任何支撑牵引等设施。不过很快阿玲就不再惊讶了，因为这很可能都是虚幻的。

但是梅花鹿忍不住又发问："这些星球模型怎么做得这么精致，他们是怎么悬在空中还在运动，真像真的一样，是不是看不见的线在牵引着他们，我们用手摸一摸行吗？"

梦幻老人连忙制止："万万摸不得碰不得，这可不是模型玩具，整个银河系都在这里——看，这就是你们的地球——你要是真给碰下几个来，那银河系不就乱套了吗？"

"你是说这不是模型，而是真正的银河系？"麦克也忍不住开了口。

"正是！"梦幻老人有些得意地说，"你们刚才就是从地球的这个部位到达这里的！"说着他把手中无中生有的一只放大镜递给麦克。

大家见他说得神乎其神玄之又玄，一时都弄不清真假了。还是梅花鹿嘴快，她坚决地摇头说不信。

梦幻老人很好笑地说："呵呵，信不信由你——信则真，疑则虚，真假虚实只能影响你自己，对银河系不能产生丝毫影响。"

阿玲问："如果你说的都是真的，那你应该无比巨大才对，我们在你面前都应该渺小如尘埃才对啊！可是现在我们是一样的啊？你会说是我们变大了吧？"

梦幻老人摇摇头："并不是你们变大了，而是因为现在你们站在我的世界上——如果我到了地球上，依然会和你们同样大，那也并不是意味着是我变小了……"

麦克望望龙华，龙华微微摇头，表示他也无法判断真伪。于是麦克又问道："不管你说的是真还是假，我们此刻确确实实站在你面前，就像刚才我们经历的那一切，即使都是虚幻的，但我们确实经历过现在我假定你所说的一切都是真的，也就是客观存在的，那么我们又是如何来到了你的世界呢？"

梦幻老人指指那些星球说道："其实宇宙间存在着许多独立空间，不过独立只是相对来说的，各空间之间总会有些时空隧道，地球也不例外。你们就是在地球时空隧道开启之时偶然进入了那里面，所以你们来到了这里……"

梅花鹿还要再问什么，阿玲却又抢先开了口："我们的飞船呢？"

阿玲一句话立刻提醒了伙伴们，大家也都一起向梦幻老人急切地追问起来。梦幻老人却诡异地笑了起来……

2

"是不是你把我们的飞船藏起来了？"梅花鹿大有中计上当的感觉。

梦幻老人笑够了，这才不慌不忙地说："是你们自己把你们的飞船遗忘了，怎么怪起我来了？现在你们想起它来了，它自然就回来了——你们看那不是么？"

大家回头一看，"爱神号"果然就在这座透明度极高的房子外。

麦克问："我们可以离开这里吗？"

梦幻老人说："当然，那是你们的自由！"

阿玲问："可是我们怎么样才能离开这里呢？"

"是呀，这里分不清哪里是天哪里是地，再说这是你的空间，我们怎样才能回到我们的空间啊？"梅花鹿说着四下张望，似要找寻一条出路。

梦幻老人指指那个星系模盘："很简单，向着那里飞你们自然就会回到你们的空间去。不过能告诉我你们的目标是哪里吗？"

"维纳斯星……"梅花鹿刚说完便后悔了，她冲同伴们吐吐舌头，好在并没有人责怪她。

"哦，那个星球在这儿……"梦幻老人指指纷繁的星系模盘，"我建议你们走捷径——由时空隧道去那颗星球会节省很多很多时间啊……"

麦克问可以节省多长时间，梦幻老人说："你们到我这里用了多久呢？没有多久吧？而如果你们走的不是时空隧道你们可能永远来不到这里——当然'维纳斯'和你们在同一时空上，不会走不到的，不过如果走时空隧道也许一眨眼就能到……"

他的话虽然让大家一时不能完全理解，但这么快就能到达维纳斯，却很叫他们兴奋，大家纷纷询问时空隧道在哪里。

梦幻老人解释说："时空隧道可以在任何地方出现，但也有固定的门径，我这里就是一个，这有点像你们地球的车站。大部分时空隧道之门都应该定时开启的，但实际情况亦非如此，就像有些'守门人'不认真负责一样，所以时空隧道的开启既有一定规律性，又存在很大的随意性和偶然性——不过我觉得你们不会等上太久的！"

于是大家来到外面，商量是马上离开这里还是在这里等待时空隧道，结果为这件事发生了争执。

金智林、喀秋莎和多多姆依然不轻易表态，争执双方主要是阿玲和梅花鹿。梅花鹿说她总觉得这个地方太诡谲，让她感觉很不舒服很不安全，所以应该尽快离开这里。阿玲却说这里很好玩，而且走时空隧道那么方便，为什么不走呢？她坚持要留下等待时空隧道，她还指责梅花鹿是胆小鬼。龙华倾向于梅花鹿，麦克也委婉地劝阿玲改变主意，但是阿玲不但不肯妥协，反而责怪大家全部偏袒梅花鹿。梅花鹿气得转过身去抹泪，麦克赶忙说："咱们再商量，都别急！"可是阿玲却一转身进了"屋"。

阿玲之所以要坚持留下等候，并不是因为她很想节约时间，而是她觉得这个地方有很多让她好奇的地方，当然最吸引她的还是书架上那唯一的一部书，现在她还不想让同伴们知道自己的想法。不过也许还有其他原因，比如说有时她不喜欢那个梅花鹿抢风头，所以就故意和她对着干，不过这点阿玲自己也许都没有意识到。

一进"屋"阿玲很快就忘了生气，因为她又看到了那部书。扭头看看麦克他们正在劝慰梅花鹿，没有注意到"屋"里，她就悄悄上前去取那部书。

《黄氏宣言》——那本书的书脊上很清晰地写着这样四个汉字！

哲林先生告诉过阿玲。汉字是这本书写作和初始发行时使用的文字，阿玲没想到会在这个异域时空发现这部已在地球上神秘失踪了数百年的书，所以她既意外又激动兴奋，她想马上看到这部书。

但是阿玲刚刚伸出手，那本书就被另一只手抢先取走了。

阿玲吓一跳，回头，身后站着刚才还在闭目养神的梦幻老人。

"怎么能不经允许随便动别人的东西呢？如果不是我警觉，这书不就让你偷走了吗？"

阿玲又急用气，却又怕外面听见不敢太高声："你胡说，我怎么会偷你的书？"

"刚才第一次进'屋'时，我就见你直冲我这本书使劲，你们不是有句老话叫不怕贼偷就怕贼惦记吗？"梦幻老人似乎明白阿玲的心思，他也压低声音跟阿玲说起了悄悄话。

"我只是想看看它是真的还是假的！"

"当然是真的，这是我以前花大价钱从地球买回来的，为这部书我还在你们地球打了两个月的零工呢？听说现在地球上已经找不到这部书了，要是我再回去出售肯定能大赚一笔的！"

“别说那么多，快让我看一下好吗？看一下我才知道到底是真是假！”

梦幻老人略显犹豫，还是把书递给了阿玲。阿玲贪婪地一把夺过，迫不及待地翻阅起来。可是翻了好几页，里边有字倒是有字，但是那些字却都是模模糊糊若隐若现的，还似乎在跳舞，阿玲性急地哗哗哗从头一下子过到尾，弄得她眼花缭乱，却是一个字也没有看清。

“你还说不是假的——不是假的怎么会这样？”阿玲有些气愤。

“嘻嘻，我早把它翻译过来了，你当然认不得，封面没有翻译，是我想保留一点它的原始状态。如果你真想看你就在这里多住上一段时间，我可以教你认识我们的文字，其实我们与你们的阅读方式是完全不同的，我们并不需要像你们一样去读，也不用植入芯片输入知识营养素什么的，我们‘读’书是要把自己完全融到书中去，你们读书就像看戏，而我们读书没有观众，都是演员和角色——当然这么说只是为了让你容易理解，我们‘读’起来轻松快乐，但对于地球人来说要学会很不容易，你们要学会这种方法起码要半个地球年，还得有一定悟性才行，但我相信你能做得到！”

阿玲一听说要半年那么长就连连摆手，她请求梦幻老人把书给翻译成原来的文字，梦幻老人也连连摆手，说一些事是可逆的，而有些事是无法逆转的，说着一把把书抢回去揣进了怀里。阿玲还要说什么，麦克已经在外边叫她了。

“等我会儿！”阿玲冲梦幻老人扮个鬼脸，出来问什么事。

麦克说：“刚才沟通了一下，现在大家同意按你的意见在这里等一段时间，但也不能无限期地等下去，大家决定只等 72 小时，现在征求一下你的意见。”

阿玲说：“好吧 72 就 72，就这么办好了。”说着转身又要进屋。

“阿玲，梅花鹿也是为大家安全着想，别再跟她赌气了好么？”

阿玲打个愣，回头问：“谁跟她赌气来着……”这么说着她方才想起刚才的事，“你想哪去了，我不是在赌气，你们玩吧，我去找老头真的有事儿！”说着腰一扭又进了屋。

麦克也想跟进去看看，可转念想想不好干涉人家私事，于是他便转身去和龙华他们检查飞船了。

阿玲进"屋"后，又缠着梦幻老人要借那本《黄氏宣言》带回地球研究一下，然后可以再还给他，但是梦幻老人却毫无商量余地地拒绝了她。他说他还没有完全"阅读"完这本书，怎么舍得借给别人呢。不过梦幻老人却又提出让阿玲跟他去旅行探险，他说他可以带阿玲走遍各个时空，领略各个宇宙的不同风光。阿玲也断然拒绝了他，她说她是为寻找爱情而来，不是只为旅游探险。

梦幻老人毫不掩饰他的失望："我在地球呆过一段时间，去过两次，我对地球了解很多，唯独对爱情理解不透。"

"难道你们没有感情吗？"

梦幻老人像地球人一样耸耸肩摊摊手，阿玲不明白他是说没有还是他根本不明白感情这个词的含义。不过拿不到那部书，她也懒得再多问了。她正想出来，梦幻老人却还意犹未尽，问爱情是不是很难找很难找。

阿玲很内行的样子说："那是当然，不然谁还会这样千辛万苦来太空寻找——越是珍贵的东西越不容易得到嘛！"

梦幻老人更加感兴趣："那你更应该跟我去寻找才对——你们人类寿命只有千年左右，那么短的时间在茫茫宇宙中实在是非常仓促的一瞬间而已……"

"那么你们寿命很长吗？"阿玲又来了些兴趣。

"我们吗，也不是很长，如果按你们地球的话说，我的寿命只有三十'天'——但是这三十天如果换成你们地球的时间就是三万年……"

"耶，那么长寿啊……"阿玲很是惊讶。

梦幻老人说："如果你留下或者和我一起旅行，你的寿命也会和我一样长……"

"真的啊？"阿玲真的动了心，"嗯——让我想想好吗？"

阿玲回到飞船时，大家都说玩累了，要睡觉。阿玲突发奇想，要到外面去睡。她一个人睡在外边大家不放心，于是伙伴们跟她一起来到了外边。

在大家想象中，四周很快黑了下来。阿玲枕着一只温驯的小老虎躺在草地上，身边飘浮着清香的味道，春风微拂，像一只温柔的手，不远处还有泉水叮咚。她边仰望着天空中的繁星想象着，边思索着梦幻老人的提议，不知不觉就睡着了。

突然，黑暗之中，一个黑影悄悄向阿玲身边摸了过来。

♪

龙华本来可以不睡觉的，因为他是个智能人，但因为长期跟麦克形影不离，他也养成了睡觉的习惯，不过一般他还是打个盹儿就会醒。

现在也不例外，龙华又是早早醒来了。睁眼龙华就发现少了人，因为他的眼睛即便在黑夜里也是一样能清晰看见东西。他的一边睡着麦克、金智林、喀秋莎、还有孤独的多多姆，而另一边睡的是梅花鹿和阿玲，现在他发现梅花鹿和阿玲都不见了。

也许她们是溜到哪里玩去了，但龙华不放心，因为这个地方真的太诡异了。他没有唤醒同伴，而是悄悄起身前去查看。龙华在黑茫茫野地里走了不远，忽听有人尖叫一声——其实只是半声。龙华紧跑几步，正看到两个人刚刚了倒下去。

龙华跑过去一看，倒在地上的正是阿玲和梅花鹿。只是两个人都昏迷不醒，梅花鹿的一只手还紧紧握着阿玲的一条腿。

"阿玲、梅花鹿，你们怎么了，快醒醒、快醒醒啊！"

龙华焦急地呼唤起来，结果没唤醒两个人，倒把麦克他们给唤醒了，大家纷纷跑来和龙华一起呼唤阿玲和梅花鹿。

梅花鹿是先醒的，醒了她就先找阿玲，然后边急唤阿玲边说有人要害阿玲。麦克抱起阿玲急忙检查她的万用表查看生命体征，看看一切都还正常，他这才舒了口气。

阿玲终于也醒了过来，看见麦克她下意识地扎到他的怀里，紧紧抱住他，一副惊魂未定的样子，麦克拍着她说没事了大家都在。

"我怎么在这儿，你们这是干什么？"过了一会儿阿玲才离开麦克的怀抱，彻底清醒过来的她不知道怎么会到了这里来。

梅花鹿抢着说，她还没睡实就听到有动静，睁眼一看阿铃正在有些歪歪扭扭往那边走，她感到有些奇怪，就悄悄跟了上去，跟了不远忽然发现阿玲双腿离开地面象要飞起来一样，她吓坏了，赶忙上前一把抓住了阿玲的腿，不料就在这个时候她忽然一阵眩晕，就什么也不知道了，再睁眼时就看到了龙华。

大家虽然感觉这事很蹊跷，不过好在有惊无险，而且大家也已经习惯了这个地方发生这种无法解释的事。大家马上驱逐掉了黑夜，然后麦克要求大家一定要注意安全，不要单独行动。可是麦克的话刚说完，一直沉默不语的阿玲却提出要再去见见那个梦幻老人。大家都不放心，麦克、梅花鹿更是要陪她一起去，可是阿玲却很不耐烦，她说这是她自己的私事，请别人不要干涉好不好！这样一来，伙伴们只好眼睁睁看她越走越远了。

阿玲回头看不见伙伴们了，这才怒冲冲喊道："梦幻老头，你给我出来！"

随着她的喊声，梦幻老人已经站在了她面前。

"怎么样，考虑好了没有？如果你同意了，此时此处就是我们时空旅行的开始！"一见到阿玲梦幻老人亟不可待得有些失去他的风格了。

"考虑你个头，没想到你竟然那么卑鄙！"阿玲劈头盖脸谴责起来。

梦幻老人不认识似地打量着阿玲，一幅莫名其妙的样子问："你这是怎么了？会不会是生病了？听说你们地球人生病了性格就会发生暂时或永久性的改变……"

"够了，别跟我兜圈子了，说，为什么要劫持我？"

"劫持你？谁劫持你了？难道你说会是我？"

"不是你是谁？你想接触我去跟你做什么时空旅行，怕我不答应，就采用这种卑鄙手段，这不是明摆着的事吗？"阿玲一口咬定。

梦幻老人叹口气摇摇头："这是在拿你们地球人的习惯做法衡量我，用你们地球一句老话叫以小人之心度君子之腹，我如果真要劫持你，不要说你一个，就是你们所有人也不过是我一念之间的事，根本用不着动手动脚的！我确实想和你一起去旅行，前提是你完全自愿！"说完他很不高兴地转身就走。

"等一等！"阿玲猛然喊了一声。

梦幻老人停住脚，即将淡化的身影又很快真切清澈起来。

"如果真的不是你，那是我错怪你了，我正式向你道歉——不过我还是想知道你刚才在做什么？"

"刚才我正在开启时空之门——不过是另外一扇的时空之门，而不是你们去维纳斯所需要的路径！"

"我想再去你家里看看！"阿玲又来了兴趣。

梦幻老人点点头，他那个只有梁柱的房子很快又出现在阿玲面前。

这时后面悄悄跟过来的麦克和梅花鹿也现身出来，依着梅花鹿还要跟进屋，麦克摇头低声说："我看没什么事，咱们先回去，否则阿玲发现肯定又会生气的！"说完他拉着梅花鹿退了回去。

梦幻老人的"房屋"里，阿玲已忘记了她本来是找梦幻老人算账的，现在她却缠着梦幻老人要看他新打开的那个时空之门。梦幻老人又恢复了常态，他笑笑说："说是门，其实门只是按你们的习惯设定的一个称谓，虽然叫门，但这个门并不完全等同于你们地球人所理解的那种门……"

"好了好了，怪你解释不清，不是我弄不明白，现在你就直接给我把那门弄出来得了！"轮到阿玲有些急不可待了。

梦幻老人看来真的有些为难了，他挠挠半秃的脑袋想了一会儿，然后拍拍脑门儿，从怀里掏出了一部书。

阿玲眼睛立时放出亮光，因为这本书正是她渴望得到的那本《黄氏宣言》："你改变注意了吗——要把它送给我？"说着她情不自禁地伸出了手。

梦幻老人摇摇头，然后打开那部书："如果你一定要我给你一个你所能看到的有形的门，那么你可以把这本书当作一扇门，从这本书你就可以进入，到另一个空间！"

阿玲看了看，撇撇嘴："不信，你能让我走进去我才相信！"

梦幻老人说："只要你走向它，只要你相信它是一扇门，你就能走进去！"说完这句话他突然有种上当的感觉，他急忙要合上那部书。

可是已经晚了，阿玲几乎是在梦幻老人说话的同时，早已经迅速走向了那部书。

梦幻老人没有撒谎，阿玲非常顺利地进入了《黄氏宣言》这本书。

4

几个小时过去了，阿玲还没有回来，也无法联系上她，现在不光是梅花鹿，连麦克他们也都沉不住气了。

大家跟着麦克一起去找阿玲。可是走了半天，既找不到阿玲，也找不到梦幻老人，连那所装有银河系的简陋房子都找不见了踪影。

梅花鹿已经急得哭了起来，边哭边怪麦克刚才不让她跟着阿玲。麦克追悔莫及，但他现在没有时间去后悔，他必须尽快把阿玲找回来！

他们在那个陌生而又诡异的时空里寻找着。可是在这个没有天地，没有方向，没有任何参照物的地方，他们盲目寻找了几十个小时，也没有发现阿玲的影子。现在他们能想到的一切都可以出现在眼前，唯独阿玲、梦幻老人还有那所勉强可称之为房子的房子，任他们怎么冥思苦想，也再没有在他眼前出现过一次。大家几乎可以肯定阿玲是让梦幻老人劫持走了，"夜"里迷昏阿玲和梅花鹿的肯定也是他。

现在该怎么办，谁都没有主意，除了寻找就是等待这是他们别无选择的选择。

大家喊哑了嗓子，跑酸了腿，又是二十多个小时过去了，一无所获的"爱神号"成员一个个显得既疲惫又沉重。麦克让大家先休息会儿，然后再接着找。他们回到飞船上，补充了些水和营养素，麦克要求大家都睡上一觉，可是梅花鹿又忍不住哭起来，边哭边说："要是阿玲真让那个老鬼给拐到别的时空去，我们怕是永远也找不到她了……"这么说她止不住越哭越厉害，最后终于捂着脸跑出了飞船。

大家当然不放心，都跟着她出了飞船。

大家也没心情再要什么浪漫时空，大家就那么对着一片茫然世界或坐或躺。不知过了多久，六个人相继睡着了。

突然，天又暗了下来。梅花鹿猛然坐了起来，然后她踉踉跄跄拖拉地走向麦克。

突然，梅花鹿手中多了一只激光枪，她大瞪着眼大张着嘴，一手在空中乱抓着，一手把枪对准了麦克！

"住手！"随着这声喊喝，梅花鹿拿枪的那只手被抓住，同时激光枪也到了龙华手中。

这时大家都被惊醒了，同时梅花鹿也长长地尖叫了一声。

"你们这是怎么了？"麦克诧异地问站在面前的梅花鹿、龙华还有抢先赶到跟前的多多姆。

"你问她！"龙华第一次这么愤怒，他又对着梅花鹿质问，"阿玲失踪谁不着急，麦克其实心里比你更急，只是他不能表现出来而已——再说阿玲失踪并不是麦克的责任，你怎么能对他下毒手……"龙华越说越怒不可遏了。

傻愣在那里的梅花鹿终于哇地一声哭了出来，她边哭边说她根本没有要害麦克的意思，她也知道阿玲失踪不能怪麦克，她责怪麦克只是因为担心阿玲……刚才在她半睡半醒的时候，好像被人拖着去了麦克身边……

大家不知道该不该信她的话。龙华问她枪是哪来的，梅花鹿极力摇着头说不知道。麦克去飞船中检查后告诉大家，飞船中配备给大家的备用武器少了一只。梅花鹿无论如何说不清怎么回事，只是不停地哭。

麦克把龙华拉到一边，问他对这件事怎么看，龙华说："我觉得梅花鹿疑点很多，刚才她走路确实很奇怪的样子，但我并没有看到有别人，还有，那天阿玲他们昏倒时，她也是说得很玄乎，但现场却只有阿玲和她两个人……所以说现在她很值得怀疑。"

麦克不相信，他怎么也不愿怀疑和他一道出生入死的伙伴，他更不愿相信梅花鹿是那样阴险狠毒的人。但冷静下来之后，他又不能不承认龙华的怀疑并非毫无根据。

"暂时还不能轻易下结论，特别是在这个真假难辨的时空里，咱们小心点就是，眼下先找阿玲要紧！"

可是又找了几十个多小时，阿玲仍然无法找到也联系不上，就像人间蒸发了一样。梅花鹿现在已很少哭，只是像变了个人一样有些呆滞和神经质，也憔悴了不少。

这样等下去也不是办法，麦克不想因为阿玲一个人而耽误大家的行程，他决定自己留下来等待阿玲，让龙华带领大家先走。

"如果找不到她呢？"龙华问。

麦克笑笑："一直等，我想总会等到的！"

龙华没有再说话，而是第一次拒绝了麦克的要求和委托——他要和麦克一起等。

梅花鹿只说了一句话："阿玲不回来，我不走——你们都走吧，我一个人留下就够了！"

多多姆什么也没说，只是坚定地站到了麦克身边。

只有金智林和喀秋莎没有动，他们在絮叨着他们自己那好像永远说不完的私房话。

麦克走上前，很抱歉地说："对不起，我们暂时不能陪你们了，'爱神号'就交给你们了，祝你们好运！"

金智林这才看着麦克笑道："怎么，你们都留下，单单赶我们俩走，有点不公平吧？"

喀秋莎则说："我觉得能在这里过一辈子也很不错了！"

麦克张张嘴，却什么也没有说出来，只是伸手搂住了两个人——紧紧地。

因为现在大家一致的目标就是等待阿玲，而且没有期限，所以大家反倒变得轻松了一些。只有梅花鹿的脸上依旧写满忧郁，而且越来越沉重。

这天，梅花鹿给自己想象出了一条小路。小路一直向前，没有尽头，梅花鹿就在这没有尽头的小路上一直向前走、一直向前走。

身后有人，她知道，但她不想回头。

"你已经走得太远了，现在该回去了！"身后的人是龙华。

龙华最近经常跟踪她，梅花鹿感觉得到，但她懒得去想，更没心情去问。现在对龙华的劝阻她也置若罔闻，依然毫无目的地一直向前走去。

"你该回去了。"龙华赶到了梅花鹿的前边，挡住了她的路。

"闪开，让我过去！"梅花鹿冷漠而又烦躁。

龙华没有动一动。

梅花鹿转身向一边走，一边马上又有一条路出现在她面前。

但是龙华又一次挡在了她面前。

"走开，我不用你管，谁都不要管我！"梅花鹿说着，突然挥拳向龙华乱打起来。

龙华没有躲闪，而是一动不动地任她捶打。

打着打着，梅花鹿突然停了手，然后突然扑到龙华怀里痛哭起来。

龙华惊慌失措不知如何是好，只是任梅花鹿在怀里痛哭。

"抱抱我、抱抱我……"

梅花鹿似在命令，又似在哀求。

龙华犹豫一下，笨拙而僵硬地轻轻抱住了梅花鹿。

"抱紧些、求你抱紧些……"

过了好一阵，梅花鹿终于停止了痛哭，但她仍旧伏在龙华怀里。

又过了好一阵，梅花鹿抬头望着龙华，喃喃道："谢谢你，真的很谢谢你，我不知道怎么办才好……"

龙华不说话，却突然伸手为梅花鹿擦去了她脸上的泪痕。

这个举动不但让梅花鹿意外，更意外的，则是龙华自己。

梅花鹿没有再说话，而是抓住了龙华的那只手，感动而又冲动地说："我有个秘密谁都不知道，现在我想把它告诉你，但请你为我保密，好吗？"

第七章
爱情之旅过去未来篇

1

　　阿玲虽然很好奇，但她不相信真的能走进《黄氏宣言》那部书中，也许潜意识里她是非常渴望真的能走进去，只是自己没有意识到而已。

　　结果真的走进书中之后，阿玲的激动兴奋和惊慌要远远大于意外。

　　和上次飞船穿越时空不一样，这次阿玲走进书中之后，并没有那种穿梭时空隧道的感觉，她发现自己只是在平面中行走，飞快地走在一些曲里拐弯非常奇怪而复杂的路，道路是黑色的，而道路之外则是雾茫茫一片。

　　走了好久，阿玲终于明白——她正在《黄氏宣言》这本书里行走，那些奇怪的路径原来就是书上的那些汉字。

　　阿玲觉得很好玩，一时也忘了害怕，身如神笔般走起字来。不知过了多久，阿玲也不知已经走过了多少字，她感觉有些疲乏了，速度也越来越慢。

　　终于，阿玲停住脚想喘息一下，但她无意中正停在了"过去"这两个字中间。

　　就在阿玲刚刚停下来，眼前那些神秘奇妙亦真亦幻的字迹已经倏然然不见了，阿玲似觉一阵风儿吹过，眨眼发现自己已然来到了一个陌生而熟悉的环境——说陌生是因为这地方她从没有来过，说熟悉是因为她发现自己又回到了地球。

　　这里跟阿玲离开不久的那个地球很不一样。不过还没等阿玲仔细观察，她就已经引起了一阵强烈的震动和骚乱。阿玲定睛细看，发现这很像在古代的中国，而且从房屋建筑和人们的衣着打扮来看，这里似乎是古代中国的唐朝。阿玲出现的这个地方，人们正在观看一种叫戏曲的表演艺术。而她的突然出现，立刻打乱了这个世界原有的秩序。

人们四散躲避，连台上的演员们也不见了踪影。阿玲很想找人打听一下这里到底是什么地方，但是没人肯让她轻易接近。

阿玲明白，自己的出现肯定让这些古代人类大为恐惧，她曾看过千年前的古代电影，讲述的是那时的人回到了古代，而现在阿玲确信自己不是在电影里。

阿玲有些不知怎么办才好，伙伴们全部都帮不上她，因为现在她又一次和他们失去了联系。她知道大家一定在寻找她，他们一定很着急，她现在很有些后悔自己的鲁莽了。

不过现在没有足够的时间让阿玲去追悔，因为已经有几个手持冷兵器时代的人拿着大刀长枪向她冲了过来，阿玲明白自己绝对不能让他们捉住，她觉得和古代人是很难讲道理和进行沟通的。她现在能做到的只有跑掉。这里没有电梯通道空中飞车什么的，有的只是一条条大街小巷。

大街小巷应该四通八达，但因为阿玲对环境不熟悉，所以跑了一阵儿她就被几股官兵和捕快团团围住了。第一次面对这些身着厚重盔甲手持尖枪利刃的古代男人，阿玲真的很害怕，她不断向他们解释自己不是坏人，而是误入这个时间和地点的未来人。但是那些人根本理解不了阿玲的话，他们只想尽快抓住这个在他们眼中很妖异的闯入者。

阿玲很后悔没有带上只激光枪。不过虽然她手无寸铁，在寒光闪闪的刀枪向她袭来时，她还是本能地进行了反抗。

官兵没有想到，连阿玲自己都没想到，情急之下，她这个娇柔女孩竟然打倒了三四个高出她一头多的壮汉！这让官兵们很是惊讶，却让阿玲很兴奋，当然更让她恢复了自信，她一鼓作气连踢带打杀开了一条"通道"，然后踩着那些被她打倒的男人，磕磕绊绊如同受惊小鹿般逃出了包围圈。

后面的官兵还在紧追不放，正当阿玲不知道该逃向哪里是好时，突然一个男人从身边小巷闪出，说声跟我来，便又拉着阿玲钻回小巷。

"别说话，只管跟着我走！"那男人轻声嘱咐一句，便左弯右拐，翻墙过户，身手敏捷利落。不是阿玲的身体素质好，肯定早已被他甩掉了。

那男人总算停了下来，阿玲这才发现他们已经来到了很破旧的房舍内。

"这是哪里？你又是谁？"阿玲打量着这个魁梧的中年男人，警惕地问。

男人说："叫我安禄山吧，这是我在地球的名字，这里是中国大唐时代！"

"在地球的名字？"阿玲很奇怪地脱口问了句。

"当然，我也是来自外星球——你不也一样吗。你来自哪个星球？"

阿玲没想到在唐朝也会有外星人，她大为意外地又追问一句："你真是外星人？你又是哪个星球的？"

安禄山见阿玲不信，便盯住阿玲看起来。阿玲发现他的双眼很快变成幽蓝色，然后两条蛇信子一般的东西从两眼中猛然探出，差一点扫到阿玲的脸上。

阿玲惊叫一声退得贴到了墙上："怎么你们原本长得这个样子么？"

安禄山得意地笑道："不，我现在是寄宿在地球人身上，我眼睛里的东西才是我的原身——当然你看到的是它的变形体……"然后他又追问阿玲到底来自哪个星球，原身是什么样子。

阿玲现在对这个安禄山很戒备，她生怕一不小心让他寄宿到自己身体里边去，于是她就胡编乱造说自己来自一个由黑洞生成的魔力星球，星球上的生物天生就有强大魔力，外星生物看到他们的原身马上就会被稀释掉，而只要他们愿意，他们几乎可以一口吞噬任何东西——包括他现在置身的这个地球……

阿玲说着还张了张嘴。

这回轮到安禄山害怕了，他贴到墙上惊惧万分地说："太可怕了，你可要小心啊，千万别……"

"放心，来之前我一口气吞掉了三十六颗比太阳还大的星球，现在还饱着呢！"阿玲说着拍了拍自己的肚子。

安禄山这才稍微放了点儿心，不过他还是心有余悸不敢靠阿玲太近，只是小心地询问她怎么会来到了地球上。阿玲说她是因为意外误入地球的。安禄山说着他也是意外来到地球的，现在已经在地球上生存了六个地球年。

"不过我很快就可以离开这里了，我已经接到了同伴的信息……"

"祝贺你，"阿玲想说让他们把自己也捎带走，可想想不知他们的星球是什么样子，也不知那里有没有时空隧道，再想想刚才安禄山那恐怖又恶心的样子，阿玲马上打消了这个念头，改口说，"什么时候走？"

"明天清晨——不过走之前我要去趟皇宫，去看一下我仰慕已久的地球人！"

"是谁？"

"杨贵妃！"

2

大唐皇宫之内，长生殿上，明烛高照，香烟袅袅，一群宫女正随着鼓乐翩翩起舞。唐明皇和杨贵妃紧挨着坐在一起，边看歌舞边说着悄悄话，明皇还不时剥一枚荔枝亲手送到贵妃唇边。

过了会儿，杨贵妃轻轻说声："三郎，今天是七夕，天上牛郎织女鹊桥相会，民间有情男女都会在今夜相约相守白头偕老，我们也去许个愿吧！"

唐明皇连连点头，两个人便手牵手来到殿门外，望着天上星月，两人发下了爱的誓言："相守今世，相约来生，在天愿做比翼鸟，在地愿为连理枝，生生世世长相爱，世世生生不离分……"

两人说过，互相深情地凝望彼此。然后杨贵妃把一件礼物送给了唐明皇。

这一切都被伏在殿瓦顶上的安禄山和阿玲看了个清清楚楚。

阿玲听安禄山说无论如何要看一眼杨贵妃，当下也勾起了好奇心，一定也要跟来，想看看这个杨贵妃到底有多美。刚才一见杨贵妃，阿玲立时为她的美丽所折服，而更让阿玲倾慕不已的，则是杨贵妃那种近神近妖的气韵。

但是阿玲怎么也没料到，杨贵妃送给唐明皇的礼物不是别的，而正是一个"爱情结"！

难道这就是阿玲她们正在寻找的那个有魔力的"爱情结"？那一刻阿玲的心里激跳起来，眼睛瞪得老大，不是安禄山手快一把拉住，阿玲几乎控制不住要跳下去跟皇上争夺过那个"爱情结"了。

"你要干什么？"安禄山声音很低但火气很大。

"我要那个——'爱情结'——我就是来找它的！"

安禄山注意力一直都在杨贵妃脸上，现在听阿玲一说，他才注意到杨贵妃送给唐明皇的那个礼物。可是他看不出那东西有什么重要之处。

阿玲坚持要要，安禄山怕阿玲突然下去吓着杨贵妃，他又不敢太过强硬阻止阿玲，于是就承诺等会儿他一定帮阿玲拿到那个东西。阿玲这才暂时打消了打劫皇帝的念头。

杨贵妃和唐明皇缠缠绵绵老半天，这才相拥安寝去了。又过了一阵子，估计皇帝贵妃已经睡着，安禄山这才悄声对阿玲说："你等着我去给你取！"阿玲也要去，安禄山怕她惊扰或伤害了杨贵妃，坚持要一个人去。阿玲有些忌惮安禄山，也就没敢太任性。但是下边戒备森严，阿玲不知安禄山要怎样去取"爱情结"。在阿玲想来，他也只有一个办法，就是生夺硬抢。

但是阿玲却没有想到，安禄山并没有立刻跳下去，而是倏地又从眼睛里弹出两条蛇信子般的东西——也就是他的原身吧，不过这次不是弹出几米，而是几十米，一下子把寝宫前的几个侍卫和太监扫了个正着，那些人连哼都没哼出一声，便接二连三慢悠悠倒在地上。

这时候安禄山才跳了下去。别看他身体魁梧粗大，但跳下去时竟似一只灵猫般轻巧无声。

可是过了好半晌，仍不见安禄山出来，阿玲再没耐心等下去了，她也纵身从殿顶跳了下去，然后溜进寝宫。进去却见明皇和贵妃正睡在龙塌之上，贵妃枕着明皇的肩臂，明皇的另一只手臂还搭在贵妃的手上，而安禄山则站在地上看得呆住了。

阿玲上去一把先夺过安禄山手中的'爱情结"，然后硬把他拉到外边悄声说："你干什么呀？怎么窥探别人隐私？"

安禄山痴痴迷迷地说："她太美了，太美了……"

阿玲拍拍他："醒醒醒醒吧，咱们得快离开这里，你的同伴不是也快来接你了吗?"

安禄山走了两步却挣开阿玲的手,摇头说:"我不走了,我不想离开地球,不想离开她——永远不想!"

阿玲没想到安禄山竟然做出这样的决定,她倒不知该怎么办了。

就在这个时候他们的行踪已经被发现,一群侍卫们正向他们冲过来,而另一群则冲到寝室保卫皇上。阿玲管不了许多,拉上安禄山如古代的侠客一般跃上高高的宫墙,向外逃去。

可是逃了一阵,不但没有逃出包围,反而到处都是侍卫和御林军——原来阿玲根本没有逃出皇宫,而且混乱之中,安禄山也不知跑到了哪里,只剩下她一个人被御林军团团围住,墙上和宫殿之上也已经被弓箭手占领了,现在阿玲已经无路可逃插翅难飞了。

"女贼赶快受降,否则叫你死无葬身之地!"一个虬髯将军低吼一声,手中大刀已经快指到了阿玲鼻子上。

阿玲大急,她猛然绝望地尖叫一声:"麦克救我!"

"我来啦!"

随着阿玲的叫喊,一位银枪白马白盔白甲的英俊少年仿佛从天而降,他春雷般大吼一声,一马跃入核心,一把将阿玲提上马去,然后一抖缰绳,那匹白马好似离弦之箭般跃过兵将越过宫殿和高墙。

这一切只发生在一瞬间。当御林军们回过神儿时,阿玲和白马小将军早已不见了踪迹。

第二天,长安城大街小巷就传开了一个消息——昨夜里皇宫内来了妖女,后来一位白马天将把她捉走降服了。

却说阿玲骑上马后,被那人紧抱在怀里,耳边疾风哨箭般掠过,她感觉那马不是在跑,而分明是在飞。阿玲紧闭着眼,紧靠在那人怀里,浑身再也提不起一丝力气。

不知过了多久,马终于停了下来,那位英俊将军悄悄在阿玲耳边说:"阿玲,咱们到了!"

阿玲睁开眼,却发现身下的白马没有了,而自己正和英俊将军正站在一条小船上,小船四周是和夜色融为一体的苍茫大海。

阿玲一惊:"这是哪里?"

"地球,大西洋,百慕大!"

"啊？怎么会到了这里？你是谁？"

"这里有一个时空隧道，从这里才能回到我们的时空——我是谁你好好看看就知道了！"

阿玲借着星光细看，身边的白袍将军竟然是麦克。她激动地又伏在了他的怀里。麦克抱着她，轻轻拍着她，脸上突然漾满幸福。

"现在我们怎么走？"阿玲很快离开麦克的怀抱，四下望望说。

"要下到海底去！"

"啊，可咱们没有潜水衣啊？"

"用不着，你闭上眼，拉紧我的手，想象着不是在海洋里，而是在蓝天中，这样你就可以自由呼吸了！"说着麦克拉住了阿玲的手。

阿玲看着麦克，便闭上眼。片刻之后，麦克问准备好了没有，阿玲点点头，麦克便拉着她果断地跳下了那只船。

阿玲很快沉到了水面之下，然后下沉再下沉。她按麦克说的紧闭着眼，幻想自己在天空中翱翔，她真的可以自由呼吸，连海水的压力都不存在了。

不知过了多久，阿玲耳边传来麦克的话："阿玲你可以睁开眼了！"

阿玲慢慢睁开眼，四下一望，不禁大为意外。

3

阿玲怎么也想不到，百慕大海底竟然有这样如此巨大的珊瑚林。

而更令她惊讶的是，她不但可以在海里自由呼吸，而且也可以像鱼一样自由游动，因为她的双腿已经变成鱼尾了。再看看，麦克也是一样。

麦克告诉阿玲，这里是两个空间的交接处，是连接地球与另一个空间的地方，所以来到这里的人，已经不再是严格意义上的地球人了！

麦克说着，就带阿玲游进了那片繁茂的珊瑚林，麦克似乎在按着一定的规则在游走，而阿玲则紧紧抓着他的手，她很害怕迷失在这个美丽而又幽森的地方。

珊瑚林开始很阴暗，似乎没有尽头。

但是游着游着，阿玲发现珊瑚林变得疏朗起来，然后前边逐渐明亮起来，同时一个异样的世界在阿玲眼前清晰起来。

"我们是不是已经到了另外一个空间？"阿玲问。

麦克点头："你越来越聪明了！"

"可是，我们怎么没有经过什么时空之门或时空隧道之类的东西？我们是怎么进来的？"阿玲有些不解。

麦克说："'门'不过是地球人创造出来用来过渡的一处形式而已，有门和无门本质上并没有什么不同，有时没有门反而更自然，更和谐——如果你一定想要，就把它当做门吧！"麦克说着指指那最后一株珊瑚林。

随着那株珊瑚树的消失，那个仿佛虚构的城池便一下子明朗和清晰起来。

但是这座城在阿玲眼中实在太小了，在她眼中，这座城就像古代养蜂人整齐摆放的蜂箱，而那些人则像一些忙忙碌碌的蚂蚁。

"这里的人怎么这么小？他们是'人'吗？"阿玲脱口问了句。

麦克扭头望着阿玲有些严肃地说："当你觉得别人很渺小的时候，你就会比他们更渺小——这是这个时空的规则！"

随着麦克的话，阿玲真的变成了一只小小的"蚂蚁"———一只"小蚂蚁"。

那一刻阿玲吓傻了，因为这里所有的"人"都变得比她大，他们原来是些没有手脚类似于地球上虫蛹一样的生物，他们不是在行走，而是用身体分泌出来的液体在延伸自己的道路。而他们的建筑除了形状不同之外，和蜂巢再没有其他区别。

这时麦克也已变成和阿玲一样小。阿玲这才心安一些，但嘴里还不服气地问了一句："怎么，你也嘲笑它们渺小了吧？"

麦克笑笑："算是吧，因为在一群渺小的人面前，你太高大了他们反倒看不见你！"

阿玲问那些"人"在干什么，麦克说他们就是从一个"房间"铺出一条路，通到另一个房间而已。阿玲问这有什么意义吗，麦克说如果一定要为这种做法找到意义，那只能说他们经过努力，终于用生命铺就出一条路，从一个房间到达另一个相同的房间而已。

说着他们已经进入那些"人"群之中，那些人只顾走自己的道路，没有人顾得上理会突然出现的这两个异类。麦克拉拉阿玲说必须赶快离开这里，否则我们也会变成他们一样，用自己铺就的道路把自己禁锢住。

这时阿玲发现自己和麦克已经由半条鱼又变成了整个的人。他们飞跑起来，跑啊跑，跑啊跑，可是越跑那些"人"越多，他们的速度也越来越慢。而前边还是一望无际的"人"群。

更为糟糕的是，阿玲和麦克的身体正在被那些"人"同化着，他们的脚步越来越黏滞。

"不好！"麦克叫一声，拉着阿玲穿过那些"人"，奔向了一处颜色暗淡的"房屋"。那座房屋近在咫尺，可是对于阿玲他们好似已经远在天涯了，因为他们的双手双腿正在萎缩蜕化。

"坚持住，否则我们将永远留在这里了！"麦克和阿玲的手紧紧拉在一起，艰难而又顽强地向前挪动。

终于，阿玲和麦克抢在变成那种虫子一样的"人"之前走进了那座"房屋"。

说是"房屋"，其实只是一个很不实在的方形空间而已。"房间"里，一个看起来有些衰老的"人"正在意外地望着他的两位不速之客。

麦克与那"人"用一种近乎虫鸣的声音进行交流，阿玲一点也听不懂。不过很快麦克就告诉阿玲，虽然一时找不到时空之门，但这个叫朗索佛莱伊莱恩的人恰好研制成功了一种时空转换器，现在你来选择，我们是回到过去，还是前往未来——不管去哪里，我们都必须尽快离开这里。

"去未来！"阿玲毫不犹豫地做出了选择，她不喜欢过去。不过阿玲有些奇怪，因为她找不到那个时空转换器在哪里。

这时那个叫朗索佛莱伊莱恩的"人"从嘴里吐出了一个小球，麦克很快接过去告诉阿玲，这就是那个时空转换器，它是朗索佛莱伊莱恩多年来用智慧心力研制成功的，朗索佛莱伊莱恩是这个空间很少没有去铺展自己道路的"人"。

阿玲望着那个看起来黏乎乎的小球有些恶心，她对这个转换器也有些难以理解。

麦克把那个粘乎乎的小球放在朗索佛莱伊莱恩的头顶，一手按着它，另一手紧握住阿玲的手，嘴里默念着："去未来、未来……"

阿玲眯着眼，她看到眼前的一切都逐渐模糊，包括麦克和她自己，然后她的眼前变得一派空明和虚无。然后又逐渐显示出另一个世界的轮廓。

然后阿玲和麦克就已置身于一个黑白分明的简洁世界。

这里的天是白的，地是黑的，一切东西都简单而规矩。这里安静得毫无生气，只有寥寥可数的一些类似于"人"的生物或机器在做着一些机械的动作。说那些"人"是生物或机器，是因为阿玲一时分不清，他们到底是自然的还是制造的。而阿玲之所以分不清，是因为那些人的色调和给她的感觉介乎于人和机器之间，还因为他们都是残缺不全的。比如一个不停在走的"人"就只有双腿而没有双手，而那个用手在不停划线的人则只有双手而没有双脚，另外那个在半空中飞行的则无腿无脚甚至无头而只有一对奇怪的翅膀。

阿玲看看麦克，很怀疑地问："这会是未来么？未来会是这么个样子么？"

没等麦克回答，已经有一个机械的声音响了起来："对于你们来说，这是未来，而对与他们来说，这就是现在！"

"你是谁？能否现身出来？"麦克也是一脸茫然。

"我就在你们面前，你们所见到的一切都是'我'。"

"都是你？"阿玲更糊涂了。

"没错——你们肯定难以理解，不过你们可以把这个世界想象为一台超级计算机就可以了，而这里所谓的'人'不过是一些程序而已，他们都包含在'我'里面。"

阿玲看看麦克，麦克若有所悟。

"可是那些'人'到底是怎么回事，怎么都是残缺不全的？"阿玲还是忍不住问了起来。

这次麦克抢先回答："不，并非残缺不全，而是他们无所不能——如果我没有猜错的话，那些——"他指指那边一排像方形砖块一样的物体，"那些东西应该都是'人'，或者说是程序，需要的时候它们无所不能，不需要的时候，他们可以简单到像古老地球上的一块砖——甚至可以化有形为无形……是这样吗？"

那声音依旧毫无表情："你的思路基本正确。"

"可是，它们到底是'人'还是机器？"阿玲百思不解。

"这个年代，无所谓人和机器，或者说人和机器已经合二为一互相融合，其实这个世界也不过是另一个世界的一个程序而已。"

阿玲越听越糊涂，她也没有情绪再听下去了，她讨厌这个毫无生气和情感的鬼地方，她觉得这所谓的未来还不如过去讨人喜欢，因为过去毕竟是人的世界。

阿玲要尽快离开这里。

麦克说："我也不知道怎么离开这里，我们的时空转换器是单程的！"

"那怎么办？我不想在这里，一刻也不想！"阿玲急得几乎要哭出来了。

4

"难道这个世界有什么不好吗？这就是你们人类追求的终极目标啊？在这里你们可以得到永生啊！"那个声音在诱导阿玲。

"不、我不喜欢这里，我不要呆在这里，这里没有亲情友情更没有爱情，就算真能够永生也了无情趣，我要回去！"阿玲说着又催促麦克，"你快想想办法啊！"

麦克无奈地摊摊手："对这个未来世界我也是完全陌生的！"

那个声音再次响起，这次他已很有些得意了："要得到一个新世界，常常需要打碎一个旧世界，而我是终极世界，是永远无法打破的！三粒米之后，你们将会习惯这里，而习惯是留下你们的最好理由。"

"三粒米？什么三粒米？"阿玲连连追问，可是任她追问了几遍，那个声音却再没有响起，大概他已不屑于回答阿玲了。

麦克说："听他的口气，大概是这个未来世界的时间单位！"

阿玲觉得有道理，但他们无法准确估计出三粒米到底是多长时间。不过无论如何不能坐等被这个世界征服，阿玲和麦克到处寻找起来，他们极力想找到一个出口。

这个世界好像很小，小得无论他们走到哪里，总是似曾相识的背景，似乎他们从没有迈出过一步。这个世界又好像很大，大得他们怎么也走不出那相同的一小块儿"天地"。

不知不觉中，阿玲觉得这个世界已不是那么枯燥无趣了，相反她感到了从未有过的放松，心中不断净化透明，像要变成一块玻璃。

"这里原来很不错的！"阿玲的声音也平静了许多。

"我也这么觉得……不过这是不是说明、说明……"麦克患了失忆症般想了半天，终于想起来，"说明三粒米的时间快到了……"

麦克一句话让阿玲骤然猛醒："啊、三粒米、三粒米……"说着她狂然一掌实实在在打在了麦克脸上。

耳光响亮。

猝不及防的麦克捂着脸惊恐地望着阿玲。

"你根本就不是麦克，你是那个叫梦幻的混蛋老人……你一直在欺骗我！"

随着阿玲的话，麦克一下子就恢复了梦幻老人的本来面目，他有些委屈地说："从一开始就是你把我想成的麦克，并不是我故意要欺骗你而幻化成麦克的——你把我看成麦克只说明麦克是你最想看到的人而已，跟我几乎没有太大关系……"

"是的，是的，是我不好，早就知道你不可能真是麦克，可我还是愿意欺骗自己，是我的错，对不起，我一直在寻找依靠……"

"可你为什么现在要揭穿自己？"

"我要让自己清醒，我不能再欺骗自己，我怕继续把你当成麦克，我会因此而不愿意离开这个地方——我一定要离开，一定要回到麦克身边！"

"可是我们的出路在哪里？"

阿玲狠狠跺跺脚，不料想脚下竟然发出了破碎之声，阿玲低头一看脚下竟然裂开了一条缝隙。

缝隙不大，但却一下子让阿玲和梦幻老人看到了希望，他们一起用力跺了起来。

"不、不、停下快停下，你们想干什么，快给我停下……"那个声音再次响起，只是这次口气已满是惊恐和愤懑。

但是他的话还没有说完，就被哗哗啦啦一阵暴烈之声吞没了。

然后这个未来世界就当着阿玲和梦幻老人的面崩溃消失了，留下的只是无数纷飞的玻璃碎片。

"这个未来世界竟然是玻璃的？"阿玲无比惊讶而又不解。

"是的，不过也许它并不是真正的未来世界，也许它只是未来世界的形式之一。"

"那么现在我们又在哪里？"望着逐渐消失的玻璃碎片，阿玲打量着四周问。

梦幻老人诡秘地笑着说："我刚刚发现，原来两个世界中间有时竟然只是隔着一层薄薄的玻璃而已！现在让我来告诉你，我们已经回到我们来的地方了！"

愣怔片刻，阿玲猛然抱住梦幻老人欢呼起来。随即她又突然放开梦幻老人，不敢相信地打量着周围的一切。

周围一片混沌，什么都有，又什么都没有。

"如果不信，你可以试试，我可要先回家看看我的宝贝银河系了！"梦幻老人话音未落，那座只有框架的房子已经出现在了他的面前。

"啊，是真的啊？麦克你们在哪啊，快出来！"阿玲喊着的时候，麦克他们已经全部出现在他们面前。

阿玲和同伴们互相惊异地望着对方，虽然早已伸出了双手，却一时不敢去触摸，生怕彼此都是想念出来的虚幻，手一碰就会消失一样。

过了片刻，阿玲终于和同伴们扑到一起，抱在一起，欢呼到一起。

重逢之后，阿玲见到每个伙伴都亲，她向大家说起了自己离开这里的奇妙而惊险的旅行过程，但不知为什么，她唯独略去了把梦幻老人当成麦克这件事。而从大家嘴里，阿玲才知道按地球时间算，大家已经在这里等待自己有三个月之久了。

让伙伴们等自己这么久，阿玲很是愧疚，不过这愧疚很快又被回到伙伴身边的喜悦兴奋驱散了。她不停地说着话，可说着说着却伏在梅花鹿怀里睡着了。

她太疲劳了。

阿玲醒来时，周围又被伙伴们创造成了美丽温馨的夜晚，同伴们也在酣睡，大家这些天都累了。不过却有一个人，正站在几步外望着阿玲。

阿玲轻轻起身，来到那人身边，很自然牵住了那人的手。

两个人牵着手向前走去，耳边渐有古老缠绵的乐曲传来，那是古中国的"梁祝"。前边有很多蝴蝶在飞，星星就在他们伸手可以触到的地方，身边有无数花儿在绽放飘香……

"其实离开的这些日子，你一直在我身边，因为那个梦幻一直就是你的样子……"阿玲喃喃说着，偎到了那人怀里。

那个人当然就是麦克。麦克抱住阿玲，半晌轻声说句："以后不准你再单独乱跑了！这次我以为会在这里等你一万年啊！"

"如果我永远回不来了呢……"

"那我只能永远等下去了，别无选择！"

两个人不再说话，只是紧紧依偎在一起，看他们一起创造出来的浪漫和美丽。

"对不起，我不得不打搅你们一下！"

身后响起的这句话把两个人吓了一跳，回头，是梦幻老人。

梦幻老人微笑着望着阿玲和麦克说："现在有一扇'门'打开了，它可以让你们回到你们的空间去，你们还想不想回去了？"

"真的啊！当然想回去！"阿玲和麦克像两个孩子一样又蹦又跳起来。

梦幻老人咯咯笑起来："那就赶快行动吧，别光顾高兴了，错过了你们真不知还能不能出得去了！"

这些日子阿玲他们时刻盼望离开这里，现在终于到了和这个收容又禁锢了他们许久的时空说再见的时候了，大家忽然又感觉到了依依不舍之情。大家依次和梦幻老人告别，谢谢他给予大家的友善和帮助。

阿玲最后一个走上前，望着梦幻老人，想说什么，却是什么也没说，只是上前拥抱住了他。

梦幻老人也拥抱了阿玲，那一刻他的身上焕发出动人的光彩，显得魅力十足光彩照人。他悄悄在阿玲耳边说了句什么。

阿玲抬起头，轻轻捧住梦幻老人的脸，在他的唇边印上了轻轻的一吻。

"爱情号"起飞了。

看着"爱情号"飞入房间当中的银河系之中，越来越小很快就看不见了，梦幻老人一下子显得无精打采起来。

　　"爱情？爱情……难道这就是爱情……"默默说着两个字，光彩又回到了梦幻老人的眼中——不，该说是梦幻王子，因为这时他的形象是一个英俊神秘的年轻人。

第八章
爱情之旅星空篇

1

"爱神号"似乎是穿过一团浓雾，然后便豁然开朗，阿玲他们惊喜地发现，飞船已经从另一个空间回到了他们熟悉的璀璨星空。

刚回到熟悉的星空，"爱神号"就收到了地球传来的警告，说是安得烈他们那组选手爱情探险飞船可能已经被劫持到"忏悔岛"，地球已派出营救船队，组委会叫"爱神号"要尽量绕开"忏悔星球"……

经和地球组委会联系后，阿玲他们了解到地球的警告是三天前发出的，只是当时"爱神号"在异域空间无法收到，现在地球派出的营救船队已经出发三天了，如果行程顺利，将会于七天后到达"忏悔岛"。阿玲提议他们先去营救安得烈，因为他们现在的位置距离"忏悔岛"只有三天的行程。

阿玲的建议得到了麦克龙华的支持，大家也没什么异议，于是"爱神号"改变航向，向着"忏悔岛"飞去。

一路顺利，而且飞船一直保持最快速度，所以只用了六十三个小时，"爱神号"就到达了"忏悔岛"的上空。

"忏悔岛"同样是一个人造小型星球。这上面生活着一些精神人格严重扭曲变异而在某些方面又有超常天才的"罪犯"，因为地球上已经废除了死刑，而把这些人留在地球上是十分危险的，所以地球联盟专门建造了这个用来"发配"这类高危"罪犯"的星球。

除了每年两次的例行安全检查外，"忏悔岛"上没有看守人员，但地球有关部门时刻可以对星球安全等情况进行远程监控。麦克他们一时还弄不清安得烈他们的飞船怎么会被"罪犯"们所劫持。

为了安全，麦克给大家发放了武器，同时提醒大家下去之后一定要统一行动，没有命令不要分散。然后"爱神号"绕着"忏悔岛"低空缓慢飞行，一边观察一边寻找最佳着陆点。

"忏悔岛"上的罪犯们过的是近乎原始的刀耕火种生活，在这里吃穿这些基本需要占据了他们的大部分时间，这是为了让他们没有太多精力去进行"犯罪"活动。所以在地球上已不多见的大片庄稼和大群家畜不断从飞船下边掠过。

终于，阿玲他们发现了一条飞船——无疑那就是安得烈他们的船。"爱神号"盘旋一阵没有发现异常情况，便缓慢降落到了那条飞船旁。

附近并没有人，不过大家还是十分警惕地走出"爱神号"，小心地接近了那条飞船。

飞船的外部已经受到了破坏，打开虚掩的船门，里边一片狼籍，很明显这里曾经发生过一场战斗，很多仪器都被损坏，现在已处于瘫痪状态。大家寻找半天，没发现什么线索，连记载飞行资料的芯片都已不见了。大家判断六对选手已经全被"罪犯"们劫持了，麦克决定立即行动进行搜救。

"忏悔岛"上居住有数千名"罪犯"，少数危险和潜在危险的都单独囚禁在隔离区，他们永远不能回到地球，而大部分人则生活在共同的区域内，很多人经过"改造"是可以返回地球的。现在情况虽然还不明朗，但麦克他们估计劫持飞船的"罪犯"他们的很可能是这里的"永久居民"。大家商量一阵觉得还是以突袭的方式解救安得烈他们较好，出其不意，这样可以避免冲突升级和避免伤亡。

"现在他们手上有人质，而且肯定也已夺取了武器，所以大家一定要小心！"麦克说着带头要走。

龙华却叫住了他说："等等，这样太慢，分组搜寻更能提高效率。另外飞船也要有人看守。"

麦克觉得有道理，就把大家分成三组——他和阿玲一组、龙华和梅花鹿一组、金智林和喀秋莎一组，多多姆留下看守飞船随时准备接应。

麦克和阿玲穿过一片青纱帐，看见前边不远处有个女孩模样的女子正在放羊，他们决定先了解一下情况再说。

麦克和阿玲的出现让那个女孩很有些意外，不过她还是比较镇定地打量了麦克和阿玲一番，然后肯定地说："你们是老家来的！"

原来"忏悔岛"上的居民都把地球称为"老家"。

麦克说："对，我们从地球来，我们有一艘飞船被这里的人劫持了，你能告诉我们一些情况吗？"

女孩点了点头："我知道是谁干的，也知道那些人在哪儿……"

"那快告诉我们好吗？"阿玲禁不住上前拉住了女孩的手。

女孩却狡猾地笑了："告诉你们可以，我也可以为你们带路，不过这可都是有条件的……"

"什么条件快说！"阿玲迫不及待地催促。

"带我走——按所谓的法律判决我还要在这个鬼地方呆上三年，可我一天都不想多呆下去了，我要回家，我要回地球上去！"

阿玲看看麦克："我们答应她吧！"

麦克摇摇头："我们不能给你肯定的承诺，但如果你能帮助我们解救出来人质，我想地球联盟肯定会考虑减少你在这里的时间的。"

那女孩想了想，点头同意，然后告诉麦克和阿玲她叫黛丽丝，来"忏悔岛"之前是个宇宙生物学家，她说她在搞一项动物和植物杂交的实验，接近成功时被她的助手陷害而被发配到这里来，而她的研究成果已被助手所窃取。

在黛丽丝的带领下，麦克他们很快接近了关押人质的地方，那里果真是"重犯"的隔离区。

"就在这里边，不过只有你们两个人进去怕是摆不平，里边人很多，他们还有武器……"黛丽丝有些信心不足。

"我们还有人呢，就是没有我们也不怕！"阿玲信心十足。

"对！"麦克说着又问这个地方该怎么进去，因为隔离区设有三层金属网，中间一层还是高压电网，而进出的通道只有前来检查的有关人员才能打开。黛丽丝问其他人来了没有，麦克说："一时联系不上，我们先进去吧！"说着对阿玲递个眼色，阿玲便闭上了嘴。

黛丽丝没有再说话，只是带着他们来到了一片草丛，她蹲在地上好像对着草丛默念了几句什么，那片草丛便像被施了魔法般从中间分开一个很规则的洞口。黛丽丝向麦克和阿玲招招手，先下了洞，阿玲看看麦克，也跟了下去。

麦克最后一个下了洞。

这里原来有一条地道通向隔离区。麦克问这地道是怎么挖出来的，黛丽丝没有回答，麦克也就不再问什么了。麦克和阿玲没有想到，当他们刚刚拐过一个弯时，那个洞口随即自动封合看来，草丛完好茂盛如初，就像什么也没发生过一样。

2

随着黛丽丝钻出那个地道时，麦克和阿玲已经置身隔离区之内了。隔离区内的地面都是由重达百吨的巨石铺就，在没有专业工具的情况下，不知"罪犯"们是怎样挖掘出了这个洞。

还没等麦克阿玲仔细观察一番，七八个穿着狼狈神情怪异的男女已经出现在他们面前。

毫无疑问，他们正是那些最危险的"罪犯"。

虽然麦克和阿玲他们早有准备，可是就在他们拔枪在手之时，对方已有几只激光枪对准了他们，同时安德烈和他的女伴被抓到了前边。

"放下武器！否则最先丧命的会是他们！"一个高大凶恶头脸和手上长满粗黑毛发的"罪犯"命令麦克和阿玲。

麦克和阿玲互相看了一眼，然后慢慢猫腰，把激光枪慢慢放在了地上。

然后他们出人意料地迅疾扑倒在地，向那个还没有封合的洞口滚去。

待上边反应过来，激光枪强烈而密集的光束追杀过来时，麦克和阿玲已经滚落回那个地道，然后麦克拉起阿玲向回跑去。

拐过一个弯儿，麦克继续跑，自己则从怀里掏出了那只从南极"希特勒"地下城缴获的"激光笔"。"激光笔"是麦克为这件武器起的名字，因为它很像千年前地球人使用的钢笔。虽然被称为"笔"，其实它的威力比激光枪要大得多，那两个罪犯追过来时，麦克猛然开枪，不但那两个大汉立即灰飞烟灭，连坚硬的洞壁都立时崩塌了。

麦克也是头一回真正使用这只"笔"，对它的威力还是估计不足，所以差一点就给埋在那里。好在他跑得及时，而且这样一来，也把追兵给挡住了。

可是麦克和阿玲没有想到，当他们跑到地道的尽头时，却怎么也找不到出口了——就像钻进了死胡同，他们已经无路可逃。麦克正要用那只"激光笔"打开一个出口，阿玲却突然惊叫起来："啊，蛇！……"

麦克刚要去救阿玲，自己的一只胳膊也一下子被什么东西缠住了。他赶忙用"激光笔"扫去，左手很快得到解脱，然后他转身抓住阿玲，在她身边一阵清扫，缠在她身上的几条"蛇"立即被斩落们，但洞壁又有塌陷。同时借着光束麦克阿玲也看到惊心动魄的一幕——无数粗细不等的蟒蛇，从洞顶洞壁探出，狂摇乱摆着向他们攻击过来。

现在没有其他办法，只能冒险了。麦克大叫一声拉紧我，随着叫声猛力挥动激光笔。已经按到三档发挥出最大威力的"激光笔"立时在洞顶洞壁割开一道道深深的裂缝。

接着地道又一次崩塌了，不是麦克已经提前有所准备，"激光笔"扫射之后立刻拉住阿玲转身就跑，他们早已被埋压在了下面。

不过现在麦克和阿玲的处境也好不到哪去，因为他们被堵在地道中，两边都被堵住了。而且当阿玲打开此刻已被用做照明的激光剑一看，洞顶和洞壁又有许多蛇一样的东西钻了出来。不过这次他们看清了，那些像蛇一样的东西其实并不是蛇，而全是树根。只是现在这些主动进攻的凶猛树根已变得似乎比毒蛇更可怕更恐怖。

如果不马上进行有效的反击，他们很快就又会被蜂拥而来的树根所扼杀。可是使用"激光笔"又会不可避免地再次引发地道崩塌，那样麦克和阿玲很快就会无路可退。

麦克无奈只好收起"激光笔"，和阿玲一起奋力挥舞光剑斩落那些树根。光剑只有二米长，威力有限，而树根们却前赴后继，随斩随长，越斩越多，斩断的树根已经落了厚厚一层，有的很快就又生根复活，而更多的树根还在蜂涌而出，比蛇更凶猛地向麦克和阿玲攻击着，甚至有的树根竟然迂回到地下偷袭他们。

麦克和阿玲身上喷溅了许多绿色鲜腥的汁液，那种汁液溅到皮肤上火辣辣的，溅到眼里更是不得了。照这样撕杀下去，麦克和阿玲终究会有体力不支的一刻，何况光剑的能量也不是无限的。

危机时刻，他们的头顶突然有泥石簌簌掉落下来。

不好，又要塌方了！麦克和阿玲要向最后的一段退去，可回头看那边早已被树根占据了，而且密密麻麻的树根正如潮般涌过来，退过去等于自投罗网。

正在这时，洞顶突然又掉落下几块泥石，随之光亮透进，同时传来同伴们焦急的呼唤："麦克，阿玲你们在哪？"

"啊，是龙华，快上去！"麦克说着抓住阿玲的手，两个人喝喊一声腾身一跃，一下子跃出了深达五六米的地道。

幸亏刚才麦克没有失去警惕，他打开了万能表语音，却没有叫大家一起进去，这样龙华他们才能及时听到了他们在里面的遭遇，否则后果更会不堪设想。

他们刚刚跃出，洞口便很快被树根们封住了。

见到同伴们，麦克和阿玲很是激动，特别是阿玲，一下子就扑到梅花鹿怀里哭了起来——刚才那场面实在比遇见鬼还恐怖，阿玲给吓坏了。

但是没容阿玲尽情发泄一番心中的恐惧，麦克就和伙伴们又一次同那些大小草木们撕杀起来，甚至地上的蒿草庄稼都成了他们的敌人。

"麦克，这是怎么回事？"连龙华也沉不住气了，他边打边问麦克。

麦克说："刚才我们上当了，被那个女人骗到了里边……她说她在地球时是搞动植物杂交的，她的实验肯定已经在这里搞成功了！"

现在到了外边，麦克可以毫无顾及地使用他的"激光笔"，而"激光笔"也可以最大限度地发挥威力。树木蒿草庄稼大片大片倒下，绿色的汁液到处飞溅，真可谓尸横遍野绿汁成河。

经过一场鏖战，树木们终于暂时失去了进攻能力。可是还没等麦克他们喘口气，脚下突然震动起来，而且很快强烈起来。

还没等大家弄明白是怎么回事，随着一声惊天动地的怪吼，一头怪兽已经从地下破土而出。

这是一头身材庞大的怪兽。说它庞大，是因为它的身体比地球上业已消失的大象还要大上几倍；说它是怪兽，是因为它长得凶恶丑陋异常，大家既没有从影像资料中见过它，也没有听说过这种动物，可以说它几乎集中了所有丑恶凶猛动物的丑陋之处凶恶之相。

谁都不知它的名字，当然它也没有给大家研究的时间，冲出地面之后，随着震耳欲聋的怪吼声，它径直向麦克他们冲了过来。

龙华他们的四只激光枪一齐发射出去，但那怪兽的身体上刺猬一样的粗大针刺却放射出各色光芒，好象把激光枪的能量给反射消化了。甚至麦克的"激光笔"也只能在它身上打出了点点火星！

"大家散开不要与它正面交锋！"麦克边打边喊。

大家四散开继续向怪兽射击，被激怒的怪兽更加凶猛地向他们发起攻击。

大家的反击对怪兽的作用不大，还是"激光笔"对它造成了一定的损伤。但是要彻底制服它并不容易。而且现在麦克他们已经退到了一片妖树的边缘，怪树们又已连根带枝上下一齐向他们发动了进攻。

更严重的是，四名手持激光枪的罪犯已经从两侧包抄过来。

前有怪兽后有怪树，左右有武装"罪犯"，麦克他们被包围了。

这次似乎真的无路可逃了。

"快，叫飞船过来！"龙华大叫。

麦克猛醒，他一边呼叫多多姆赶快开飞船过来支援，一边叫大伙坚持住。

但是怪兽已逼到近前，头上脚下不断有树枝树根毒蛇一般偷袭过来，加上两边激光枪扫射夹击，大家手忙脚乱顾此失彼，时间一长真的很难坚持下去。

就在这个时候，正在挥舞光剑阻挡怪树的阿玲被"罪犯"的激光枪射中了，她一个趔趄扑倒下去，没等那边的麦克赶过来，一个树枝已经迅疾地把她高高地卷了起来，而且很快就要送进树上那朵妖艳丰硕的花朵中。

毫无疑问，那个"花朵"就是妖树吃人的嘴。"忏悔岛"上隔离区外的人这么少，肯定是因为绝大多数人都已被这些凶残恐怖的怪树怪草吞噬了。

眼看阿玲也难逃和他们同样的命运。

"阿玲……"梅花鹿惊叫着要去抢救阿玲，但是稍一分神怪兽已冲到了她的面前，地下钻出的一条树根又缠住了她的脚。

龙华一点不敢懈怠地阻击着怪兽，金智林和喀秋莎分别以一抵二地对付四个"罪犯"。

而在最先捉住阿玲的那棵"妖树"下，麦克一手挥舞光剑和怪树搏斗，一手举着"激光笔"要救阿玲。可是一向果断的麦克此时却十分犹豫，他生怕误伤了阿玲。

"打死那棵树！"眼看阿玲就要被送进"花口"，刚刚斩断树根跑过来的梅花鹿急得大叫起来。

梅花鹿的话音未落，那棵怪树已经被麦克齐腰斩断，同时麦克也已跃起，一剑斩断那个生着妖花的树权，并接住了掉落的阿玲。

阿玲刚刚脱险，怪兽罪犯和妖树们已经攻上来，而且包围圈又一次缩小了。

此时的怪兽虽然也已是伤痕累累，不过并没有受到重创，它一边怒吼，一边捡起几块大石填进嘴里，咯嘣咯嘣几下便吞进肚去。罪犯本来已经被消灭了两个，却很快又有两个扑上来。近处的树木虽然多数被打倒，但稍远些的正将树权和根系迅速向这边延伸。而这边阿玲、梅花鹿和金智林全都受了伤，情况已经到了万分危机的时刻。

千钧一发之际，多多姆驾驶"爱神号"赶到了。

飞船一到，形势立变。在飞船激光炮的重击下，"罪犯"很快被消灭，附近的妖树很快失去了反功能力，连那只怪兽也随着一声爆炸而血肉横飞呜呼哀哉了。

战斗暂时结束了。"爱神号"落地之后，麦克龙华喀秋莎他们赶快给伤员输入恢复营养液，边休息边商量怎么去救人质。现在营救行动演变成为公开战斗，解救人质已变得更加困难。大家还没有商量出一个好办法，隔离区已经向外喊话了。

大家走过去一看，只见几个"罪犯"举着光剑对着一个女人质，威胁说"爱神号"必须在三分钟之内离开隔离区，否则每隔三分钟他们就会杀掉一个人质。

"罪犯"们的凶暴和邪恶大家已经见识到了，没人敢怀疑他们的话。好在他们只是要"爱神号"远离隔离区，并没有要求飞船离开"忏悔岛"。

"爱神号"离开隔离区一段距离后，在一段空旷地面停了下来。阿玲他们几位伤员正在恢复阶段，加上又十分疲惫，很快就睡着了，喀秋莎一刻不离地守在金智林身边，沉默寡言的多多姆依旧孤独地坐在一边，谁也无法透过面具看清他的表情。

这个时候，麦克当然和龙华在一起。好几个同伴受了伤，加上解救安德烈他们严重受阻，麦克有些焦躁，他觉得这一切和自己指挥不当有关。龙华说麦克并没有责任，让"罪犯"们在这里试验成功了"妖树"，制造出了有血有肉的机器怪兽，地球管理者负有不可推卸的责任，说不定地球上还有人帮助他们，否则以这里现有的条件，那些人很难完成这些"杰作"。不过现在不是追究这些的时候，当务之急是如何解救人质。

麦克渐渐冷静下来。现在有两种选择，一种是静待地球救助船队的到来，二是继续想办法解救人质。地球救助船队赶到还要好几天，麦克当然不会选择前者。

但如何解救却是个难题。如果在以前，只是龙华他们两个人，麦克肯定会有办法——当然那都是很冒险的办法，但现在麦克却承担着一份责任，他既不能丢开大家独自去冒险，更不能拿大家的安全随便去冒险，今天几个同伴的负伤叫他忽然觉到了"责任"这两个字的分量。

"这样吧，先休息，等明天阿玲他们伤好之后一起想办法，另外也给武器补充一下能量！"最后麦克有些无奈地望着渐渐暗淡下去的天空说。

龙华说："这样也好，你去睡觉吧，我先放哨。"

麦克没有争让："好吧，晚一会儿我来替你！"

用一颗捕获的流浪小行星改造的"忏悔岛"虽然远在太阳系的最边缘，但依然可以和地球一样能享受太阳的光芒，这依赖于它有一颗人造太阳卫星。

现在"忏悔岛"和地球的东半球一样降下了夜的黑帐。

龙华坐在飞船驾驶舱中，打开监控仪器，这样任何接近飞船的东西哪怕是一束光或一束电流也可以被及时发现。但龙华并没有因此有丝毫懈怠。

这一夜过得很平静。第二天当曙光降临时，阿玲他们几个伤负已经痊愈，麦克他们也已恢复了体力。而每过一定时间就自行去除污垢的衣服也已洁净如新，这让每个人看起来都是精神百倍。

古代中国有句俗语叫三个臭皮匠顶个诸葛亮，大家七嘴八舌商量了半天，最后还真想出了一个好办法。

这天下午，"爱神号"以极快的速度，对隔离区五十米之内的树林进行了一次毁灭性的打击，因为大家意外发现，那些"妖树"们对于超过三十米的目标就有些鞭长莫及了。

因为行动神速，没等隔离区内反应过来，"爱神号"已经完成任务返回来时，隔离区内的罪犯可能刚刚醒悟过来。现在"怪兽"被消灭，"妖树"也暂时被控制住，今夜开始麦克他们将实施解救人质计划——用飞船打通地道接近隔离区，然后用光剑挖掘，进入隔离区之后，再用"激光笔"对付大石块。隔离区内并没有什么先进的监控设备，小心一点应该可以做到出其不意的。

还有一段时间如何利用呢？这两天太紧张了，麦克决定做一个小游戏，一来能缓解大家的情绪，二来可以麻痹迷惑对手。

征求大家的意见后，七个人决定来一次短跑比赛，当然是分出男女两队，目标是五百米外的一棵"妖树"，告诉大家谁能够用最短的时间摸到那棵树，然后再返回来，谁就是冠军。

男队四个人一起出发，争先恐后向那棵"妖树"跑去。结果麦克得了冠军，而金智林却因反应稍慢而被"妖树"纠缠住，最后只好刀兵相见。

三位女伴出发了，她们甚至比男士更加争强好胜，特别是阿玲和梅花鹿，别看平时两人很要好，但现在却从一开始就紧紧咬住不肯相让。最后看到冠军被阿玲夺走，梅花鹿还是满脸的不服气。

活动之后麦克要大家好好休息一下，因为夜晚到来之后马上就要开始营救行动了。不过谁都不愿意回到飞船去，大家就在飞船附近或坐或躺或说话，多多姆则主动承担了放哨的任务。

阿玲和梅花鹿坐在一起，她现在很想妈妈，出来这么久只跟妈妈联系过几次，也只说了几句话，然后不是顾不上就是信号无法接通，因此没能兑现每天跟妈妈通一次信息的诺言，阿玲感到很惭愧。

现在又是无法跟妈妈接通。阿玲忽然很担心，声怕妈妈会有什么事。梅花鹿正在安慰她，多多姆忽然在飞船门口向阿玲招手，示意她到飞船去一下。

虽然平时跟多多姆交流不多，但阿玲也能感觉得到他对自己的关切，现在见他招呼自己，什么也没有想就走了过去，并跟着多多姆走进了飞船。

一进飞船，多多姆就关上舱门，然后说出了一句阿玲完全意外的话："你要跟我走！"

"什么？"阿玲一时之间没有明白多多姆的话。

"我们走，只要我们两个走，到一个只有我们两个人的地方去！"多多姆说得很肯定。

"你疯了？"阿玲的反应异常激动。她转身刚要出去，可是多多姆却突然出手，在她鼻子下抹了一下，阿玲立时失去了知觉。

4

阿玲醒来时，"爱神号"已经离开"忏悔岛"行使在太空中，飞船里只有两个人——驾驶飞船的是多多姆，而被绑在座位上的是阿玲。

"放开我，放开我，多多姆你想干什么？"阿玲愤怒地叫喊起来。

多多姆站起来，慢慢转过身来，那一刻阿玲大吃一惊——这个人竟然不是多多姆，而是一个差不多已被阿玲忘掉的人——"新世界"星球的艾迪。

"怎么是你……多多姆……"刚刚说出这句阿玲猛然明白了，多多姆就是戴着面具的艾迪，艾迪就是摘去面具的多多姆！

"你为什么要这样做？"

"当然都是为了你！"艾迪走过来，到了阿玲面前，然后跪了下去。跪在阿玲面前，艾迪向她坦白了一切。

阿玲离开"新世界"来到地球的，艾迪没有去探险，而是尾随阿玲来到地球，先是劫持了一个叫多多姆的地球人，然后通过隐藏在地球联盟有关部门的"罪犯"，修改了多多姆的"身份证"资料，接着用早已禁用的一种致幻剂迷惑了露露，再然后自己便堂而皇之地以多多姆名义和露露一起报名参加大赛，并比较顺利地通过考核和阿玲一起开始了这次爱情探险之旅。当然多多姆的目的不是去找什么"爱情结"，而只是要找机会带阿玲远走高飞。为此他几次想劫持阿玲，在梦幻老人那个空间他几乎成功，为了迷惑大家，也为了报复"情敌"，他还用卑劣的手段驾祸于梅花鹿，并企图借她之手杀害麦克……

听完艾迪毫不隐瞒地说出的一切，阿玲没有怒不可遏，反倒低头不语。

半晌，阿玲抬起头，有些感动地说："没想到你这个人竟然这么痴情，真的没想到……"

艾迪第一次见阿玲这样和自己说话，当下激动得一把抱住阿玲的腿说："阿玲，阿玲，我是真心的，为了你，我什么都能去做……"

阿玲说："我知道，你可以给我用致幻剂，你也可以把我绑起来……"

"阿玲，我对不起你，我不该那么做，可我怕你不肯跟我走，只要你跟我走，我马上放开你，你说去哪里咱们就去哪里……"

阿玲没有说话，只是微微点了一下头。艾迪立时跳起来，手忙脚乱地给阿玲解开绳子，高兴得像个孩子般询问阿玲痛不痛，阿玲摇摇头，又问他打算去哪里。艾迪拉着阿玲来到显示屏前，指着那些星星说："你愿意去哪里，咱们就去哪里……如果你愿意，咱们就在这太空一直走。"

他的话突然让阿玲心里一热，几乎下不了手。可想想同伴们，她还是一狠心砸了下去。

那是哲林老人给她的瓶子。

"我们可以……啊……"艾迪痛叫一声，回头望着阿玲说了几个字，"你、骗我……"话没说完已经一头栽倒下去。

"对不起、对不起……"阿玲很是愧疚，一边绑起艾迪一边对艾迪道歉。如果在以前，她要么死也不跟他走，也许会答应了真的跟他走，但现在为了麦克他们，她不得不学着欺骗和使用诡计。

绑好了艾迪，飞船掉头返回"忏悔岛"，没了飞船，武器又在飞船上补充能量，同伴们随时面临着危险。一路上阿玲的心思很乱，她不想把艾迪的事说给大家，可不说清她又不知该怎么说。

再说麦克他们发现多多姆和阿玲开走了飞船，大家都惊呆了，不知道发生了什么事。而且阿玲和多多姆也不回答呼叫。

那一刻大家都明白事情非常严重。但没人愿意说出心中的怀疑，大家只是不住说，是不是飞船又被"罪犯"们劫持了。

正当大家都有些不知所措之时，"爱神号"竟然又飞了回来。大家喜出望外地迎上去，叫了好半天，舱门才打开了，舱门口站着脸色非常难看的阿玲。

"阿玲，怎么回事?"

"阿玲，你们没事吧?"

"到底发生了什么事……"

阿玲推开纷纷围上来急切询问的同伴："你们不要问了，我不想说不想说……"说着她冲出人群跑到了一边。

大家面面相觑，梅花鹿还要赶过去追问阿玲，龙华拉住她轻声说："先让她自己安静会儿吧，看来她受了很强烈的刺激!"

过了一阵，天已慢慢黑了下来，不能再等下去了，麦克走到阿玲面前，轻声问道："好些了没有?"

阿玲点点头。

"那能说说到底发生了什么事情么? 多多姆到哪里去了?"

阿玲抬起头："他不是在飞船里么?"

麦克摇头："都找遍了……"

"不可能!"阿玲站起来跑回飞船一看，真的没有多多姆的人影，只有绑他的那根带子扔在座位下。

毫无疑问，肯定是阿玲绑得不紧，多多姆趁她不备挣开了。可是多多姆不可能从行驶的飞船中逃跑，答案只能有一个，就是刚才大家注意力集中在阿玲身上时，他趁乱逃出了飞船。

阿玲没有后悔，反倒松了一口气，她说："不用找他了，他不会回来了!"她想多多姆——艾迪肯定不会回来了。

"多多姆是我们的同伴，现在他不见了，你不说清大家怎么能安心呢?"龙华口气中已带了责备。

"我已经告诉过你们了，多多姆走了，他不会跟我们去旅行了，这是他的权利和自由，你们还想要我说什么!"阿玲第一次对着龙华大喊大叫，甚至还有些莫名的反感甚至愤怒。

同伴们互相看看，都不再说话。麦克正准备先安排挖地道的事，等阿玲冷静下来再问清多多姆的下落，可是就在这时，已经渐浓夜色中突然闪烁出了束束光线，那是激光枪发出的，同时有两个人边向后边开枪反击边向这边大喊:

"我是安德烈，我和玛丽雅逃出来了，'罪犯'们追过来了，他们有很厉害的武器，我们马上离开这里!"

叫着喊着他们已到近前，果真是安德烈和玛丽雅。

"可是别的同伴呢?"麦克急问。

"他们、他们都已被杀害了!"安德烈痛心疾首。

大家以最快的速度登上飞船。因为现在活着的人质已经救出，'罪犯'们如何处置该留给地球联盟有关部门去解决，所以尽管"罪犯"们已经追到近前，飞船也没有再和他们"交流"，而是直接升空飞走了。

但是"爱神号"刚刚离开"忏悔岛"，意外就发生了。

第九章
爱情之旅黑洞后的"维纳斯"

1

"爱神号"又驶入了茫茫太空。

在毫无征兆的情况下，正在休息的安德烈和玛丽雅突然掏出激光枪，对准了毫无防备的麦克他们六个人。

"谁动我会马上开枪，请不要怀疑这一点，因为我们不是你们的朋友安德烈和玛丽雅，我们是你们所说的'罪犯'！""玛丽雅"尖声大叫起来。

面对毫无防备的变故和近在咫尺的激光枪，大家毫无反抗能力，只有顺从地举起了手。

"去把他们绑起来！""玛丽雅"命令，这时她的声音已成了一个男人。

"安德烈"马上过去，第一个绑住了阿玲。阿玲要反抗，可见麦克直摇头，阿玲也就放弃了。然后金智林喀秋莎也被绑住了。

然后他来到了麦克面前。

麦克很顺从地把手举到了前边，一副无可奈何的样子。

"把手放到后边去！""安德烈"凶恶地命令。

麦克为难地说："我的胳膊受过伤，背不过去！"

"耍什么花招，我就不信这个邪！""安德烈"说着粗暴地上前去拉麦克的胳膊。

就在这瞬间，麦克突然出其不意地猛然出手了。

待到'安德烈'反应过来，他已经被麦克掐住了脖子。同时把他挡在了自己身前。麦克刚要命令"玛丽雅"放下武器，"安德烈"突然大叫一声，头一歪死了。

"安德烈"并不是死在麦克手中，而是死在了"玛丽雅"的激光枪下。

与此同时麦克也缴获了"安德烈"的激光枪，他推开"安德烈"的尸体把枪口对准了"玛丽雅"。

"玛丽雅"和麦克的两只枪都对准了对方，他们都在喝令对方放下武器。

那一刻飞船中的气氛仿佛凝固了。

突然，"玛丽雅"刺耳地怪笑起来："告诉你吧，我身上的衣服是会爆炸的，一爆炸这条飞船和你的同伴们全得一起变成宇宙尘埃！"说着他就要开枪。

"麦克！"这时一个人大叫一声冲过去两步挡在了麦克身前。

是阿玲。

"哼哼，想不到现在这个世界上还有人肯替别人去死，难得难得，让我来成全你们吧！""玛丽雅"狞笑着又要开枪。

正在这时，舱门忽然自动打开了，"玛丽雅"刚一回头，他就像被一个看不见的人抱住了一样向舱门倒去。

没等猝不及防的"玛丽雅"反应过来，他已经歪着身子来到了舱门口。

"玛丽雅"惊恐嚎叫着挣扎着，又像在搏斗着，可是谁也看不到他的对手。

"玛丽雅"一只手在胡乱挥舞着，一只手死死抓住舱门，激光枪早已掉出舱外。

"再不放手我就……""玛丽雅"话没说完，身体已经飘出了飞船之外。

"阿玲，我爱你！"飞船外传来多多姆——艾迪的声音。

而这声音很快被疾速飞驶的飞船抛在了后边，然后阿玲他们看到了身后那一星儿爆炸的闪光。

然后一切归于平寂。

"到底是怎么回事？"危险过后，梅花鹿抚摸着被绑疼的手臂，很不明白地问。

"是多多姆救了我们，他一直就藏在飞船中没有离开。"回答她的是龙华。

"可是飞船我们都找过了啊，而且我们都没有看到他啊……"

"因为他穿着一件隐身衣。"

"啊，隐身衣？不是规定除了特别工作人员，一般人是严禁使用隐身衣的么，多多姆怎么会有隐身衣……"

没人再开口回答梅花鹿的话。

三天后，麦克他们收到了地球老家的信号，说安德烈他们已经成功救出，不过他们已放弃这次爱情探险活动了。

两个地球月之后，"爱神号"终于接近了"维纳斯"星球。

两个月的时间很漫长，但阿玲和伙伴们并不觉得寂寞，在旅途中他们看到了很多星象奇观，还遇到过一个神秘的外星船队。

但是按照电子星象图所标注的位置，应该已到"维纳斯"附近的麦克他们，却怎么也找不到那颗叫"维纳斯"的星球。

飞船突然发出了警报，前边有巨大的引力，飞船必须马上停止或远离这个区域。

但麦克他们什么也没有发现。

"是黑洞！"龙华指着前边惊叫。

一颗、二颗、三颗……不长的时间接就已经有好几颗星球在显示屏上突然消失了，显然它们已被那个看不见的黑洞吞噬了。

难道"维纳斯"星球也已经被黑洞所吞噬掉了吗？

"爱神号"小心地沿着看不见的黑洞外围寻找了一段时间，依然没有"维纳斯"的踪影。大家不得不相信他们的怀疑。一路千难万险终于接近了"维纳斯"，没想到会是这个结果，大家都很沮丧，连麦克都笑不出来了。

前进已失去了目标，空手而回大家又实在心有不甘。正当大家不知所措之时，一个声音从茫茫的宇宙深处传来：

"朋友们，你们好，还记得我吗？"

"啊，是梦幻——你在哪？"阿玲第一个叫起来。

"我在我的家里啊！阿玲姑娘还记得我这个老头子，真不容易……"

"别贫嘴了，快告诉我们怎么才能找到'维纳斯'吧！"阿玲很不客气地催促。

梦幻老人的声音再次从深邃的宇宙传来："宇宙是运动着的，时刻变化着的，我想你们晚到了一步，你们要去的那颗小星球多半已经进入了黑洞……"

"哎，我们真的白来一趟了？"阿玲立时泄气，却又有些不甘。

"不，还不能那么说……"

"你是说还有希望？"

"当然！黑洞并不全是像你们地球人考证的那样只是强大的吸收毁灭机器，其实它也是宇宙间的通道，如果我估计的没错，此刻你们那颗'维纳斯'应该正在另一个宇宙旅行呢！"

麦克问："我们怎样才能进入另一个宇宙？是从这个黑洞吗？"

"当然！"

"老梦那我们还能回来吗？"梅花鹿问。

"我想能，但时间不能太久。"

阿玲又忍不住催促："快告诉我们怎么走！"

"你们接近黑洞之后，就不要再管飞船，让它自己飞行！"

"自己飞行？为什么？"阿玲不解。

龙华忍不住插嘴："是不是那样飞船就可以自己找到路？"

"不，是那样路就可以很容易找到飞船了——不过你们只有一半的机会，另一半的机会是被黑洞吞噬消化掉——好了，去不去你们自己选择吧，我无法给你们更多的帮助了，再见我的朋友们，祝你们成功！"

"梦幻？这么快就走，梦幻！"阿玲叫起来。

梦幻的声音再没有响起。

麦克征求大家的意见，大家都同意去穿越黑洞。麦克说："大家先等在这里，我乘小型飞行器先去探探路。"

大家当然都明白麦克的意思，大家谁都争着要去，连一向不怎么发表意见的金智林、喀秋莎也要求让他们去，而且这次谁都不肯妥协。最后龙华说："我们就一起去吧，不管前边是什么样的命运在等着我们，我们都应该在一起！"

梅花鹿没有说话，只是情不自禁地拉住了龙华的手，而她的另一只手则一直拉着阿玲的手。

阿玲另一只手和麦克拉在一起。

而金智林和喀秋莎的手一路上好像一直就没有放开过。

麦克没在说话，而是启动了飞船自动航行系统，方向是向前。飞船开始慢慢接近黑洞，然后速度突然加快、加快再加快。

这是阿玲他们从没有经历过的速度，在这样的速度中，他们什么也感觉不到了，一切都像那静止了，一切都象消失了，包括飞船，包括黑洞、包括时间、包括宇宙、包括他们自己的身体和思想。

当一切重新恢复之后，阿玲他们已经置身于另一个宇宙。

2

这应该是一个全新的宇宙，但麦克他们却又异常熟悉，因为一切的一切都和他们刚刚走来的那个宇宙一模一样。

难道情况并不像梦幻老人所猜测的那样在另一个宇宙？难道黑洞只不过像一个小球中间的一个孔洞而已，孔洞这边和那边原本是同一个宇宙？

可是仔细看看，又好像有什么不一样，给人一种一切都是在相反的位置上的感觉，而且他们万能表上的时间又开始向后退。

"快看！"正在这个时候，梅花鹿突然叫了起来。

大家向前一看，立刻大吃一惊——前边一艘飞船正缓缓驶到他们身边，那艘飞船他们再熟悉不过，因为那就是他们的"爱神号"。再看那艘飞船里的人，连龙华都禁不住惊叫出来。

对面那艘"爱神号"中的人不是别人，正是他们自己！

"天啊，那个，那个人怎么是我？"梅花鹿指着对面飞船中的另一个梅花鹿，而另一个梅花鹿也正在惊愕万分地指着她。

两艘同样的船，六个同样的人，就在那一瞬间，擦身而过，然后渐行渐远了。

这一次，连梅花鹿都只是大张着嘴，却忘了提出疑问了。

这一次，龙华主动开了口："也许，这个宇宙是我们那个宇宙的复制品……"

麦克说："也许我们才是复制品……"

阿玲说："也许这就是一面镜子的里和外……"

梅花鹿终于开了口："谁是镜子里？谁是镜子外？我们？他们？"

梅花鹿问过之后，"爱神号"便又淹没在了沉默或是沉思之中。

"爱神号"的星象图依然有效，就像一幅画即使颠倒过来也依然还是那幅画。

可是当"爱神号"来到了"维纳斯"附近时，麦克他们又是大为意外惊异——这是又一个一模一样的太阳系，而那个蓝色的"维纳斯"原来就是另一个地球。

当"爱神号"很顺利地降落之后，六名乘客全都以为自己是回到了地球上，因为这里的一切都和地球上一模一样。包括人种、包括语言。包括这个也叫雅丹的城市。

唯一不同的是，这里的古老时钟们都是向左转的，太阳也是西升东落的。

没人注意麦克他们，他们在这里都有合法身份，连"爱神号"都有。一切都是那么正常。

可是一切正常得让麦克他们很迷茫很不安。

难道一路寻找之后，一切又回到起点？

难道一切本来就在起点，难道旅行本身就没有存在的必要么？

麦克带着大家熟门熟路回到地下城的家，见到了他的父母。麦克先生和安琪见到了儿子回来，自然都非常高兴，只是大家都感到麦克的父母比原来要年轻些，连麦克也感觉到了这一点。

而令阿玲奇怪的是，麦克家的房门已经不是那位忠实而又多情的"保安"了，而是换成了一个普通的智能门。

麦克先生和安琪依然那样忙，招待大家美餐一顿就忙着去做他们的工作了。麦克他们六个坐在他的家中，努力想弄明白这个家到底是不是他们来时的那个家。

打开影像传媒，他们看到了一条消息，这里正举办一项"爱情回归"大奖赛，大赛也是寻找"爱情结"，只不过这里所说的"爱情结"

并不是具有魔力的，而是很普通的，曾经就在你身边的，只是现在已经被你遗忘了……

麦克他们赶去报名参加这次"爱情回归"大奖赛，他们想看看这个大赛和"爱情之旅"大赛有什么不同。

报名之后，他们发现这个"爱情回归"大奖赛和他们已经参加的"爱情之旅"大赛确有不同：

"爱情回归"大赛不限年龄，也不用考核，只需情侣双双报名参加，谁能最先找到当年那个定情信物"爱情结"，谁就可以成为优胜者，甚至你没有经历过爱情，只要你对爱情有过向往，只要你曾经有过一个"爱情结"就符合条件，谁都可以参赛。

另外这个大奖赛也没有设奖，也许那个重新被找回来的"爱情结"就是最好的奖品吧。

报名的人很多很多。很多，很多的人都报了名。

麦克和阿玲报名之后，按规定开始去寻找自己的"爱情结"。可是真的找起来他们才知道无处着手，因为他俩都找不到曾经拥有过"爱情结"的记忆。阿玲怀中倒是有一个"爱情结"，可惜不是她自己的。他们胡乱转悠的时候，却碰到了一件让他们意外和不解的事——很多人在欢天喜地地参加一个葬礼。

麦克和阿玲悄悄向一个中年人打听怎么回事，那个人很奇怪地望着他们说："人死了难道不值得庆贺么？我们不是一直都这样么？看你们还没到小糊涂的地步，怎么会问出这样幼稚的问题？"

阿玲和麦克互相看看，阿玲说："我们出去旅行很久了，刚刚回来，所以有些事记不太清了……"

"哦，怪不得！"那个人告诉他们，人出生时很老很老，然后越活越年轻，然后恢复成婴儿状态，最后回到母体或试管……

"怎么是这样？"阿玲很是惊讶。

"应该就是这样啊，人从复杂走向单纯，从成熟走向幼稚，从龌龊走向纯洁，流浪之后最终回归，这难道不是值得庆贺的事情么？"

望着那人离去，阿玲还是不明白："到底怎么回事儿？小是老，老倒是小，那老人又是怎么'出生'的？"

"我明白了，地球的时间是向前走，而这里的一切都在向后走……

至于老人是从哪里来的么，我想可能街上时常会出现一个最苍老的人，那个人也许就是新生儿——就像那个人！"

阿玲摆摆手："嗯，先不去管他了，我们继续找吧，说不定我们能够成为冠军呢，我的运气一直不错！"

可是阿玲怎么也料不到，最先找到"爱情结"并拿到了冠军的一对情侣不是她和麦克，而竟然是金智林和喀秋莎，因为他们八百年前的定情物"爱情结"从来没有离开过他们的身边。

到这时同伴们才知道，金智林和喀秋莎原来是一对八百余岁的老夫妻了。

金智林很抱歉地说："我们在'爱情之旅'大奖赛上作了弊，因为喀秋莎一直想做一次长途宇宙旅行，可我们一直都很忙，也没有适合的条件，'爱情之旅'大奖赛给我们提供了这个机会，让我们的梦想得以实现……但从一开始我们就商定，我们只是去做我们向往的旅行，所以就是真的得奖我们也会放弃，好在这次'爱情回归'没有奖品，我们用不着多费事去做放弃声明了……"

喀秋莎充满柔情地说："虽然我们经历了很多艰险，但因为是跟爱人在一起，我们从来没有后悔过，相反我们一直觉得很幸福，这多半生就像一直在度蜜月一样——你说是么亲爱的？"

"就是，当然是啊！"金智林微笑着点点头，然后把妻子揽入怀中。

在几个年轻人羡慕的目光中，这对年轻的老夫妻相依相偎相牵相携着向远处那片青春草地走去。

冠军产生了，但参赛者没有受到任何影响，"爱情回归"大奖赛仍然在热火朝天地进行着，因为参赛的人谁都不是为了争夺那个冠军——也可以说，只要找到了自己的"爱情结"，只要找回了自己纯真的爱情，每位参赛者都可以成为冠军。

这一天，连梅花鹿都想起了自己曾经拥有过一个"爱情结"。

3

在"维纳斯"星球的丹雅城外，梅花鹿带着龙华找到了记忆中的那座山。山上的那座古老的石屋还在，只是荒草萋萋，明显已被遗忘很久了。

梅花鹿拉着龙华的手，踏着荒草走近了那座石屋。

石屋的木门已枯烂，所以还没等进屋，梅花鹿已经激动地叫了起来："还在啊！我的'爱情结'——快看！"

龙华已经看到了，石屋正对着他们的那面墙上，真的挂着一个"爱情结"，虽然已经相隔多年，但这个"爱情结"依然一尘不染，像刚刚挂上去了一样，甚至还闪烁着神秘而充满魅力的光芒。

"这是五十年前我挂上去的，真没想到它还在！"梅花鹿激动兴奋得象个孩子。

"是你自己结的吧？"龙华也很兴奋。

"不，这是偶然飞到我手里的！"沉浸在回忆之中的梅花鹿牵着龙华的手，一步步走向石屋门口。

可是就在即将踏进石屋的那一刻，梅花鹿突然若有所思地停住了。然后她转头轻声问龙华："这个'爱情结'是我们俩找到的，对吧？"

"不，是你。"

"不，是我们俩儿！"

龙华沉默片刻，点了点头。

"我想问问你，你可不可以答应，我想把这个'爱情结'留给阿玲和麦克他们……"

"哦，当然可以呀。"龙华几乎没有犹豫。

"你真的同意？"梅花鹿眼神很复杂。

"当然，我怎么会不同意呢！我也更加敬佩你！"

梅花鹿点点头，很高兴，但眼神中又有一缕失望一闪而过。

麦克和阿玲这两天其实并未闲着，虽然他们的记忆中没有珍藏着一只"爱情结"，但他们还是怀揣侥幸地四处寻找着。

希望非常渺茫，但他们并未因此放弃努力。

这天他们和龙华梅花鹿一起来到了城外的那座小山丘。阿玲几乎走遍了整个小山丘，当失望的阿玲走到石屋附近时，无意间向那座石屋瞥了一眼。

只一眼，阿玲的眼睛就立时光彩四射。

"麦克麦克，麦克快来，我们找到了！我们找到了！"当跑进石屋确定所看到的不是幻觉后，阿玲向外面的麦克激动不已地欢叫起来。

麦克和阿玲一起站到了那个石屋中，一起望着石墙上挂着的那个鲜艳崭新的"爱情结"。

他们不知道这个"爱情结"是不是就是那个有魔力的"爱情结"。阿玲正要上前摘下那个"爱情结"，突然觉得怀中一动，她猛然想起了怀中还揣着一个从大唐古国唐明皇杨贵妃寝宫偷出的"爱情结"。

阿玲情不自禁地掏出了那个"爱情结"。

谁知这个"爱情结"刚刚拿出来，奇异的事情就立刻发生了——阿玲手中的"爱情结"突然脱手飞出，而石屋墙上挂着的那个"爱情结"也自己飞落下来，两个"爱情结"飞到一起，翩翩起舞起来，舞着舞着，两个鲜红的"爱情结"渐渐化成两只红色的蝴蝶。

两只美丽的蝴蝶围着阿玲麦克飞舞一圈之后，便扇动着美丽的翅膀，飞出石屋，飞向蓝天……

阿玲和麦克追出来时，两只火红的美丽蝴蝶已经融合在蓝天中看不见了，但却有一个柔美的声音自天际传来：

谢谢你们、朋友们！我们是一对爱侣，我们被迫分开得已经太久太久了……所谓具有魔力的"爱情结"只是我们的一个谎言，我们只是想在人类的协助下找到彼此，因为我们知道只有地球人才会如此孜孜不倦地追求真爱……

阿玲麦克还有龙华梅花鹿一齐凝望天空。

那个声音已经很远了：

"朋友们，再一次真诚地感谢你们！但我想你们也不会空手而回，其实真正的爱情根本用不着什么魔力，如果说有魔力，那魔力其实就来自于真爱本身——今天跟你一路相携走到这里找到"爱情结"的人，应当就是能爱你一千年的那个人……"

那个声音终于也消融在蓝天中，但阿玲他们四个人仍然久久凝望着深邃悠远的天际，细细品味着那些话……

"后悔吗?"好久麦克轻声问。

"不，看他们能够团聚，我非常高兴，何况，有你在身边，我觉得没有比这更好的结果了……"阿玲说着更紧地握住了麦克的手。

"爱神号"准备离开"维纳斯"了，他们不敢呆得太久，他们担心那个通道会关闭。他们也害怕变成婴儿，因为他们还没有苍老过。

但是金智林和喀秋莎却来向他们告别了，在这个世界上他们还算是少年儿童，至少也是年轻人，他们想在这里重新走回过去，或者重新开始未来。

和金智林久久拥抱并互相祝福之后，阿玲他们四人登上了"爱神号"。

阿玲笑着向金智林他们挥手。可是在飞船起飞的那一刻，阿玲再也抑制不住自己的泪水。在一起时她和他们并不是很亲密，可突然分开，而且很可能再没机会见面，阿玲突然无限怀念大家在一起的日子，包括那个戴着面具化名多多姆的人也常常让她想起。

黑洞通过得比较顺利，没想到在穿越黑洞不久，他们就遇到了一位老朋友。

4

麦克阿玲他们没有想到，他们会再次遭遇"蓝色妖姬"。

按着地球联盟的有关规定，民用飞船在宇宙间只可自卫，不能主动挑起争端，但麦克决定再一次违规，主动出击消灭这个害人的魔鬼，因为以"爱神号"的力量，他认为可以和这个神出鬼没的老对手拼一拼！

这次龙华没有反对，甚至支持麦克。

"爱神号"向"蓝色妖姬"靠近。

"蓝色妖姬"却忽远忽近，像一个在刻意挑逗男人的妖女。

"爱神号"沉着地向"蓝色妖姬"靠近着，然后瞄准发射激光炮。"蓝色妖姬"并没有还击，只是灵活闪避，几次被击中也没有构成威胁。麦克不得不发射了更加厉害的武器——激光弹。

随着激光弹的准确发射，"蓝色妖姬"在爆炸声中失去了妖艳色彩，变成了一颗乌黑丑陋的大球。麦克正要乘胜追击，"蓝色妖姬"的球形表面突然出现了一个圆形孔洞，里边传出了急切的呼救声。

很明显那里有好几个遭遇劫持的地球人。

"救救我们，这里快要爆炸了，我们要回家……"那些人的叫声让麦克再不能犹豫，他嘱咐龙华准备接应，自己驾驶小型飞行器就要去营救那些人。

有了上次假安德烈的教训，大家知道此去可能遇到意想不到的凶险，何况"蓝色妖姬"还有随时爆炸的危险。可如此情形之下又不能见死不救，所以每个人都争着要去。

"别争了，没有时间了！"麦克说着已经进入了小型飞行器。

"麦克、我要和你一起去！"阿玲扑上前。

"不行！"麦克严厉干脆地拒绝了阿玲的要求，同时小型飞行器的舱门也关闭了。

麦克深深望一眼同伴，又望了一眼阿玲，然后驾驶飞行器脱离了"爱神号"。

"飞船向后撤到安全地带！一小时后收不到我的信息马上离开！阿玲，我爱你！"这是进入"蓝色妖姬"的那一刻，麦克留给同伴的最后一句话。

这也是麦克第一次对阿玲说出了"我爱你"三个字。

在阿玲和梅花鹿的反对声中，龙华按照麦克的命令向后撤了一段。然后焦急地等待着。

时间是一种奇怪的东西，你想留住它时，它会向鸟一样飞走。你想赶走它时，它又会像睡着了一样一动不动。

现在的时间就好像死去了一般。

千年万年般难过难熬的一段时间总算要熬过去了，可是漫长的等待中他们却没有收到麦克的信息。麦克的万能表应该是开着的，可从他一进"蓝色妖姬"的那刻起，信号就突然中断了。

这时候大家突然害怕起来——害怕这一小时真的会在收不到麦克信息的情况下溜过去。

但一个小时终于还是过去了，而且真的没有麦克的消息。

"我去找麦克，一个小时没有消息，你们就赶快离开这里，不要管我们！"麦克对阿玲梅花鹿讲。

"不，我要和你一起去！"

"我也要去！"

梅花鹿和阿玲争着要和龙华一起去，龙华怎么制止他们都不肯听，龙华也不禁冲动起来："不要争了，你们是不是还是没拿我当一个真正的人?"

"龙华,你怎么能这样说,我们从来没有那么想过!"梅花鹿和阿玲很是诧异。

龙华眼中突然充满愧色,同时眼中有泪光闪现:"对不起,对不起,我不该这么说,我知道你们和麦克一样,都是我真正的朋友,这是我的自卑心理在作怪!"说着他突然话锋一转,当着阿玲的面郑重对梅花鹿说,"我以前一直不相信我也会恋爱,但现在你让我有了这份勇气——我知道爱情的初始动力和一种叫荷尔蒙的物质有关,我不知我的身体里存不存在这种物质,但我知道我爱你!"

梅花鹿激动得说不出话来,半晌她终于哭了出来,然后边哭边笑说:"我也爱你,龙华,可能见你第一眼我就爱上了你,但我很笨,我不知道……"然后她扑到龙华怀里,喃喃地说,"真正的爱情有时跟荷尔蒙没有关系!"

阿玲愣怔地望着他们,眼里不知怎么也流下了泪。

龙华轻轻拭去梅花鹿脸上的泪水:"我现在知道了什么是幸福,幸福就是和你在一起……可是现在我们先要分开了……"

梅花鹿打断他的话,仰起脸望着他,态度坚决地说:"麦克去时,我们还不能断定那是个陷阱,但现在肯定那里是个陷阱,所以我无论如何要和你一起去救麦克——如果你不让我跟你一起去,我自己也会去,但那样我就认为你并没有真正爱我,因为爱人是要生死相依永不分离的……"

龙华没有再说话,而是郑重地点了点头。他正要对阿玲说什么,梅花鹿对他摇摇头,然后转身上前抚抚阿玲的头发说:"阿玲,我知道你一定要去救麦克,我们就是现在拦下你,你也一定自己去……但你现在听我说,你一定要留下,有我们去就行了,如果可以救麦克,我们去就可以了,如果救不了麦克,你去只会做无谓的牺牲,我们至少要有一个人活着回家啊……"

阿玲摇头,很平静地说:"你说服不了我,我不会听你的,你刚才不是还说过爱人要生死相依永不分离么?"

"你要听我的,阿玲,因为我是你的妈妈啊!"梅花鹿急切地脱口而出的这句话叫阿玲惊呆了:"你——"

龙华也上前说："阿玲，她是你的妈妈阳光啊，她早就告诉过我了——如果不是现在要说服你留下，她要求我永远保守这个秘密……"

阿玲惊诧地望着这个和她朝夕相处的梅花鹿，一时还是不敢相信这是真的。

"孩子，你在身边的时候我并没有感觉到什么，可是当你离开后，我才突然明白了——对于一个母亲来说，没有什么比她的孩子更重要，所以我放下了那好像永远放不下的研究，追寻着你来到地球……我知道你不想我跟在你身边，那样你会不开心，觉得自己不独立，所以我就换了一副外形——我虽然不是在地球出生的，但我是在地球长大的，所以地球有我的资料，以前我在地球的名字就叫梅花鹿……这一切我早该说给你听让你知道，可过去你玩你的我忙我的，我们一直没有好好在一起呆过一天，孩子，都是妈妈的错……"

"不，妈妈……"阿玲早已抱住了梅花鹿。"妈妈，你知道吗，我有多想你，离开了妈妈才知道妈妈的亲，可我没想到你就是我的妈妈……"

梅花鹿给阿玲擦去泪，半是命令半是央求："阿玲，听妈妈的话，在这儿好好等着我们，如果我们也不回来，你就回家去，否则妈妈……"梅花鹿说不下去了，她只是紧紧地把女儿搂在怀里，搂得那样紧，那样的紧。

"妈妈，你们去吧，我会听话等着你们回来的!"阿玲替妈妈擦着泪，第一次这么乖巧驯服。

梅花鹿在阿玲脸上亲吻一下，然后毅然跟着龙华登上了小型飞行器。

"孩子，我爱你!"这是妈妈出发前留给女儿的最后一句话。

第十章
爱情每天都在重新开始

1

"爱神号"上只剩下了阿玲一个人，没有一个同伴一个亲人在她身边，也没有同伴和亲人的任何消息。他们也许都已经遭遇不测。

从未有过的孤独、恐惧、绝望一起袭上阿玲的心头。阿玲从没想到自己会有这样软弱无助的时候，而更让她不能忍耐的，是对亲人同伴的担忧。阿玲一刻也呆不下去了，可对妈妈的承诺又让她努力忍耐着等待着坚持着。

这个时候，她看到了那个瓶子——就是临行前哲林先生送给她的那个瓶子。记得哲林先生曾说过，要到最黑暗最困难最绝望的时候才可以打开那个瓶子。

阿玲觉得最黑暗最绝望的时候就是现在这个时候。

阿玲拿起瓶子，迫不及待地打开了它。

瓶盖儿刚刚揭开，阿玲立刻感到一股久违的自然之光和博大深厚的暖意——啊，原来这是一瓶阳光！

那一瞬阿玲泪流满面。她好像感到了母亲的手。

那一瞬间希望和信心勇气一下子又回到了阿玲身上。

阿玲不想再等下去了，她决定立即去营救她的亲人同伴们。

小型飞行器冲出"爱神号"，向"蓝色妖姬"飞去。

阿玲的飞行器毫不犹豫地冲进了"蓝色妖姬"。

进入"蓝色妖姬"那一刻，阿玲是被吸进去的，这种小型飞行器一直是"蓝色妖姬"的猎物。

进入"蓝色妖姬"之后，阿玲发现里边很宽敞，有很多房间，她跳下飞行器，径直冲进了一个开着门的大厅内。

大厅内被一片妖异的光芒所笼罩，一个身材高挑的女人穿一件蓝色长裙，头发皮肤也都是蓝色的，还有一双妖美的蓝眼睛。让阿玲无比惊异的是，蓝女人的身旁站着麦克，麦克微仰着脸，无限痴迷地望着蓝女人的眼睛，甚至两只手还紧紧握着蓝女人的一只手。而龙华和梅花鹿则抱在一起，惊愕而愤怒地望着他们。

"怎么回事？麦克你们怎么了？她是谁?"阿玲直奔麦克而去。可是还没冲到麦克跟前，她就重重一撞，被一道无形的墙壁挡了回来。

梅花鹿赶忙上前扶住了她。

"欢迎你，阿玲姑娘!"蓝女人终于开了口，她的声音真的是妖媚异常消魂噬骨，甚至连阿玲也情不自禁地要多看她两眼。

"你是谁？你把麦克怎么样了?"阿玲质问蓝女人。

"哈哈哈，我是我，就像你是你一样啊！至于这个麦克么，他已被我迷住了，他现在可以为我做任何事!"

"你胡说——麦克，麦克是我的！麦克是我的!"阿玲不信麦克会被蓝女人迷住，更不相信麦克会认不出自己。

谁知麦克只是看了她一眼，然后任阿玲千呼万唤，麦克的眼睛再也没有离开过那个蓝女人的脸。

"麦克你怎么了?"阿玲急切地又要往上扑。

"玲儿别过去，麦克真的被那个妖女迷惑了……"梅花鹿和龙华一起抱住阿玲。

"不，不会的，我不信，我不信!"阿玲边挣扎边叫。

"哈哈哈，你不信？那就让你看看!"蓝裙女人说着转向麦克，温柔地命令，"麦克，去把那个叫阿玲的人教训一顿，她冒犯了我——听话快去!"

麦克在蓝女人的命令下，瞪着眼睛直奔阿玲走来。

那堵看不见的"墙"对麦克好像不起作用，他冲过来一拳打在了阿玲身上。

麦克这一拳并不是很重，但却像一记重锤，结结实实打在了阿玲心上。阿玲挣开龙华和梅花鹿，重又扑到麦克面前。

麦克又一拳打了过来，这一拳比上一拳打得重。阿玲拼命推开又来拉她的龙华和梅花鹿，鼻子淌着血再一次站到了麦克面前。

麦克第三拳打了过来！

"好样的麦克，打得再重些，麦克！"蓝女人无情地命令着。

麦克再次把拳头恶狠狠对准了阿玲的胸口。

"啊……"随着一声惨叫，倒下去的不是阿玲，而是抢过来挡在阿玲前边的梅花鹿。

跟着抢上来的龙华一把抓住了麦克还要再打的手，痛心地喊叫起来："麦克，麦克，你好好看看我们是谁?"

麦克茫然地看着他，似有所动。

"麦克，不要听他们的，给我打、给我打，哈哈哈……"

在蓝裙女人的鼓励下，麦克重新挥起了拳头，而且这一次比上一次更疯狂。为了保护阿玲和梅花鹿，龙华不得不和最亲密的兄弟打在了一起。

但很快龙华就被打倒在地——麦克认不得龙华，所以他拳拳狠毒，招招致命，但龙华认得麦克，他不能那么做。

麦克毫无人性地又向地上的龙华踢去。

这时阿玲已经扶着梅花鹿站了起来。眼见麦克变得这么狠毒，阿玲怒不可遏，猛然跃起飞起一脚把麦克踢出老远，撞在了那面看不见的墙上，摇摇晃晃要倒，阿玲痛叫着情不自禁地扑上去要搀扶他，不料又被麦克一拳打飞出去。

"够了！"挣扎起来的龙华猛然厉喝一声，连麦克都被震得住了手。

"你为什么要这样做? 我们是敌人吗?"龙华愤怒地质问蓝女人。

"哈哈哈，小傻瓜，我们不仅是敌人，而且还是仇人，而且所有的地球人都是我们的仇人——地球本来是我们蓝精类的，可却被你们人类的祖先黄精类强占了，虽然经过地球那场浩劫，你们已经脱胎换骨变成了你们所称的人类，但你们依然是黄精的后代，而我们的祖先们却沦为了你们所说的动物——我们也成了宇宙间的流浪儿，这不公平，这一点儿都不公平！"蓝女人说着眼中放射着仇恨的蓝色光芒，她的皮肤也变得蓝中透黑，"你们不但凶残地杀害动物，还肆意凌辱玩弄，企图让我们永远不能复仇，你们几乎就要得逞了——好在还有我们！"说着她拍拍手，立刻有六个地球男人鱼贯而出。

在蓝女人的命令下，那几个地球男人或跳或蹦，或爬或滚，做着各种花样，嘴里还叫着喊着，说着许多辱骂人类的粗话脏话。

"哈哈哈，怎么样？你们地球人不是喜欢拿所谓的动物当宠物么？现在也让你们尝尝做宠物的滋味！"

"你真恶心、真残忍！"阿玲和梅花鹿忍不住骂起来。

"哈哈哈……恶心？残忍？说到这些你们地球人才是老师呢！怎么，受不了啦？其实给我做宠物也占用不了他们多长时间，我很快就会玩够的，到那时我将把他们的大脑移植给我的智能人——你们地球人喜欢什么人工智能，其实你们太笨了，只有人脑才是最完美的大脑，因为只有人脑才如此感情丰富，这会让我的智能人更加可亲可爱！"

阿玲梅花鹿惊愕得说不出话来。

龙华却笑了起来，阿玲，梅花鹿第一次见龙华这么笑。龙华笑着说："你以为所有人都会受你诱惑么？"

蓝女人骄傲自负地笑起来："至今我还没有碰到过例外！"

阿玲说："我们就不会受你蛊惑！"

"因为你们是女人，我一般不喜欢，不过我要想让你们臣服也无须费什么力气！"说着她突然用一种特殊的眼神向阿玲，梅花鹿望去。

阿玲和梅花鹿同时觉得心中一颤，马上产生了一种异样的感觉，同时双眼也不由自主地向蓝女人的两眼望去。

谁知和蓝女人的目光一经接触，她们立时浑身一震，就像一颗小铁钉遭遇一块巨大的强力磁铁，她们的目光立时被蓝女人的目光粘住了，再也不想分开。

"不要看她的眼睛！"龙华抢过去挡在阿玲和梅花鹿前边直盯着蓝女人的眼睛对她说，"你可以诱惑别人，但永远诱惑不了我！"

蓝女人冷笑一声，不再说话，只是两眼凝视起龙华来。龙华并没有躲避，而是和蓝女人对视起来。但他没有料到，自己没有坚持多久，目光就迷茫起来，然后他的神情也变得驯服起来。

"哈哈哈……听你口气大得很，原来你比麦克差远了——现在乖乖到这里来，过来……"

龙华犹豫片刻，终于慢慢向前走去。

前边那堵无形的墙没有阻拦，龙华一直来到了蓝女人面前。

"好乖，来龙华，把你的激光枪交给我，然后给我打个滚儿，亲亲我的脚！"蓝女人笑靥如花。伸出手去要接龙华的枪。

但是蓝女人的笑容却突然凝固了。

2

龙华手里拿着他的激光枪，只是他没有乖乖把枪交给蓝女人，而是把枪口对准了蓝女人。

蓝女人惊呆了，无须开口，谁都可以从龙华的眼神中看出，龙华根本没有被迷惑，龙华还是原来的龙华！但蓝女人还是不愿相信地脱口说出一句："龙华，你怎么不听话？"

"任何人都会有弱点，你的弱点就是太过自负！"龙华说着命令蓝女人马上让麦克和其他被迷失本性的地球人恢复神智。

蓝女人摇摇头："我办不到这一点。"

龙华说："那我只好开枪。"

蓝女人说："你随便！"

"你说，你快说，怎么救麦克，我叫你快说！"龙华第一次暴怒了，他的枪颤抖着差不多要抵在了蓝女人的身上。

阿玲和梅花鹿几次要扑上前，但都被那堵无形的墙壁挡住了。

而麦克对发生的一切都置若罔闻，他的眼里现在只有一个蓝女人。

龙华冲动地伸手抓住了蓝女人的手："你快说！"

那一刻蓝女人身上一颤，她挑衅地望着麦克，突然开口说："那些人肯定没救了，时间太长了，至于你们的麦克也许还有一线希望……"

"快说快说！"龙华和阿玲梅花鹿一起叫起来。

蓝女人却不慌不忙："我可以破一次例，但我是有条件的……"

"快说，什么条件？"

"我放他们三个走，你留下，在我们离开一小时后，我把让麦克清醒的办法告诉他们！"

"好，我答应！"龙华没任何犹豫。

"不，龙华，你不能相信她，你不能留下来！"梅花鹿大喊起来。

阿玲对蓝女人说："我们同意，但你们不能带走龙华——我可以跟你走！"

"哈哈哈……"蓝女人又已恢复了她的自负和狂傲，"我不喜欢女人，当然我也不喜欢男人，但龙华是第一个能抗拒我的地球人，他和别人不一样，所以我只对他感兴趣，我情愿用你们三个猎物交换他——你们如果想救麦克就赶紧带他回到你们的飞船上去等我的消息，否则可以叫龙华马上开枪，我这样做已经是破天荒了，不要妄想我会再跟你们讨价还价！"

阿玲和梅花鹿还要说什么，龙华抢先说："快带麦克走，救他要紧，快！快！快！"

梅花鹿和阿玲只好把要说的话咽了回去。

这时麦克已经在蓝女人的命令下走了过来。阿玲带他坐进自己的飞行器，回头深深望了龙华一眼，然后带泪先飞出了"蓝色妖姬"。

梅花鹿在关上飞行器的那一刻，回头呼喊了一声："龙华，我爱你！我爱你！我等你回来——永远！"

龙华努力微笑着，但他的脸上却在淌着泪："快走吧，快走！"

"龙华你是最好的男人，没人比得上你，我爱你，爱你，爱你！"随着梅花鹿狂呼，她的启动飞行器也冲了出去。

"蓝色妖姬"的圆形舱门很快合拢，它又变成了一个巨大的球体，外壳也重新焕发出妖异的蓝光。与此同时它已经以不可思议的速度飞走了，并很快就像个蓝色气泡般在茫茫宇宙间消失得了无痕迹。

回到"爱神号"，梅花鹿一直在念着一句话："龙华，我爱你，你是最好的男人，你是最好的！"

阿玲则抱着神情迷茫的麦克，望着梅花鹿，什么也说不出来。

一个小时之后，龙华的声音终于从万能表中传了出来，他说蓝女人告诉他，要救麦克办法只有一个，就是要有一个和他心意相通的人进入他的意识中把他召唤回来，除此之外没有其他办法。龙华说他相信阿玲就是那个和麦克心意相通的人。但救麦克危险很大，稍有偏差，阿玲的意识就会深陷在麦克的意识中永远无法走出来，也就是说如果不成功，麦克救不了，阿玲也将变成麦克第二。

"龙华快说怎么进入麦克的意识?"阿玲催促。

"她说其实很简单,就是双手握住他的双手,让他安静下来,然后你自己望着他的眼睛,去除所有杂念,慢慢就可以进入到他的意识中⋯⋯但时间最多十分钟,唤不回他你自己一定要先出来,否则非常危险——阿玲,相信你一定能做到!"

"龙华,你什么时候能回来啊?"龙华刚交代完,梅花鹿便迫不及待地叫起来。

"梅花鹿,阿玲,你们和麦克一样,都是我最好的朋友,也是我仅有的亲人,我爱你们,但现在请你们忘记我,尽快赶回老家去吧——我很想家⋯⋯"

龙华的话说到这里突然中断了,之后任梅花鹿和阿玲怎么呼叫,龙华却再也无法联系上。

也许这就是永别了!

梅花鹿不相信也不甘心,可为了尽快唤回麦克,她把悲痛强压回去,用最大努力让自己不哭出来,然后帮助阿玲哄好麦克,自己则坐到远处关注着女儿,掌握着时间。

阿玲按着龙华的话,和麦克相对坐下,握住麦克双手,注视着麦克无神的双眼,然后自己慢慢半闭上眼,平静再平静,渐渐地,她觉得自己仿佛是进入了一片荒原之中,荒原漫无边际,周围是茫茫夜色,她呼唤着麦克的名字,到处寻找着⋯⋯

突然,阿玲看见了一个影子,虽然很模糊,但阿玲一眼认出他是麦克。

阿玲呼唤着追了过去。可是麦克根本不理她,因为麦克在追随着另一个人影,那个影子不是别人,就是妖异的蓝女人!阿玲甚至能听到那个女人那让男人无法抵抗的妖媚笑声⋯⋯阿玲正要继续追过去,可是她的耳边却响起了妈妈急切的呼唤⋯⋯

在梅花鹿的呼唤声中,阿玲走出麦克的意识睁开了眼。阿玲大汗淋漓,大口喘息着。梅花鹿望着女儿,满腔都是心疼和担忧,可她却不能帮助女儿,更不能阻止女儿,这让她既惭愧而又无奈。

时间越长,陷得越深,麦克就越不容易找回来。阿玲稍微休息之后,又一次进入了麦克的意识。这一次阿玲几乎抓到了麦克,但最终麦克还是牵住了蓝女人的手。

阿玲再次被唤醒，望着疲惫虚弱的女儿，梅花鹿一遍遍说着："别急，你一定会成功的，你一定能行的，妈妈相信你！"

阿玲无限感激地对着妈妈又点点头，然后望着麦克的眼睛，再次一进入了他的意识。

这一次，阿玲终于抓住了麦克的手。但麦克的另一只手同时也被蓝女人抓住了。

阿玲和蓝女人争夺着麦克。阿玲很弱小也很虚弱，但没有人可以帮助她，这是她最后的机会。

麦克的手几乎挣脱出去，但阿玲咬牙坚持着，她一边抓紧麦克一边不顾一切地和蓝女人拼搏着。

阿玲已经伤痕累累，她觉得自己快要被击垮了，可她依然死死抓住麦克的手，死也不肯放手。

"阿玲，阿玲，阿玲……"妈妈的呼唤传来。

妈妈的呼唤给了阿玲希望也给了阿玲力量，她大喝一声麦克跟我回家，同时拼力一拳打开蓝女人，拉着麦克就跑……

"啊……"

麦克和阿玲一齐大叫一声睁开了眼睛。

"我这是怎么了？我好像一直在做梦，我睡着了么……"麦克看看阿玲又看看梅花鹿，然后又急切地问，"龙华呢？"

阿玲本来满脸是泪地要去拥抱麦克，可是一听这话，她突然出手向麦克打去。

随着一声清脆的耳光，三个人全都呆住了。

3

"爱神号"终于飞回了地球。可是还没有落地，他们就赶上了一场地球人和阿莱克人之间的战斗。

战斗最终以诡秘的阿莱克人的败退而暂告结束。这时阿玲麦克和梅花鹿才知道，阿莱克人早已来到地球并一直隐藏在地球上，有的已经成功演化成为地球人的形象。《黄氏宣言》的消失就是他们的"杰作"，因为他们不希望让地球人变得更聪明更长寿和发展更快。

这时候阿玲恍惚记起，自己曾和那种影子般的外星人有过接触，虽然细节她一时还记不清，但她可以肯定自己和他们遭遇过。地球联盟卫队长告诉她，其实地许多球人都遭遇过阿莱克人，但这种外星生物有一种能消除他们在人类记忆中存在过的神秘能力。

地球上举行了盛大的欢迎仪式，胜利归来的麦克、阿玲和梅花鹿受到了英雄的荣誉。但是麦克很奇怪爸爸没有来，而且问到这个问题，安琪马上回避并且神情很不自然。

不过麦克现在没有时间多问这些，他和阿玲一起提请组委会把这次"爱情探险之旅"冠军授予给龙华和梅花鹿，因为龙华和梅花鹿才是真正的英雄。

组委会经过短暂研究后，同意他们四人并列冠军，并且当场宣布把"爱神号"飞船奖励给他们四人。

仪式之后，阿玲坚持没有去麦克家，而是要住到休息区去。梅花鹿劝不住她，也只好陪着她一起住进了休息区。从把迷失的麦克唤回来之后，阿玲就一直对他耿耿于怀，到现在还不肯原谅他，梅花鹿怎么劝她也听不进去。阿玲说她准备独自去旅行。

这天梅花鹿带阿玲来到城外那个小山丘，找到了那座石屋。石屋一如维纳斯上"雅丹"城的石屋一样，只是现在里边已没有了"爱情结"，但在挂着"爱情结"的地方，她们却发现了刻在石头上的一行古老的文字：

爱情是永恒的，但需要时时刷新。爱情每天都在重新开始，就像太阳每天都在重新出升一样！

回到城里，阿玲和梅花鹿就听到了一个消息——麦克先生原来是个阿莱克人！

她们实在太意外也太震惊了，因为这样一来，麦克也就成了半个外星人。

阿玲和妈妈终于来到了麦克家。

叫保安的房门一见阿玲一时间悲喜交加，直让她快去安慰麦克。麦克没想到阿玲母女这时候会来看他，因为现在除了妈妈，在地球上他好象已没有一个朋友了。

一夜之间，麦克就已经从英雄变成了异类。

麦克先生已和其他阿莱克人一起被驱逐出地球了，但麦克让阿玲和梅花鹿看了麦克先生留下的影像资料。麦克先生说自己虽然是个阿莱克人，但他热爱地球，热爱地球人，更爱自己的妻子儿子……在做市长期间他没有做过任何危害地球的事情，唯一以权谋私的一件事就是伪造了龙华的身份，龙华的身份也就由智能人变成了自然人，因为他认为虽然地球上天天都在高喊"不管是自然人还是组合人智能人一律平等"的口号，但是正是因为存在着不平等才会出现这样的口号。事实上也确实存在着很大不平等，比如在制度上要把自然人和智能人分开管理，而很多人还在为智能人到底是不是人而争论……麦克先生认为不管是自然人还是智能人，不管是地球人还是外星人，生命应该一律平等……

看着麦克先生的留言，大家全都黯然无语。

不过麦克先生却笑了，他虽然现在已不能和地球联系，但他已经预先设计好了儿子，阿玲他们回来后一家团圆的场景，所以当安琪安排好一顿丰盛的午餐后，麦克先生的三维影像也已经很真切地坐在大家中间，并与大家谈笑风生。

"你打算怎么办？"告别时阿玲问麦克。

"我还没有想好，因为我是半个地球人半个阿莱克人，所以现在我比我父亲要幸运一些，可以自己选择自己的去留，但一旦选择，将不可再改变……"

"麦克，一边是你的父亲，一边是你的母亲，我知道你爱他们都是一样的，所以你现在肯定非常为难，我们帮不上你的忙，但请你相信，不管你做出怎样的选择，我们永还是你的朋友、亲人！"梅花鹿说着拥抱了麦克，并仰头在他脸上轻吻了一下，然后又对女儿说："你们聊会吧，我先走了！"

"不用妈妈，我们一起走。"阿玲望着麦克："麦克，我们将再次去旅行，你能来为我送行吗？"

"当然！"麦克点点头。

出来时阿玲没有马上赶回休息区，而是让妈妈陪着去了哲林先生在城里的办公室。这次明知哲林先生只是虚拟影像，阿玲却还是感到分外真切和亲切。她向哲林先生道谢，说那瓶阳光在她最绝望的时候给了她希望和力量。

哲林先生也很高兴再次见到阿玲。问了阿玲探险的一些情况之后，他向阿玲通报了一个好消息——他已经把爱人唤醒了，为此他自己正准备换上一副青春靓丽的新形象，并准备更换一些器官，然后和爱人一起去做一次星际旅行。另外哲林先生还告诉阿玲，他找到了地球上最后一部《黄氏宣言》。那部书是他送给爱人雯雯的。雯雯是个有古典情节的浪漫女子，当年经常用古老的书写书信方式和哲林先生谈情说爱，而哲林先生的每一封信她都珍藏在一个小箱子中，包括那本她还没来得及翻阅的《黄氏宣言》。正因为没有来得及翻看，才使得这部书没有被阿莱克人发现，因此才躲过一劫。只是当年雯雯去逝时，哲林先生连她的宝贝小箱子和爱人一起封冻起来，并没有打开查看过，所以这部无比珍贵的原版《黄氏宣言》一直到不久之前雯雯解冻醒来时才重见天日。哲林先生说等他和雯雯旅行回来之后，就要着手研究那部书，相信一定会有重大发现。为防止不测，这部书现在已用多种方式秘密保存起来了。

阿玲由衷为哲林先生感到高兴，为《黄氏宣言》高兴，并祝福哲林和妻子的千年爱情永远年轻。

走出哲林先生的办公室正是午夜，但美丽的城市依然阳光灿烂，许多人正在红花绿草间悠闲散步，有的人正和花草树木交流对语……

地球真美！

这一刻母女俩的心情也豁然开朗起来。

阿玲就要出发了，不过不是她自己一个，而是她们母女俩。梅花鹿（或说阳光）也要和女儿一起去，她要去寻找龙华，她坚信龙华一定还活着，她也一定会找到他。另外她已放弃了自己的研究，因为她已经有了结论，她坚信人类的感情不会消失，除非有一天人类被自己改造得已不是真正的人类……

"我来晚了吗？"麦克赶到了。麦克已经恢复了自信，他轻松帅气地笑着，一如当初阿玲才见到他时的样子。

"当然不晚，我们正等着和你告别呢，现在我们要出发了！"

"你们介意多带一个人吗？"

"那得看他是谁了！"阿玲好像并没有太意外。

麦克调皮地眨眨眼："你猜！"

阿玲极力装出一副傻乎乎的样子问："管他是谁，先要问他去做什么"

"寻找爱情?"

"他要寻找什么样的爱情? 十年的? 百年的? 千年的?"

麦克摇头："都不是，十年的百年的爱情他不要，一千年的爱情他也不要……"

"哦?"阿玲歪头看着他，"那他想要……"

"千年以后，人类的寿命肯定早已远远不止千年，所以只要千年的爱情就太小儿科了，我要的爱情至少要有一万年……"

阿玲终于忍不住扑上去对他乱捶起来。麦克却忍不住抱住了她……

"好了好了，年轻人，你们有的是时间享受爱情，现在我们该出发了!"梅花鹿（或说是阳光）一点也不成熟更不沉着地叫起来，她的脸上带着明显的嫉妒。

"爱神号"带着三个年轻人，重新升上了蔚蓝的天空。

4

"爱神号"进入了茫茫星空。

忽然，飞船监控系统报告：前方发现不明飞行物，它正在快速向"爱神号"驶来……

神秘的旅伴

茫茫的天空。

茫茫的大漠。

茫茫的天空中看不到一颗星星，茫茫大漠中只有他一个人。

一个人在这茫茫大漠中如同一粒尘沙，完全可以忽略不计。

除了知道这里是 Y 星球外，他不知自己的具体方位，也无法与地球取得任何联系——随着那声爆炸，他不但失去了飞船和同伴，也失去了所有的保护和依靠，现在他原始得胜过他古老的祖先——祖先手中还有根棍子或者石头，而他一无所有。

更不同于祖先的是他的孤独——绝对没有任何一个祖先离开同伴这般遥远过，远得遥不可及。

天是灰蒙蒙的，没有太阳，没有月亮，没有星星，甚至连片云彩都没有。脚下是沙与尘，前后左右，都是无边无际的沙尘荒漠。

他不知自己该向哪里去，但他知道向哪里去也走不出这无边的大漠。退一万步说，就算他能走出这片大漠，他能离开这个星球么。

但是他还是迈出了向前的第一步，尽管很艰难，尽管看起来走与不走结局都是一样的。

Y 星球的吸力比地球要大，空气却很稀薄，他行走的艰难程度可想而知，尽管那么艰难，他却没有停步。

一步，两步，三步……

他所迈出的非常艰难的每一步，对于这茫茫大漠来说都显得毫无意义，都可以像这个人一样忽略不计，但他仍然努力走着每一步。

尽管没有目的，但只有走着，他就能证明自己的存在。一旦停下来，他就会成为这茫茫大漠中的一粒尘沙。

一步，再一步，又一步……他大口大口喘息着，一小步一小步前进着。他的脚步越来越沉，越来越慢，越来越小。终于，他跌倒了。

艰难地爬起，继续艰难地前行。再次跌倒，然后更艰难地爬起，更艰难地走。然后又一次跌倒，然后又一次爬起……

终于，不知多少次跌倒的他再也没力气爬起来了。他的呼吸已经很微弱了，他的意识正在消失，而他的力气已然消失殆尽了。

他闭上了眼睛，他以为这次永远不会再睁开了，没想到就在他的眼睛刚刚闭上之时，他感觉有人抚摸他的脸。

他下意识地躲了一下，然后猛然反应过来，激灵一下睁开了眼，然后他的眼睛立刻瞪大了——他看到一个人正跪在自己身边，伸出双手扶自己起来。

一个人，这是一个人！这一刻他的惊喜是无法形容的，不知哪来的力气，他一下子就站了起来。

揉揉眼，定睛再看，不是幻觉，眼前确确实实站着一个人，而且这个人不是别人，竟然是他的妈妈！

"妈妈，是你吗？"尽管看得清清楚楚，他还是有些不敢相信。

妈妈笑了，那么亲切，那么慈爱，那么熟悉，那么美："孩子，是我！"

"妈妈……"随着叫声，他早已一下子扑进了妈妈的怀抱，忍不住哭了起来，哭得就像小时候走失后又重新回到妈妈怀抱的那一次，甚至比那次还幸福——那次他找不到了妈妈，而这次他找不到了地球和所有的同类。

"孩子，妈妈和你在一起，别怕，别怕……"妈妈轻轻拍着他的背。

渐渐的，他止住了哭，他没有不好意思，因为这里除了妈妈，没有人会看到他的软弱。刚才他还是个找不到家的孩子，而在妈妈怀抱中，他又找回了把他遗弃的那个世界。

"孩子，走吧，妈妈陪你一段儿！"

他点点头，拉着妈妈的手，走了一步，又走了一步，虽然还是那么艰难，却已不那么沉重。

"妈妈，你是怎么到这里来的？"他突然想起了这个问题。

"妈妈其实一直都在你身后，不管你走多远，妈妈都能看到你！"妈妈说着站住了，"孩子，等一等！"

他停住脚看着妈妈，看着妈妈慢慢解开衣服，现出了一对有些低垂的乳房。

"妈妈?"，疑惑地看着妈妈。

"孩子，让妈妈再喂你一次奶吧，那样你会有些力气，你要走的路还很长，很长啊！"

他犹豫了一下，舔一舔干裂的唇，然后走上一步，跪到妈妈面前，含住妈妈的乳房。

他已忘记了怎么吃奶，他以为妈妈已经没有乳汁，不料就在含住妈妈乳头的那一刻，甘甜的乳汁就已流进了他的嘴里。

啊，这一刻他才知道，妈妈的乳汁，永远都会为儿女流淌。这一刻他才知道，世界上最香甜的，莫过于妈妈的乳汁，世界上最有营养的，莫过于妈妈的乳汁！

当他从妈妈面前站起来后，他不再饥饿，不再焦渴，信心和力量又重新回到了他的身上。

牵着儿子的手，向前走了一段之后，妈妈再一次停了下来。

"孩子，妈妈的时间到了，妈妈只能送你到这儿了……"

"妈妈，不，你不能走，你不能再把我一个人留在这个荒无人烟的星球上……"他恐惧地拉住妈妈的手，他哀求妈妈不要把他一个人丢在这里。

妈妈眼里噙了泪，她摇着头说："孩子，妈妈相信你会走好你的路，到达你的目标，妈妈会永远关注着你，只是妈妈不能永远跟着你，前边的路只能靠你自己去走了——孩子，一定要走下去，走下去……"

说着话，他发现妈妈正在变淡，变模糊，妈妈的手也从他的手中脱着出去。他大声呼唤着要去抱住妈妈，可张开双臂抱了个空——妈妈在他眼睛消失了。

"妈妈……"

随着这声呼喊，他骤然猛醒——妈妈已经去世三年了啊！

可刚才他的确见到了妈妈，他重新找回的力量和信心就是证明。很快他就明白了——妈妈虽然离开了他，但妈妈却一直在另一个世界或者说另一个空间时刻关注着他。

"放心吧妈妈，我会好好走下去的！"

擦干了泪，挥挥手告别妈妈，他继续前进。

天地间除了一片茫茫之外，又只剩下了他一个人。现在他缺少的不是力量和信心，而是一个旅伴。孤独和这无边的大漠一样漫无边际，很容易让人绝望。他渴望碰到一个生命，哪怕不是同类，哪怕只是一个动物，一只虫，一棵树，或者一根草也可以。但是他的眼前除了茫茫大漠，看不见一点生机。

孤独越来越重，就像这个死寂的星球越来越重的黑夜。他知道 Y 星球的星夜是十分漫长的，他不害怕黑夜，但他害怕孤独，孤独的黑夜就像一座坟墓。

夜色终于完全笼罩了 Y 星球，没有月亮也看不到星星，这是他生命中最黑暗的一夜。

黑夜还在加重，黑暗像天大的巨石越来越重地向他压迫过来。他快坚持不住了，他又开始大口喘息，然后又大声呼喊，但他的呼喊像一株纤弱的草芽，根本无法撼动无边的黑暗。

终于，他再一次倒了下去。这一次倒下去他就再没有爬起来——不是爬不起来，而是根本就不想起来，无边的黑暗和孤独比死更可怕。

"妈妈，妈妈……"他叫了起来，希望奇迹重现。

但是这次妈妈没有出现。

他再一次绝望了，这次他甚至连眼睛都懒得闭起了——闭不闭都是一样黑的无望。

"起来！"

就在这个时候，他听到了一声呼唤。他以为是幻觉，但很快那声音再次响起：

"快起来，你是个男人，你有你的责任！"

他忽然坐了起来，看看，眼前似乎真的有个影子。

"你是谁？"他站起来问。他听出那个人的声音不是妈妈，但耳熟得很，似乎是他认识的人。

"我是你的旅伴，咱们快走吧，你的目标也许就在前边！"

他不再问了，不论他是谁来自哪里。有个人能跟自己一起走，他觉得一瞬间他成了最幸运的人——他情愿和敌人一起走路，也不想要孤独相伴。

有了旅伴，再次踏上路途之后，夜也不那么黑暗沉重了。

"我们能够走到那个地方么？"他问。

"只要走。只管走。"那个人答得很坚定也很平静。

他点点头，不再问什么，只是边走边讲起了小时候的事，讲那次找不到妈妈，讲那次偷开飞船被爸爸打，讲那次遭遇的外星人小女孩……那个人认真地听他说，和他一起笑一起感叹。然后那个人也讲起了自己的童年，他惊奇地发现，那人和自己的童年有许多相同相似的经历。

接着，他说起了父亲。他的父亲是一位时空使者。受技术条件限制，时至今日不同时空间还不能达到顺畅的沟通，因此时空使者这一古老的职业今天依然十分重要，他从小立志做一名在不同时空穿梭的信使，让不同时空的人们相互了解相互沟通相互信任，他觉得这是个冒险而光荣的职业。有很多时空使者在执行任务中再也没有能够回来，他的父亲就是其中一位。但他一直不相信父亲已经牺牲，他坚信父亲是被困在了某一时空，父亲虽然不能来到他身边，但父亲一定一直都在关注着他，就象他的妈妈……这么想着他忽然心中一动——身边这个旅伴会不会就是父亲呢？

这想法让他非常兴奋，既然去世的妈妈能来到身边，父亲肯定也能、虽然他知道那肯定不是父亲的身体，也许那只是父亲的意念，但对他来说，这就已经足够了。

再听听，那个人的声音也很象父亲，怪不得熟悉而亲切，让他才一听就有一种心灵的呼应。虽然父亲在他十岁时就离开了他，但他依然记得父亲，包括他的声音。

但他并没有说破——父亲既然没有说破，父亲一定有自己的深意。

两个人走路和一个人走路真的不一样。那么漫长的夜，不知不觉就让他们走得发白了。

这时候，前边现出一道形似彩虹的半圆形彩带，只是它比彩虹还要绚丽。

啊，时空之门！

那就是他来到 Y 星球的目的。现在同伴们牺牲了，而在妈妈的和父亲的帮助下，他走完了原本看起来根本无法走完的那段旅程，找到了原以为根本无法找到的目标。

"去吧，抓紧时间！"那个人催促。

某些区域是太空之门经常出现的地方，就像这个 Y 星球。但那个区域对于飞船来说也已经够大，何况是一个人呢，而且太空之门打开的时间也不固定，时间也非常短暂，这样的机会对他来说可是千载难逢稍纵即逝。

"跟我一起去吧！"他抓紧时间说。

那人没有说什么，他感觉那人笑了笑。他终于忍不住了，上前一把抓住了那人的手："爸爸，爸爸我知道是你！"

"不，我不是爸爸！"

"什么，不是爸爸？"那人的回答完全出乎他的意料，"那你是谁？"

"我就是你！"

"什么？"他大吃一惊。

借着渐亮的天空，他凑近一看，面前这个人真的就是自己。

"能陪你走完全程的，只有你自己，只能是你自己——最终你只能依靠自己——你永远的旅伴是你自己！"那人说完，紧紧拥抱住他，然后便和他合二为一了。

他感觉身上充盈了从未有过的活力。抖落掉最后一缕夜色，他转身，向着那道充满希望的时空之门大步奔去。

爱 情 石

引 子

那本书是方菲在庐山捡到的。

因为那本书，又认识了那个人。

那天是在庐山秀峰之上，其时千峰叠翠，万壑生烟，九天泻玉飞双瀑，深潭鱼跃和鸟鸣，方菲和艾艾陶醉于那如梦似幻的美景之中，直到夕阳快要淹没于峰群云海之时，她们才发觉附近的游人已经很稀疏了。

尽管仍然恋恋不舍，可怎么说也该先下山了。两个人一边走着还忍不住左顾右盼看景色。刚刚走了不远，艾艾突然叫起来："快看，那是什么？"

方菲顺着艾艾的手指方向望去，只见那边一块怪石底部的缝隙中，有什么东西在夕阳的照射下发出淡淡的蓝光。

"看看去，兴许是月光宝盒呢！"说着方菲就和艾艾爬上山坡，蹲在那块怪石下一看，却见石缝里真的似有一个盒子。

"不会真是月光宝盒吧？"艾艾有些激动。

方菲说："月亮没出呢，我看有可能是日光宝盒吧！"说着对艾艾做个鬼脸儿，小心地伸手探进石缝里去，然后慢慢拿出了那个盒子。

拿出来才看清，原来这不是一个盒子，而是一本书。

艾艾一把先抢过来，很快翻了翻，又很快失望地扔给方菲说："以为什么好东西，原来一本破书，我可没耐性当书虫！"

方菲说："你呀不识货，兴许是葵花宝典呢！"

艾艾说："呵呵，葵花宝典你也用不着啊？"

159

爱
情
石

"我自然用不着，不过可以给你未来的老公留着啊！"

"原来你这么坏，还一直装淑女呢！"

说笑着方菲已经翻开书。书很新，蓝色封面上印有"庐山爱情石"五个繁体字。往里翻翻，里面也都是繁体字，而且字号很小，密密麻麻；在夕阳下似乎是一群蚂蚁在纸上乱爬，分不出个数，也不怪艾艾没耐心细看呢。方菲虽然认得一些繁体字，平时也喜欢读书，可现在天要黑了，她也没时间好好看看这是一本什么书。

书藏在石缝里，是怕被人偷还是怕雨淋着？如果不是恰巧夕阳照射时又恰巧在处在合适的位置，这本书是很难被人发现的。这么一想方菲觉得这本书也许有些来历，她正想把书藏回石缝，艾艾忽又指着不远处一个人说："哎，看那人，书会不会是他的呀？"

方菲正想说别管是谁的，咱们照原样给藏回去就是了，可没等她开口，艾艾已经冲那人喊了起来："哎，这是谁的书啊？"

那人没有反应。

"哎，说你呐，这书是你的么？"

艾艾再喊一遍，那人还是没有反应。

"算了，可能是个残疾人，别管他了，咱们走吧！"艾艾说着转身要走。

"等一等！"方菲这时才想起，那个人好像一直在那里坐着，好像没见他动过。现在天色已晚，他好像还是原来的样子坐在那里，背着夕阳的背影凝重得似乎有些沉重。

方菲知道，他脚下就是万丈悬崖。

看看悬崖上那个人再看看手里的书，方菲突然觉得有些不安，她对艾艾说："走，我们过去看看！"说着她已经向那人跑了过去。

"哎，人家看人家的山景关你什么事啊！你啥时变成街道老大妈了……哎，等等我，你要干什么呀……"艾艾嚷嚷着也追了上去。

跑上那个山坡，来到悬崖边，来到了那人身后。

虽然是在背后，可也看得出这是个挺拔的年轻人。看到了那人面前摆着的画夹，方菲这才知道这人也许不是有什么事想不开，而是在作画呢。可是仔细再看，他面前却又只有一张白纸，一笔也没画过，而且她都来到了他身后，他却还是浑然未觉，难道他真的是个失聪的残疾人？方菲正在奇怪犹疑，追上来的艾艾又已经抢先开了口："哎哎哎，你这人怎么这么大架子——这本破书是你的吗？"

那个人这才回过头来，这是一张俊朗而又阳光的青春面庞，一双眼睛纯净而蕴涵着灵秀，只是此时这张脸有些迷茫甚至痴呆地望着两个女孩。

"哎，问你呢——这书是你的么？你——不会是智障什么的吧？"艾艾指着方菲手里的书大声问。

"艾艾，怎么说话呢！"方菲拉拉艾艾低声责怪。

方菲一说艾艾也觉唐突，可说出去的话，泼出去的水，她只能伸伸舌头。

这时男生总算回过神儿来，他站起来，摇摇头说不好意思地说："不不，我只是在看庐山——太美了，无法形容之大美啊……"

艾艾打断男生的话："哎哎，别抒情了，庐山多美谁看不到啊，你又没做兼职导游，不累啊——快说这书是不是你的吧？"

男生看看方菲手中的书，很确定地摇头说："不是我的，我没有带书来……不过还是谢谢你们了！"说着他认真的看看两个人，然后眼睛突然一亮，目光停留在了方菲脸上。

方菲的脸突然就红了，样子也有些不自然起来。

"哦，那算了，咱们快走吧，天要黑了！"艾艾似乎并没有注意到两人神情的变化，说着拉上方菲就走。可是走了两步，方菲却又站住，回头望着男生问了句："怎么还不下山？天已经晚了！"

男生四下看看，这才恍然大悟地点头说"真是很晚了，谢谢你，我也该下山了！"说着就去收拾画夹。

艾艾说："快点，咱们一块走吧！"

男生痛快答应着很快背上画夹，随同方菲她们一起向山下走去。

"你是画画的?"走着,走着,艾艾打量着男生问道。

男生说:"我是学生,美院毕业不久,这次是特意来画庐山的!"

"可是我看你什么也没画啊!"方菲也说。

"庐山太美了,美得让我陶醉痴迷,都不敢轻易下笔了!"男生说着情不自禁地又向四下望去。

夕阳的余辉,绚烂的云霞,给美丽迷人的庐山又镀上了一层华丽神秘的光辉。三个人不自觉地都把话题转到了庐山,这让他们一下子就找到了共同点——他们全被庐山的无限魅力感染陶醉和征服了。

在夕阳的余辉中,青春的笑声歌声让美丽的庐山更加生动鲜活。

到达枯岭时,三个年青人已经成了朋友。男生有一个像他的人一样挺拔俊朗的名字——林白桦。

他们一起吃了饭,出来街上已是华灯齐放。天上一轮满月皎洁纯净,月色星光灯火,相映生辉难分人间天上。凭栏远眺,九江流光闪烁如银河倒悬。

远远的街灯明了,像闪着无数明星。天上的明星现了,好像闪着无数的街灯……

三个人情不自禁地朗诵起来,他们觉得这样的诗只有在庐山的牯岭朗诵才真正算得身临其境。

尽情享受过牯岭夜色之后,三个人仍然兴致盎然,于是又去唱歌,然后又相约明天一起游庐山。

他们的宾馆相邻不远,林白桦把方菲和艾艾送到了宾馆大厅,这才挥手和她们告别。

"我发现了一个秘密!"刚一进房间,艾艾就忍不住说。

"什么秘密,这么神秘?"

"那个林白桦看你的眼光贼亮贼亮的,少说也有八百度!"

方菲捏了一下艾艾的脸蛋儿:"胡说什么啊,你怎么知道那就是冲我放电呢?我还说冲你呢!"

艾艾撇撇嘴:"骂我弱智啊?告诉你,我还发现了一个秘密呢!"

"哦？我们的艾艾今天怎么这么心细了，快说！"

"不说，除非你求我！"

方菲撇撇嘴："不说算了，我还不想听呢！"说着做势要去卫生间。

艾艾拦住她："你看林白桦的眼光约有一千六百度！"

"胡说，我看是你！"说着方菲冷不防将艾艾一把拉过来推倒在床上，然后扑上去就胳肢起来。

艾艾咯咯边笑边上气不接下气地连连求饶。

夜里，艾艾已经睡熟了，听着艾艾均匀的呼吸声，方菲却怎么也无法入眠。林白桦那双亮亮的眼睛总是闪烁在她的眼前，即使她紧紧闭上眼也没用。而她的耳边总是回响着艾艾刚才那句话。

翻了几个身，方菲终于坐了起来。她悄悄打开床头灯，随手拿起了一本书。

就是那本从山上捡回来的蓝色封皮的书。

翻开封皮，扉页上几个大字立刻映入方菲的眼眸：

庐山爱情石

1

时间是下午，地点是庐山脚下的一个古朴的小村。

方菲、林白桦还有艾艾面对的是一个老婆婆，她那雪白稀疏的头发一丝不苟地伏贴在头上，满脸皱纹里漾满慈祥与苍桑。

房子古旧，室内光线昏暗斑驳，但面对方菲他们坐在门口的老婆婆，却披着半身金灿灿的阳光，安祥地望着眼前这三个孩子。

据说老婆婆是庐山最年长的老人了。

方菲他们是专程寻访求教的。

"你们问的是"爱情石"?"老婆婆开了口。

没等方菲和林白桦开口，艾艾抢先摆手说："阿婆等等，等等，我的人还没到呢！"说着又忙着打电话，"喂，刘涛你怎么还没到，都等着你哪，真给我丢脸，你快一点！不管什么情况，飞你也得给我在十分钟内飞过来——我给你最后一次机会啊！"

老婆婆看来耳朵一点不背，像是听清了艾艾所有的话，她微笑着点头说："不忙，不忙，呵呵，有些事忙也没用，咱们慢慢等吧！"

老婆婆刚说完，外边已传来急促的脚步声。艾艾很有把握地说来了来了，并一阵风似地赶快迎了出去。

不过很快艾艾就撅着嘴一阵风似的又跑了回来，一脸失望气恼尴尬也毫不掩饰地写了满脸。

艾艾身后跟进来的不是刘涛，而是彭鹏。

"彭鹏是你……你怎么来了？"一见是他，方菲不禁就是一愣。

彭鹏擦着汗很是庆幸地说："啊，不错不错，总算找到了，总算没有误事——菲菲，去找"爱情石"，怎么不叫上我？"

林白桦看看方菲，方菲说："他是彭鹏……"

方菲正有些不知怎么介绍好，艾艾又已抢着向林白桦曝料："林白桦先生你可要注意了，彭鹏可是方菲的不懈追求者，属于死缠烂打型，你的强有力情敌！"

林白桦笑笑，起身向彭鹏伸出手大方地说："我叫林白桦，很高兴认识你！"

彭鹏用挑剔的目光上下打量着林白桦，醋烘烘说："牌子挺靓啊，希望表里如一，别是个绣花枕头，更不要是个花心大萝卜啊！好事儿，有了竞争对手，我会更加努力！"说着用力握了握林白桦的手。

林白桦疼得咧咧嘴，却没有叫出来。

方菲脸上有些不自在，但又不知该说什么。

这时候艾艾已经又去给刘涛打电话了，虽然跑开了几步，可她那气极败坏的叫声还是毫无损耗地传了过来："我不听，我不听，你去死吧，这辈子下辈子永远永远都别想再见到我！"说着她挂断电话并骂了句TMD。然后艾艾又风风火火冲过来，冲方菲他们喊一句："咱们开始，刘涛那个王八蛋被我淘汰出局了！"

老婆婆从容一笑，慢慢絮叨起来："说来话长啊，还是小时候，姥姥就给我讲过，姥姥又是听姥姥的姥姥讲的，姥姥的姥姥又是听……呵呵，越说越远了，反正都是说世上有那样的一种石头，是给有情有义的人准备的，现今叫"爱情石"，过去叫它"良缘石"……"

"良缘石？"艾艾脱口叫一声，似乎想起了什么，想一想，她很快扭头对方菲说："好像你捡回的那本书里就有这个词儿！"

方菲递个眼色："那本书本来就叫《庐山"爱情石"》啊！好好听阿婆讲，别一惊一乍的！"

艾艾吐吐舌头，忙对老婆婆道歉。老婆婆平和如初地笑了笑，又接着讲了下去："说是在庐山之上，有一种神奇的石头，过去叫"良缘石"，现在叫"爱情石"，说是能找到那样石头的有情男女，就能恩恩爱爱白头到老，一辈子不会分开……"

"啊，还真有有这样的石头呀？在哪里能找到？"艾艾终于还是忍不住脱口又问了一句。

"呵呵，当然就在这庐山上啊！"

"'庐山爱情石'肯定要在庐山上啊，这我知道，可庐山这么大，去哪儿找去啊？是不是要用探矿设备或者卫星定位啊？"

老婆婆脸上绽开了一朵灿烂的老菊："呵呵，我想那些东西不管用——你们知不知道庐山上有多少岩洞啊？"

几个人互相看看，方菲说："是十六个吧？"

老婆婆点点头，又摇摇头："世人都知道庐山有十六个岩洞，说是十六个也没错，因为一般人看到的只有这十六个……"

"难道还有一般人看不到的？"

"嗯，就是啊，在那十六个洞之外，还有一个洞……"

"还有一个洞？"大家一齐惊讶地脱口轻叫一声，互相看看，又一起望向老婆婆。

老婆婆抬起头，望向门外，眼神有些迷离起来，似乎她已置身那个岩洞了："是的，是的，还有一个洞——第十七个洞！那第十七个岩洞很少有人知道，可就是那第十七个岩洞里才能找到爱情石啊……而且那个洞被几层石门遮挡着，只有真心相爱的两个人才能合力打开门……并且那个洞每年只能打开一次，只有在七夕的夜晚，真心相爱的两个人手拉着手怀着虔诚之心才能推开那扇门，而且在天亮前门就会自动合上……"

"就是说，要找到"爱情石"，就先得找到那第十七个岩洞，还要等到七夕之夜？"方菲问。

老婆婆点点头："嗯，就是这样，还有半个月又是七夕了，你们要去，可得趁早了！"

"可庐山这么大，第十七个岩洞在哪啊？"艾艾叫起来。

"呵呵，这就要靠你们自己了——想找，难找也可能找得到；不想找，好找也永远找不到哦！"老婆婆微笑着。

方菲和林白桦互相看看，连连点头。

彭鹏却非常怀疑地问："说得跟真事似的，可这，这到底是真事呀！还是传说呀？"

老婆婆笑道："信就有，不信就没有，神呀鬼呀，还有世上许多事不都是这样么……"

艾艾糊涂了："说来说去，那到底是有还是没有啊？"

老婆婆不再说话，只是从怀里掏出一件什么东西，很郑重地递给方菲，说"这是找到那个洞的路线图，一定要收藏好！"

方菲打开，原来是块白色绸布，上边用绿丝线绣着一些山峰路线标记，只是……

没等方菲开口，艾艾早已叫起来："哇，还有图？可是怎么好像只有一半啊——为什么不都给我们？"

老婆婆脸色有些凝重起来："你们来晚了一步，另一半昨天晚上被人盗走了，幸亏我是分开放的……你们要好好带在身上，一定小心呀！"

"为什么要盗走呢？又不是藏宝图，还会有人盗这个？"艾艾和彭鹏都有些不解和怀疑。

"找到了你们自会明白。"老婆婆说着微闭上眼，两手合在一起似在抚摸着什么。

方菲和林白桦站起来和老婆婆告别，艾艾和彭鹏也一脸疑惑地随着站了起来。

"阿婆，你找过"爱情石"么？"到门口，林白桦又回头轻声问了句。

老婆婆没有睁眼，却明确地点了点头。

方菲拉着林白桦的手，也回头问了句："阿婆，你找到没有？"

老婆婆笑了，没有说话，没有点头，也没有摇头，但是她的眼睛睁开了，眼中闪烁出了年轻的动人光彩。

望着几个年轻人走出去，看着那几个空了的竹椅，老婆婆伸出一只枯干的手，抚摸一下温暖阳光，她的脸上洋溢出如水温情。她缓缓张开另一只手，手中捧着的一块光滑温润的淡红色小石头立刻在阳光中闪烁出动人的光彩。

小石头是心形的。

方菲、林白桦他们自然没有看到阿婆手中那块小石头，此时他们已经走在小村古老的石板街上了。

"哎哎，菲菲，你们还真把传说当真事儿了？"见方菲林白桦和艾艾他们正在认真计划起去找"爱情石"的事，彭鹏赶忙上前泼冷水。

艾艾回头抢白道："怎么传说就不能当真事儿？没听老阿婆说么，信啥有啥啊！"

彭鹏说："你们呀，给个棒槌就认真，那老婆婆又不是神仙，我看她兴许是老糊涂了，信口开河呢！"

方菲白他一眼："彭鹏，信的就去，不信的就不去，我就是给个棒槌就认真的人！"

彭鹏赶忙陪笑说："菲菲，菲菲我不是说你的……"

艾艾立马不干了："啊，那就是说我们哪？好你个彭鹏，溜须拍马你也不能打老牛啊！你可给我小心点，谁得罪了本小姑奶奶，我可叫他美梦立刻破灭！"

彭鹏赶忙又向艾艾陪礼："你别误会，艾艾小姐，我说谁也不能说你啊！"

林白桦笑笑："你们都别往身上揽了，说的只是我一个人啊！"

彭鹏苦笑一下："你我更得罪不起啊，我说的是我自己——菲菲你给个棒槌我就认真！"

见艾艾还要说话，方菲忙说："行了行了，别斗嘴了，咱们还是说说到底去不去吧！"

艾艾说："你去我就去！"

林白桦说："一边找"爱情石"，一边可以和心爱的人一起饱览庐山景色，我想世界上再没有比这更美好的事情了！"

看着林白桦满脸陶醉，彭鹏不禁冷笑一声："林相公别高兴得太早，庐山你可以随便看，可到底你能不能陪菲菲走到最后那还说不定呢！"

艾艾撇嘴："拽什么拽，你也要去？甘当灯泡？"

"我是陪你啊，你现在不也是灯泡了么？再说角色是可以转换的，我和林相公谁成为灯泡还不一定呢！"

林白桦微笑一下没有再说什么，只是望望身边的方菲，再望望眼前的庐山，然后脱口赞叹一句："太美了！"

2

一个小时之后，方菲她们已回到了九江市。几个人在一家小饭店吃过饭后，大家正要去方菲和艾艾的住处详细计划一下去庐山的行程，不料就在出租车开动的那一刻，艾艾突然惊呼一声，然后猛然捂住了嘴。

"怎么了艾艾？"方菲忙问。

艾艾摇头，急叫快开车快开车，那一刻方菲见艾艾脸色很难看，眼中也有泪光闪现。

"到底怎么了？"方菲很是诧异。

"啥事没有啊，赶紧走吧！"艾艾说着还笑了笑。

方菲还是不放心地追句到底怎么了？是不是不舒服。艾艾却突然歇斯底里地喊叫一句："我没事、别管我！"

几个人面面相觑，再不敢问下去。

回到住处，艾艾立刻把自己关进卧室，连方菲叫门也不肯开，叫急了艾艾就在里边大吵大闹地胡乱骂人。林白桦和彭鹏都很着急，方菲却不急不躁地对两个人摆手递眼色，然后冲屋里说："你在家好好闹吧，我们惹不起可躲得起——咱们走，咱唱歌去——关好门啊，我们可能要玩通宵呢！"说完拉了林白桦和彭鹏就往外走。

可是没等他们走到到门口，卧室的门就被砰地推开了，艾艾冲出来，满脸泪痕冲向三人哭喊道："你们走，你们都走吧，反正我已是个被世界抛弃的人！"

方菲当然没有走，她只是用这个方法把艾艾激出来，因为她最了解艾艾。

方菲反身抱住了艾艾。艾艾一头扑在方菲怀里嚎啕大哭起来。方菲轻轻拍着安慰艾艾。

"刘涛说他忙得脱不开身，怎么说也不肯去，可刚才我看见他搂着一个妖艳女人进了宾馆……"这次没等方菲追问，艾艾就哭着向她诉说了刚上出租车时看到的那一幕。

"会不会看错了……你看准了？真的是刘涛？"

"烧成灰我都认识那个混蛋，真没想到他是那样的人，本来我都准备接受他了，可没想到他是条大色狼，菲菲，我太受伤了啊，为什么受伤总是我啊……"艾艾说着再次无比委屈地哭了起来。

"刘涛这小子太不是东西了，敢这么欺负我们艾艾，等我去教训教训他！"彭鹏义愤填膺摩拳擦掌转身就要走。

"哎呀你就别添乱了!"方菲喊住彭鹏,又对艾艾说"咱艾艾还没接受他呢,他那样是他的自由,也是他的损失,本来我就看那刘涛不怎么上路,我想这是好事啊——如果你刚才没有看到,兴许真会受他欺骗呢,那才叫真受伤呢!"

艾艾叫起来:"既使没有接受他,他不也是一直在追求我么,追求着我怎么可以再去随便找别的女人,还去宾馆开房,这不是对我的侮辱么!我能甩别人,别人怎么能欺骗我呢?我,我太没面子了,你们肯定会笑话我看不起我了……"叫着她又伤心欲绝地哭了起来。

"就是,宁可女人负男人,不可男人负女人,你看我,虽然菲菲一直没有接受我,可我仍然坚贞不屈矢志不移百折不挠千方百计万劫不复地爱着她,追着她,别的女孩我连正眼都不会去瞧上一眼……"

彭鹏正这么说着外边就有人敲门了。

林白桦打开门,门口站着的是两位靓丽女孩儿——原来她们是邻室的,平时跟方菲艾艾也还熟悉,在一起吃过玩过,刚才回来听到屋里艾艾的哭声,就过来关心一下。

一见是她们,彭鹏不假思索地上前又是让坐,又是倒水,很是殷勤。艾艾这时已抹去眼泪不好意思地说刚才是看电视剧受感动了。两个女孩儿看看关着的电视机,再看看另外两个男孩儿,很是理解地安慰两句就离开了。彭鹏很有礼貌地送了出去。

"彭鹏,你去干啥去了?"彭鹏进屋未及关上门,艾艾已经嗓音有些沙哑地拉着腔审问起来。

"我送送秀秀,玲玲他们啊,有什么不对么?"

"你刚才说什么了?"

彭鹏摸摸头,一副丈二和尚摸不着头脑的样子:"我说什么了?我都说的正经话啊,没一句出格的呀?"

艾艾学着彭鹏的口气:"别的女孩我连正眼都不会瞧上一眼——这可是你刚从你嘴说出的话吧,还冒着热气呢,可一转眼你就对别的女孩大献殷勤,还当着我们的面,你还不如刘涛呢!"

彭鹏挠着头，红着脸看着方菲紧急申辩："我这是展示一下绅士风度啊，不能给菲菲你们丢分啊，再说我本来就有贵族血统，我祖先早年竞选过翰林院院长，我这风度是胎里带的！"

艾艾恶狠狠给他一拳："胡说，你也是一见女孩眼就花，你们男人就没有一个好东西！"

彭鹏一边呲牙咧嘴叫痛一边还忙里偷闲教育艾艾："哎呀，我的姑奶奶，你可真是舍得下手啊！女孩子千万不要说男人没一个好东西，那很容易让人理解为你阅人无数……哎哟！"他的话没说完，又已经着了艾艾一粉拳。

"真是狗嘴吐不出象牙！"艾艾骂完还要打，却已被林白桦笑着拦住。

方菲也笑着问："怎么样，伤好了没有？自己受伤就用别人来出气啊，你什么品质！"

艾艾头一歪："谁受伤了？想让我受伤的人还没生出来呢！"再说我正为追求者太多心烦呢，拔了萝卜地皮儿宽，越少越清静——刚才我是高兴的，叫什么来着——哦，喜极而泣！"

方菲说："别越说越没边了，天也不早了，咱们早点做做计划，明天去买东西，后天就上山！"

艾艾说："那你计划吧，这些小事我才懒得操心，我给那些个铁杆儿追求者发个通报，他们一定会争先恐后你死我活地要跟我去，说不定会有挤破脑袋的呢……到时你还得给我参谋要哪个去——不过不叫谁去也很残忍，这会叫所有落选者受伤的，没办法，谁叫这么好的艾艾只有一个呢！"

方菲和林白桦都笑了，方菲又赶忙制止了还要继续斗嘴的彭鹏，小声说："咱们快说正事吧，别理她，越理越嚣张！"

几个人悄悄进了内室，只留下艾艾一个人在狂发短信。

3

第二天，方菲他们四个人便乘车前往牯岭。

虽然已不是第一次上庐山，可是车里的四个年轻人仍然非常兴奋。山里婉转悠扬，车窗外不时有云纱飘过，伸手就可以抚摸到。车子不时驶进雾霭之中，就像一条鱼儿游进大海，然后又云开日现豁然开朗。云雾之中不时显现出的座座奇峰峻岭就像是一幅幅不断变幻的山水画，又犹如一个个披着罗纱的青春妙女，含羞带媚，无限风情。

"太美了！"林白桦忍不住又赞叹一句，然后又望向方菲，彷佛方菲也是庐山的一部分。

坐在前边的彭鹏则根本没有看风景，而是一直扭着头，一直大胆而夸张地凝视着方菲。

一直撅着嘴很是消沉的艾艾终于忍无可忍地冲彭鹏吼了起来："你还绅士风度贵族血统呢，哪有你这样苍蝇一样直盯着女孩的，我越看你越恶心，我要会铁砂掌，我一掌把你的脑袋拍腔子里去！"

彭鹏终于被迫扭过头去。他边擦脸边气哼哼小声嘟囔："我看菲菲又没看你，你说你咋血口喷人喷人家满脸唾沫星子呢，也不怪没人愿意跟你上庐山，连点女人味都没有……"

"彭鹏，你说谁没女人味？你以为真没人跟我来啊？实话告诉你吧，他们你追我赶争先恐后挤破头要来，是我一个都看不上！"艾艾挨扎一般激烈地尖叫起来。

方菲赶忙就着艾艾的话头说："就是嘛，我们艾艾是什么人，怎么能随便看上人呢！"

艾艾却一把推开方菲，醋烘烘说："别假惺惺的，当我不知道你什么呀，不就是觉着有俩人跟着你么，表面上同情我，心里头不定多幸灾乐祸呢，看追你这俩破人吧，一辈子没人追我都看不上！"说着气呼呼把脸扭到车窗那边去。

方菲哭笑不得地看看林白桦，然后瞪着艾艾，艾艾知道方菲看自己，就故意摇晃着脑袋哼起了不知名的歌子。方菲猛然出手一把拉住艾艾，另一只手就向她的胳肢窝抓挠起来。

其实还没等方菲的手摸上身，艾艾已经花枝乱颤地笑了起来。

这是艾艾的致命弱点，方菲当然知道。虽然艾艾早已求饶，可是方菲还是毫不手软地把另一只手也加了上去。艾艾毫无反抗还手之力，只是一边拼命笑一边拼命往方菲怀里扎，好半天才拼命喊出半句："饶，饶命啊……"

彭鹏在前边幸灾乐祸地拍着手，女孩儿一样地大喊大叫："耶，不要放手不要放手，替我好好出出气，我受她迫害太久了！"

"彭鹏……你、你哈哈哈哈，你好，好好等着……哈哈哈，林救我……"

林白桦拉住方菲替艾艾求情，方菲这才放开艾艾。彭鹏不满地指责林白桦："哼，林相公可真会讨好女人啊！"

林白桦笑笑："我正学习做绅士啊，因为没有贵族血统，所以我得抓住机会多多练习么……"他的话没说完，刚刚缓过来的艾艾猛然又向方菲发起了反攻，因为方菲和她有同样的弱点。于是两个女孩笑成一团倒在了林白桦怀里。

前边的彭鹏看得难受，强迫自己扭过头去。

闹着笑着，不知不觉已经到了牯岭镇。

牯岭镇高悬庐山之上云雾之中，仿佛就是云中之城天上街市神仙居住的地方。但是融入其中，却又是店铺林立，商场、宾馆、旅社、书店、酒楼、车站、影院、网吧等娱乐服务设施应有尽有，热闹繁华，一派人间烟火。

方菲他们按着预约找到了那家名为"庐山情缘"的小旅店，包下了两个房间，虽是家庭小旅店，简朴了些，可房间干净整洁，环境也好，价钱本来不高，因为包住半个多月，经过艾艾，彭鹏和女老板协商，价钱又优惠了一些。他们计划以这里为大本营，用半月时间在庐山寻找到庐山的第十七个岩洞。

略加休息后，中午方菲他们出去在一家小饭店品尝了具有庐山特色的石耳炖鸡仔，然后林白桦提议大家去逛街。

不想去的只有艾艾。一直情绪不高的艾艾饭没吃多少，但坚持喝了一瓶啤酒，现在又说累了，要回去休息了，方菲他们也就没有勉强她。

牯岭的街市以牯牛岭为界分为东西两大部分，近千幢风格各异的西式别墅依波就势而起，高低错落，点缀在万绿丛中，并与周围环境和谐地融为一体。现在方菲她们正行走在山城最繁华也是最有特色的一条街——准确说应该是半条街。街的左边，宾馆书店酒楼商场网吧等掩映在绿树浓阴之中，而右边则是一座半月状街心公园。

不过最让人感到舒爽的还是这浓荫绿树间的小气候。此时山下正是火炉一般焦灼，而山上却是千山滴翠，万木垂荫，凉风习习，云舒云卷，真不愧一个"清凉世界"的美誉，也难怪古往今来那么多文人骚客社会名流甚至外国人都会在此流连忘返乐不思归。此时正值旅游旺季，街上游客很多，方菲他们在街心公园转了转，在那坐标志性石牛前照了几张相，便又向前走去，不知不觉就来到了花径。

人间四月芳菲尽，山寺桃花始盛开。

长恨春归无觅处，不知转入此中来。

走过绿竹婆娑绿草如茵的花径，坐在幽雅娴静清澈如少女眼眸的如琴湖边，怀想着当年江州司马白居易在此观赏桃花诗性大发的情景，林白桦说，不管他以后能不能成为一个大画家，他都要画庐山，画一辈子。方菲说："你画的庐山一定是最美的庐山！"林白桦摇头："不，庐山的美是自然的神来之笔，人间的笔是永远无法描绘完美的——就像你！"

一句话让方菲眼中柔波荡漾，她正想说句什么，一旁的彭鹏已经酸溜溜叫起来："牙倒了，牙倒了，闹了半天，这一湖水里有半湖醋呢！"

这句大杀风景的话叫方菲很是扫兴，她有些生气地拉起林白桦就走，后边的彭鹏学着艾艾的样子吐吐舌头，也赶紧追了上去。

回到牯岭已是傍晚，此时云雾散尽，天上的星光与街市的灯火相映成辉，连成一片，一时间让方菲她们又一次分不清身在人间还是天上。如此好的夜景让方菲一扫刚才的不快，几个人不禁又一次朗诵起了那首著名的诗句：

远远的街灯明了，

像闪着无数明星，

天上的明星现了，

好像闪着无数的街灯……

望着这美妙绝伦的夜景，方菲忍不住给艾艾打起了电话，想叫她一起出来换换心情，可是艾艾的电话总是无人接听。

林白桦说："艾艾肯定还在郁闷呢！"

方菲说："看来这回真有点伤自尊了！"

"谁叫她牛吹得太大，好像全世界都是她的铁丝，结果叫了一天，没一个人肯跟她来，我早就知道是这个结果了……也亏她心宽皮厚脸大，搁我呀，我当场就不成功便成仁了……"

方菲叹口气，打断了彭鹏的话："我说你咋就不会说点人家爱听的呢？"

彭鹏说："我又不是她的追求者，为什么要说她爱听的?"

方菲："就算有坏话也不该背后说！"

"没有啊，我当面也是这样说她啊！再说我当你面不跟当她面一样么！"

方菲实在忍不住了，也像艾艾一样冲彭鹏叫起来："你真烦人，求你了好不好，不管当面背后，你说艾艾的坏话我都不爱听！"

彭鹏这才面色凝重起来，但他又有些疑惑不解："可是你也有时会在背后说艾艾坏话啊！"

方菲一时张口结舌，答不上来了，林白桦赶忙增援说："菲菲和艾艾关系不一样，人家是好朋友……"

彭鹏抓住了理："菲菲的好朋友，也是我的好朋友啊！"

方菲说："好了，好了，别跟着我们了，再也不想理你了！"

说着拉起林白桦就走。

4

一见方菲真生气了，彭鹏赶快追上去，信誓旦旦地保证说："以后有她坏话我一定当面说……不不，以后不管背后还是当面，我保证不再说艾艾一句坏话——半句也不说！请你相信我——菲菲、菲菲……"

"好了好了，真拿你没办法！"

路过那家"庐山恋电影院"，林白桦提议去看看那部著名的《庐山恋》——那部上演了近三十年的老片子都已经作为"世界上在同一影院连续放映时间最长的电影"载入吉尼斯世界纪录了。方菲和彭鹏欣然同意，于是三个人一齐走了进去。

这家影院每天循环场只播放《庐山恋》这一部片子，方菲他们进去时，又一场恰好刚刚开演。虽然这是三十年前的爱情句，但还是深深感动了方菲和林白桦，当然彭鹏看得也很投入，边看还边给方菲讲解——他以前看过这部电影，但和方菲一起看却是头一次。

"真不错，可惜艾艾没有来！"从影院走出来后，方菲边说边给艾艾打电话，但是电话打过去还是无人接听。

也许她早就睡着了，可是方菲放心不下，又连连拨打过去，可无论怎么打那边就是不接。

"怎么回事，她不会是想不开真的去……"彭鹏被脱口而出的这半句话吓得赶快捂住了嘴。

林白桦也变了脸色，不过他还是安慰方菲："不会的，艾艾不是那样的人！"

方菲却已不再说话，只是一遍遍拨电话。

电话先是无人接听，然后干脆关机了。

"不行，我们得赶紧去找她！"方菲说着就往外走。

可是一开门方菲就愣住了——门口站着一个人，正是艾艾。

"你到哪去了，可把我们急死了！"彭鹏抢着说。

艾艾不说话，却低着头要往屋里走。不料方菲却伸手挡住了她，非常恼火地质问道："你去哪里了？"

"怎么了？"艾艾虽然故意做出没事的样子，可口气明显发虚。

"为什么不接电话？你干嘛去了？"方菲的口气很严厉。

艾艾没料到方菲会发这么大的火，面子有些挂不住，就歪歪头不服气地说："我不是孩子，又不是学生，你又不是家长，又不是我老师不是我领导，更不是我姐姐，上哪儿还一定要跟你汇报啊？"

方菲也没想到艾艾会是这个态度，她眨巴眨巴眼，不认识似的看着艾艾。看着艾艾偏着头仰着脸满不在乎的样子，方菲没有再喊叫，反倒平静地说："那好，你不要跟着我了，你自己做你自己的事去吧！"说完扭身回来，还砰地关上了门。

林白桦和彭鹏互相看看，他们也没料到方菲会发这么大的火，更没料到两个人会一下子闹僵。

门外的艾艾似乎也没料到，到这时她已觉得自己过分了，可骑虎之势她又不好服软，便在门口外强中干地说："真是重色轻友见义忘利，走就走，省得在这碍你的眼！"说完听听里边没动静，她又说一句，"我可真走了啊——我可真走了！"说着还跺跺脚。

"不准管她，让她走，否则你们和她一起走！"

屋里传出了方菲恩断义绝的话。艾艾一听火腾地上来了，她一脚踢开房门，一步跨进屋指着方菲叫起来："你看把你能的，你以为这俩破人就能把你这灰姑娘捧成个白天鹅啊，还跟我来真的了，'爱情石'又不是你们方家专利，你能找我不能找，我……"

话没说完，方菲已站起猛扑上来。

艾艾这才知道上当，可是想跑已经来不及，只好奋不顾身地跟方菲扭在一起互相胳肢起来。本来是打个平手不相上下，可林白桦和彭鹏的加入立刻扭转了战局，艾艾被两个男人按在床上，任由方菲任意胳肢。

艾艾痒的比挨打还难受，边痛苦笑着边高呼要死了，要死了。

老板娘的出现拯救了艾艾——夜这么深还这么吵，有的住客已经有意见了。不好意思地道着歉送走老板娘后，几个人不敢再乱闹，方菲审问艾艾到底去哪里了，为什么不接电话。艾艾这才告诉大家，她只是去网吧，上网了，之所以不接电话，就是想看大家着不着急，想考验一下大家到底还在不在乎自己……

第二天一早吃过饭后，大家回到房间收拾一下正准备出发，忽然有人意外地找上门来，问哪个是艾艾。艾艾一见来的是位挺精神的年轻男子，立时兴奋起来，问他是不是一起寻找爱情石的。原来昨晚艾艾在网上发了贴子，广征旅伴跟她一起寻找爱情石，本来是释放一下郁闷没抱什么希望，没想到还真有人前来应征了。

那男子自我介绍叫石岩，说是住在牯岭的游客，昨晚看到艾艾的帖子，就改变了今早下山的决定，赶来加入他们寻找爱情石的队伍！

"太好了，太好了！"艾艾马上觉得找回了面子，她高兴得一把拉住石岩的手，兴高采烈地欢叫："热烈欢迎，批准你的请求！"

石岩也很高兴，他放开艾艾的手，冲门外叫一声："美美快进来吧，我们被接受了！"

应声进屋的是一个婀娜妩媚的女子，显得比方菲成熟许多，石岩介绍说这是他的女朋友美美，艾艾一听又是失望，又是尴尬，刚才的热情立时烟消云散。

方菲及时上前同石岩美美打招呼，告诉他们寻找"爱情石"结果不能确定，希望很小还可能遇到危险，石岩和美美表示他们都已经做好了心理准备，不管结果如何都要参加这次行动，万一遇到什么意外都会后果自负。方菲把林白桦和彭鹏介绍给石岩和美美，大家都很高兴又添了新同伴。

准备走了，方菲叫大家先到外面等一下，包括林白桦，她只留下了彭鹏，说要单独和彭鹏说几句话。

十五分钟之后两人才出来，两人的表情都有些奇怪。林白桦自然注意到了，但他并没有说什么，还是艾艾忍不住，拉住方菲悄声问她跟彭鹏说了什么。方菲咬着艾艾的耳朵神神秘秘只说了两个字："保密。"

5

庐山是千古名山，从古至今慕名的游客数不胜数，如果第十七个岩洞很容易找到，那肯定早在千百年前就被发现了，这一点方菲他们自然早已想到了，所以他们虽然也是从附近开始寻找，但他们所走的肯定是不同于普通游客的一条路线。

今天他们最先到达的是五老峰，他们猜测并希望爱情洞可能就藏在这五座雄奇的山峰之中。

爱情洞是方菲他们给传说和寻找中的第十七个岩洞的命名，因为那个洞里藏有"爱情石"。

五老峰，上顶苍穹，下出鄱阳，巨如天柱，坚如铁杵，穿云拱月，出类拔萃，煞是壮观奇丽，当年李白曾有诗云：庐山东南五老峰，青天削出金芙蓉。九江秀色可揽结，吾将此地巢云松。

五老峰名不虚传，远远望去，还真像五个历尽苍桑的老人坐在地上聊天观景，聆听领会着三叠泉的天籁之音。不过此时除了林白桦依然陶醉外，其他五个人都是观山之意不在景了。

五老峰东南面峰高千仞，陡峭险峻无法攀登，方菲他们只能随着游人从地势较缓的西北坡向山顶攀登。

登上五老峰后，只见危岩耸立，绝壁无倚，山势起伏犹如大海狂涛。极目远眺，城廓川原犹如盘中玉雕，鄱阳湖更如一块璀璨的蓝宝石镶嵌在翡翠般的青山之中。

游人们都被这壮观绮丽的景色所感染，不时发出声声赞叹，纷纷拍照留影。方菲他们却只在美景间寻觅着一个无法确定的山洞，游人们不敢到达或不愿到达的险要之处，方菲他们都要最大限度地搜寻到。

但是还没等全部搜索到，方菲他们就已被飘忽而来的大雾包围了。

不要说刚才很清晰的山峰湖面此时早已雾深不知处，连同伴的人影一时全都找不到了，方菲身边只剩下了彭鹏和艾艾。

"他们呢？"

"刚才好像还在啊！"

方菲很担心，这样的大雾很容易出意外，她赶紧和彭鹏呼叫起来。还是艾艾提醒一句："乱喊什么，不是有电话么！"一句话提醒了方菲彭鹏，他们赶忙打电话联系失散的三个同伴。幸好通信信号不受云雾干扰，电话很快打通了，方菲告诉林白桦和石岩美美他们不要乱动，以防出现意外，等大雾散后再行动。

"我们要等到什么时候啊？"艾艾不耐烦地刚说完这句话，随跟着又是一声欢呼，"啊，雾散了！"

庐山的云雾就是这么随心所欲难以琢磨，就像女孩的心事。

"咳，要是这雾永远不散该多好！"彭鹏很是遗憾——如果大雾永远不散，他就可以永远和方菲这样呆在一起了。

云雾又像来时一样很快就散去了，方菲他们通过电话很快和另外三人汇合了，原来他们相距并不远，石岩和美美是为了多拍两张照片，而林白桦则还是因为贪看景色。

"你可把菲菲丢开过一次了啊！"彭鹏警告林白桦。

五老峰上没有任何发现，方菲他们顺着旅游路线又走到三叠泉，他们希望在瀑布之后也能找到一个水帘洞。一注流泉，两注飞瀑，折而复聚成三叠，这便形成了著名的庐山三叠泉。三叠泉上阶如飘雪拖练，中阶如碎玉摧冰，下阶如玉龙走潭，站在第三叠抬头仰望，三叠泉抛珠溅玉，宛如白鹭千只，上下争飞；又如百副冰绡，抖腾长空，万斛明珠，九天飞洒。景色虽然撼人魂魄，但是方菲他们却很失望，因为这里没有他们要找的爱情洞。

当然这只是开始的第一天。

傍晚，当方菲他们回到小旅店时，又有两对情侣加入了进来，于是第二天寻找爱情石的队伍已经壮大到了十人。

方菲他们一行十人利用五天时间，把庐山的主要景点仔细搜索了一遍，结果并没有奇迹出现。虽然大家都有些失望，却也没出意料之外，方菲他们决定接下去向主景区之外搜寻——在主景区外找到一个新岩洞的希望才会更大些。

　　不过在第六天上，寻找爱情石的队伍又恢复到了六个人——新加入的两对情侣，也许真的是没有时间，也许他们只是图个热闹，也许他们根本就不相信"爱情石"的存在，所以他们又提前退出了。

　　方菲他们丝毫没受影响，他们继续寻找心中的"爱情石"。

　　远离了主景区少了游人，环境清静了许多，庐山之美也更加自然随意。不过山路也变得崎岖难行了许多，加上一会儿，云一会儿雾的，搜寻速度并不快，而能量消耗却很大。

　　中午野餐之后，艾艾脱下鞋子看着脚上的泡，眼泪汪汪不想再走了。彭鹏不放过表现自己的机会，说就是脚磨没了，爬他也会跟着菲菲爬到最后。

　　"马屁精你真恶心死我！"艾艾恨不得把彭鹏咬上几口。

　　方菲笑着说："他是他，你是你，你要真不想走了就在这歇着吧，我们先去找爱情洞，然后再回来找你——不过万一我们今天能找到爱情洞，可能就顾不得回来找你了，你要做好独自回去或者在山上宿营的准备哦！"

　　艾艾依然赖在地上不动，可一见方菲说到做到真的丢下自己走了，她又赶紧起身恼火又无奈地叫喊着追了上去。

　　这一天大家傍晚才一无所获疲惫不堪地回到了旅店。几个人虽然不是少爷、小姐，可也没有吃过这么多苦，一个个脚上全都打了泡，腰腿胳膊连同全身的肉都是疼的，手脸还都刮擦出了血痕，方菲和彭鹏还磕破了腿。别人倒还没有什么抱怨，只有艾艾抱着脚丫直叫冤，："别人都是成双成对蝴蝶双双飞，我连爱情都没有，孤家寡人找到了爱情石又有什么用？你说我这不是明明白白冒傻气吗？"

　　"唉，别说了，说得心里怪不好受的，我都有些同情你和自己了……"艾艾的话感染了同病相怜人，彭鹏也有些伤感起来，不过他很快就调整好心情自我安慰道，"不管怎么样，能随自己爱的人一起寻找爱情石，这本身就算是一种快乐和幸福啊！"

艾艾撇嘴："你真伟大真高尚，你是天底下最真情最性感的男人，我都感动了！"说着假装抹眼睛。

"咱们这样找不是办法，咱们还是再仔细研究一下那张图吧！"提议的是石岩。

虽然老婆婆给的那张图方菲林白桦他们研究过多次，并没有找到什么蛛丝马迹，但现在既然石岩提议，她又不好不叫石岩和美美也看看那张图，当然她也希望能有意外发现。于是方菲叫彭鹏关好门，这才掏出了那半张图。

那张图他们已研究了多次，但毫无头绪，今天看起来也是一样，除了几座山峰标记之外，并没有看出山洞的位置。

"要是有另一半就好了！"美美接过图，边看边自言自语。

艾艾说："这还用你说啊，可是那半张图在哪啊？"

几个人看了半晌，依然毫无头绪。正在这时，艾艾突然说好像听到门口有人，石岩赶忙跑上两步猛然拉开了门，可是门外并没有一个人影。

此时方菲已经把图重新描好说："不管怎么样，明天还是要按计划继续寻找爱情洞！"

林白桦说："对，这是毫无疑问的，只是我们应改变一下方法，不能这样大忽悠，我觉得分头寻找，可以加快进度！"

"怎么个分头法？"艾艾问。

"一路向东一路向西，一路向南另一路向北，你和菲菲坐镇牯峰镇指挥全局。林相公现在要升任林政委了吧？"彭鹏阴阳怪气地说。

方菲瞪了彭鹏一眼，彭鹏赶忙伸伸舌头闭了嘴。

林白桦倒是没跟彭鹏计较，只是顺着自己的思路继续说："不，那样太分散了，有了状况也不好照应，我的意思是咱们都在一起寻找，但在同一个地点可以分别从不同点开始，汇合后再开始向新的目的地进发！"

方菲点头："嗯，这个方法不错，我看咱们就分成两个组怎么样？"

艾艾问怎么个分法，方菲说："三个人一组，咱俩和白桦一组，美美石岩和彭鹏一组……"

她的话没说完，彭鹏首先反对："不行不行，别的我都服从你，只有这件不能依你——我是一路追随你出来的，怎么能半路出家叛变投敌去跟着别人，那不是不忠不义了么？万一你遇到危险……"

"乌鸦嘴说什么呢！"艾艾及时打断彭鹏的话头，然后又冲方菲说，"我也不同意跟着林白桦你们这一组！"

方菲没想到自己的决定会同时遭到艾艾和彭鹏两个人的齐声反对，她说那就换一换，让彭鹏过来，艾艾去胡岩他们一组，可是艾艾依然连连摇头：

"你们是两对，在一起情哥儿蜜姐儿的，我和彭鹏都是形单影只，无论我和彭鹏跟着谁都是灯泡都是第三者都是不受欢迎的多余人……"

艾艾的话让彭鹏也自卑地低下了头。

石岩说："要不这样吧，你们四个一组，我和美美两人一组，这样也可以的！"

艾艾摇头："那多不公平，我要跟彭鹏一组，咱们六个人分三组，大家都方便！"

这倒也是个办法，可是彭鹏又不同意，他坚持要跟着方菲一个组，他甚至强烈建议林白桦去和艾艾一个组。看看一时相持不下，石岩便提议说："今天大家都很疲乏，天也晚了，大家先休息，明天上山时再说到底怎么分组也可以的！"

大家点头同意。几个人真的都累了，洗漱之后很快睡下了。

可是谁也没料到，第二天早晨就出了意外。

6

方菲醒来时一看表已经九点多了。开始她不相信，以为自己看错了，自从寻找"爱情石"以来，她从未起得这么晚过。可是揉揉眼睛仔细看看，手机确实显示着九点十三分。再看看室外，方菲知道没有看错。她急忙起来连叫带拖弄醒了艾艾，艾艾哈欠连天睁开惺忪睡眼，却又是叫还没睡醒又是直喊头疼。经她这么一说，方菲觉出自己也是头昏脑涨的。

也许是这几天累的，也许是睡多了的缘故吧，她们并没当回事。可是穿衣服时方菲突然惊叫起来——压在枕下的那半张图不见了！

"看——门！"艾艾也惊叫一声。

方菲扭头一看又吃一惊——昨晚关好锁好的房门此时却是虚掩着的。

林白桦和彭鹏很快闻声跑了过来。两个人早已起来，听这屋里没动静，以为方菲她们累坏了还没起来呢，所以才没有惊动她们，现在从情形看，很可能是窃贼给方菲她们下了迷香，她们才会睡得这么死。

检查之后可以肯定，窃贼是专为那半张图而来，因为除了图并没有发现有别的东西丢失。

"啊……"可是艾艾突然又是一声惊呼。

"还有什么东西丢了？"大家赶忙问。

艾艾更颜变色缩着脖子捂着胸说："好可怕啊……我想小偷会不会趁我们熟睡时来……来非礼我们啊？会不会我们已经……"这么说着她恐怖地捂住脸要哭。

彭鹏撇嘴："就你那样的，人家能非礼你？恐怕人家都担心被你非礼呢……"说到这里他忽然倒吸一口凉气，望着方菲惊恐地怯声问，"菲菲，你，你没什么……没有什么吧……"

"什么有什么没有什么的，你要说什么啊？"方菲很是不耐烦。

"你、你有没有什么……不良感觉？"彭鹏终于艰难恐惧地问出了这句，然后如临大敌紧张万分地望着方菲。

"不良感觉？"方菲重复一句，很快明白了彭鹏的意思，她羞恼呵斥一句，"胡说什么呀，图丢了你还有心情胡思乱想！"

彭鹏却大大松了口气，笑逐颜开地说："没事就好，没事真好，吓死我了……啊……"他的话还没说完，就已被艾艾狠狠踢了一脚。

"别闹了，咱们商量一下怎么办吧！"林白桦制止了彭鹏艾艾。

"没别的选择，不管有图没图，我都一样要找到"爱情石"，你们可以重新选择！"沮丧并没有丝毫动摇方菲寻找爱情石的决心。

林白桦点头："当然，我们寻找爱情石，和有图没有图没有直接关系。"

彭鹏说："没说的，我是海枯石烂不变心，天崩地裂不动摇！"

艾艾说："可我已经累坏了，我一步也不想再走了，只想好好在床上躺上三天，再说我的头还疼得厉害……"

"那你就在家休息，等我们吧！"方菲说着已站起来并向大家提议，"为了节省时间，我建议我们今晚就住在山上，我们要多带件衣服，多带点食物和水！"说着她开始整理东西。

她把刚刚放下的书又装进包里，然后提上包说："我们走吧，去吃饭——艾艾，好好等我们，要不要吻别一个？"

"你简直就是个女魔头，我这辈子最大的失误就是认识了你——我真的很后悔！"艾艾无可奈何地撅嘴嘟囔着也跟了出来，可是刚出去她就忽然又叫了一声。

"你干什么，总是一惊一诈的？跟你再伴侣几天，我非吓出心脏病不可！"

艾艾并没有理会彭鹏的多嘴，却一脸严肃地指指隔壁说："他们怎么还没有起来？"

路线图的丢失让大家都有些心乱，忘记了他们还有两个同伴。

可是石岩和美美到现在一点动静都没有，这让大家都产生了一种不祥之感，一时间竟然没有人敢去先敲门。

还是林白桦先上去，轻轻推了推，门就开了，林白桦回头看看大家，方才向屋里看去。

屋里没有什么异样，只是石岩和美美不见了！

大家进了屋，屋里并不凌乱，也没有搏斗过的痕迹，更没有血迹。

"我知道了，图是石岩，美美偷走的！"艾艾又叫了起来。

彭鹏点头，："看起来象是，否则他们怎么会偷偷离开呢……可是他们偷那张图做什么？如果要找爱情石，完全可以一起去找啊？"

艾艾说："我分析，他们是不想让我们找到'爱情石'！"

"不想让我们找到？可这又是为什么呢？"

方菲说："不管是不是他们偷走了图，也不管他们出于什么目的，现在也没有追究的必要了，咱们还是准备出发吧！"

正在这时，老板娘闻声而来，她告诉方菲他们石岩和美美天不亮就走了，说是去看日出了。老板娘的话证明了大家的判断。

发生的这件事虽然没有阻止方菲他们寻找爱情石的脚步，但却很影响大家的情绪，石岩和美美的行为，就像给庐山无瑕景色污染了斑点，所以一路上大家都很少说话，连林白桦都没心情看山景了。

今天的天气也格外阴沉，浓云重雾几乎把庐山淹没了。昨晚虽然没有收看电视台天气预报，可看这天色，肯定会有大雨的。意识到这一点时，几个人已经在半山上了，因为天气原因，几个人还是决定不再分头搜寻，而是一起上山。

雨是下午下起来的，而且下得很大。方菲他们在躲到了山崖的一处凹进去地方避雨。雨下起来没完没了，大雨冲走了林白桦心中的郁闷，他又恢复了好情绪。但是艾艾实在没耐性等下去，就破天荒要看看那本书。

方菲指指包，叫她自己拿，然后看着林白桦柔声问："白桦，你在想什么？"

"我在感受庐山的美——雨中的庐山，是另外一种美——一种洗涮灵魂陶冶性情之美！"

方菲点头，因为林白桦的这句话，方菲一直低落的情绪，此时也高涨起来，她靠在林白桦肩上，静下心来慢慢品味感受着雨中的庐山。

彭鹏在一边，望着靠在林白桦肩上的方菲半闭着眼，脸上也渐渐现出了陶醉和幸福之意——此时在他的想象中，林白桦已成为他自己的化身。

因为实在无聊，艾艾似乎第一次这么认真的看书。但因为是繁体字，艾艾很多都不认识，她又懒得去问别人，所以对书中意思读得懵懵懂懂。读了半天连蒙带猜也就只读出个大概意思。她正想把书放回去，一抬头，艾艾立时被眼前的瑰丽景色惊呆了。

前边两座山峰中间出现了一道彩虹，彷佛童话中的七彩天桥，那么清晰美丽，好像走过去就能踩着虹桥走到天堂去。

艾艾一下子被这奇丽的景色震撼了，她情不自禁地手舞足蹈起来，竟然忘记了下边就是深深的山谷，山谷中还有滔滔山泉奔淌。

突然，艾艾一个重心不稳，猛然就向山崖下滑去。

"啊……"艾艾的惊叫未停，方菲，林白桦，彭鹏三个人已一齐紧急向她伸出了手。

三只手只抓住了艾艾一只胳膊，那一刻三个人差一点全被艾艾拖下去，但是三个没有一个人放开过手。

"救我我不想死，不想啊！我还太年轻了……"艾艾带着哭腔般叫着。

"艾艾坚持住——快呀，拉上来！"

在三个人的努力下，艾艾终于被拉上来，但那本书却掉下深深的山谷，随着山泉飘走了。

7

今天就是七夕了，现在不但还没有找到那个爱情洞，反而连那半张图都丢失了。

唯一值得庆幸的是人没有出事。

艾艾强烈要求放弃这次寻找爱情石行动，因为到现在为止还没有一点头绪，寻找爱情石行动失败已成定局——现在她无比怀疑那个洞是否真的存在着。

依然坚定不移的还是方菲，而林白桦和彭鹏则是她坚定不移的支持者。

"只要还有一线希望，只要七夕之夜还没有过去，我就一定不会放弃——哪怕只剩下我一个人！"方菲的语气平静而坚定。

"今年找不到，还有明年！"方菲又追加一句。

"那块石头对你来说就那么重要么？别忘了它很可能真的只是一个传说而已呀！"艾艾很不满也很不解。

"就是传说，我也希望自己能把它变成现实！"

"如果世上真的存在一块"爱情石"，我会陪你一起寻找，永不放弃，如果世上从没有过一块"爱情石"，那么就用我们的爱去炼就一块爱情石！"林白桦说着揽住了方菲。

彭鹏后悔得直拍脑门——这么好的话，自己咋一句也整不出来呢！他不愿再看让他心酸又眼红的这一幕，赶忙转过了头去。

"艾艾，彭鹏，如果你们不想继续寻找，现在就可以下山了——这次我说的是真心话，我不愿意你们做不愿意做的事！"

彭鹏不说话只是摇摇头。

艾艾嘟囔说："那样倒还好了，你不走我怎么能走，这里谁有咱俩铁！"

彭鹏也抢着表白："我说过，只要你一天没结婚，我就一天不会放弃爱你的权力，不会离开你身边！"

方菲说："我寻找爱情石是为了自己，为了我和白桦，我不希望你们只是为了我！"

艾艾说："我也是为了自己啊，我不想只让你们拥有"爱情石"，那会让我嫉妒死的！"

彭鹏说："我更是为了自己——我是为了把握最后的机会，说不定在寻找爱情石的过程中，你会对我转变观念移情别恋呢！"

林白桦说："好了，既然都没有改变初衷，咱们就抓紧时间继续寻找吧!"

"那个洞到底在哪里呢?为什么就从没被人发现过呢?它会不会是藏在哪里故意躲着我们呢?"

艾艾边走边胡乱说着,方菲听得却是心中一动,她的脚步越来越慢,最后竟然站住了脚。

"菲菲怎么了?"彭鹏关切地问。

"你们说,那个洞……那个洞会不会藏在另一个洞中呢……"方菲的突发奇想叫艾艾很不解。

"洞藏在另一个洞中……"

彭鹏也是挠着头,不明不白的样子。

林白桦想想,明白了方菲的意思,他连连点头,很是兴奋地说:"有可能,完全有可能——这个思路可能是正确的!"

"什么啊,就有可能?你们说黑话哪?是不是想独吞爱情石故意不想让我们知道啊?"艾艾很是不满地抗议道。

林白桦笑着解释:"菲菲的意思是说,第十七个岩洞有可能就藏在那十六个已知的岩洞之中!"

"啊,对啊,我怎么没想到呢!"彭鹏连连拍着脑门儿。

方菲说:"我也是受了艾艾刚才那句话的启发!"

"这么说咱们几个最聪明的还是我了!"艾艾高兴地说完这句话,想想却又摇头,"不会吧,如果真是那样不是早就被人发现了么?"

方菲说:"你忘了老阿婆的话——那个洞平时的洞门是关着的,也是看不见的,只有在每年的七月初七这天夜里,一对真心相爱的人齐心合力才能打开洞门……"

"是这样?我怎么不记得了?"艾艾不信。

"老阿婆这样说,书上也这样写的!"

"书呢,给我……"艾艾说了半句,便赶忙又把后半句咽了回去,同时缩回了手,因为她还没有忘记那本书正是在她手里丢下山崖被山泉卷走的。

彭鹏问："那我们该从哪个洞开始找呢？只有不到一天的时间，我们分头找怕是也找不完十六个洞啊！"

林白桦说："我看就从最近的开始吧！"

大家点头，也只好如此了。可是他们刚刚找完了一个岩洞天就快要黑了，留给他们的只有一夜的时间了。

"明知道没有希望，还要这么认真，这叫执着啊，还是叫冒傻气？"向下一个岩洞赶去的路上，艾艾又忍不住嘟囔起来。

"明知道有一天要死，我们为什么还要活着？"

回答艾艾埋怨的是彭鹏，他为能说出这样一句话而得意了老半天。方菲和林白桦只顾赶路，都没有说话。

暮色真的降临到了庐山上。暮色越来越重，而他们的希望则是越来越渺茫了。

但是就在这个时候，似乎有呼唤声远远传来。

"好像谁在叫我们？"第一个开口的是彭鹏，他的话证明了大家都没有听错。

方菲终于停住了脚，侧耳细听。

"方菲、林白桦、艾艾、彭鹏你们在哪儿啊……"

"你们在哪啊，你们在哪，回答我们，图我们找到了，我们找到了图啊……"

啊，是石岩胡美美他们。他们的呼唤来自对面的山峰。怎么会是他们呢？带着这个疑问，大家纷纷回应起来：

"我们在这儿，我们在这儿啊！"

大家边回应边向石岩他们呼唤的方向靠拢。

"我们在这儿啊，快过来呀！"

两边一边呼唤，一边向一起靠拢。

六个人终于在幽暗深谷中汇合了。

但是在相聚只有几步远的地方，双方却不禁都停住了脚步，气氛一时有些异样起来。

"你们还有脸回来啊？为什么要偷走我们的路线图？"

还是艾艾忍不住先开了口，她的话和她的手电光一样直截了当得叫石岩他们无法逃避。奇怪的是两个人并没有太多尴尬，美美还笑了起来，"艾艾，我知道大家一定是误会我们了，可是当时情况紧急，我们来不及解释！"

"当时来不及解释？"彭鹏阴阳怪气，"那么现在，解释给我们听吧！"

8

石岩和美美互相看看，美美说："你来说吧。"

"好的！那天夜里我们看了图后都很兴奋，好久好久睡不着，老在冥思苦想那那张图到底给了我们什么暗示……后来我们就听到了走廊上有动静，你们知道咱们的小旅店隔音不是很好。开始我们还以为是有人去卫生间，但很快就觉得不对——那脚步声非常轻，像有人在偷偷摸摸干什么坏事，而且好像到了隔壁菲菲他们房间门口，那个人就停住了，我们马上想到了那张图……"

"啊，真是这样啊……"艾艾忍不住叫了一声。

"怎么了？"美美紧张地问。

"没什么没什么，你快说你的，我就是想起那晚很后怕……"

美美接着说："我们赶忙穿衣起来，悄悄来到门口细听，又好像什么也听不到了……当时我以为可能是有人去卫生间了，可石岩不放心，他开门出去去了卫生间，男厕所里并没有人，可是在他走出来的时候却发现了异常……石岩你说吧，当时的情景我没有看到。"

石岩点头继续讲述："就在我从卫生间出来时，突然发现有个人影从菲菲和艾艾的房间出来了。因为灯光昏暗，开始我还以为是你们要上卫生间，没想到那人影出来就向外跑去，我赶忙跑过去，你们的门是虚掩的，轻轻一推就开了，我叫了你们两声，你们却没有回答，我知道不好，赶忙追了出去……"

美美又接着说："我听到石岩的呼叫赶紧跑出来，见石岩已经追下楼去，我也跟着跑了下去！"

石岩："追出楼去，果然见前边有个黑影，我顾不得别的，只想一定要抓住他抢回那张图……他跑啊，跑，我追啊追，后边美美叫我，我只能答应都顾不得停下来等她……"

美美点头："是啊，从夜里追到天亮，我们都不知道怎么会有那么强的耐力，不过可把我们累坏了，那个窃贼离我们只不过十几步远，可我们总也追不上他……"

石岩："我当时只有一个信念，就是一定要抓到他，抢回那半张图！后来与他的距离越来越近，从十几步缩短到七八步的时候，那家伙终于坚持不住了，他回头断断续续说，哥们儿求求你别再追了，要啥我给你们……"

美美："石岩说，我们啥也不要，只想要回那半张图！"

石岩："窃贼说要啥都能给，就是不能给你们那张图！说完他又跑，我们就继续追，最后他绊了一跤，总算被我们追到了，我扑上去和他搏斗，如果不是美美，我还不一定是他的对手，然后我们就制服了他，从他身上搜出了图……"

"啊，图找回了？你们太牛了！"艾艾喜出望外叫起来，可马上又叹了口气，"找到有什么用，那张图上什么也看不出来，今夜一过，研究出来怕是也要等到明年才能找到"爱情石"了……"

"不，我们拿回的不是半张图，而是两个半张图！"

"两个半张图？"

"对，两个半张！"

方菲眼睛一亮："你是说另半张图也被你们找到了？"

"对，就是在那个窃贼身上搜出来的，也怪不得他要偷咱们这半张——你们看！"石岩说着从怀里掏出了两半张图。

大家忽地围上，就着手电光一看，果然那是两半张路线图，一半是他们这半只有山没有洞的，而另一半则只有洞没有山，两半合在一起，大家终于很快看出来了端倪。

"从方位看起来这个洞应该是仙人洞！"林白桦说得比较肯定。

经他这么一说，大家都纷纷点头。

"是的，我们也这么看！所以我们没有喘息就赶来找你们了——打你们的电话都不通！"

"这两天累得都忘了换电池了！"

"好了，咱们赶紧走吧！"方菲催促着带头向仙人洞赶去。

事不宜迟，大家顾不上再多说什么，只是一起跟着方菲向左转，火速赶往仙人洞。

远远地看到了佛手岩的轮廓，然后仙人洞便呈现在了方菲他们面前。

他们都曾来过仙人洞，有人来不过止一次，但夜里来应该还是第一次，而且今夜的心情不一样。进了月亮门，经过"蟾蜍石"，仙人洞便大张着洞口迎接这几个特殊来宾了。

此时的仙人洞很显神秘。稍稍喘息镇定片刻，几个人便借着手电光走进洞去。

洞中央迎接他们的是"纯阳殿"内置吕洞宾石像，洞底处的"一滴泉"滴落的声音清晰可辨。

大家绕着石洞走了一遭，一时不知道怎么下手去找传说中的那一扇或两扇门。

"菲菲快想想，书上怎么说的？"

方菲说："说得要真心相爱的两个人手拉着手，再同时用另外两只手一起去推就可打开石门……只是不知石门在哪里，一点标记也看不出……"

艾艾说："要看得出早轮不到我们找了——你和林白桦手拉手，可处推去吧，什么时候推开什么时候算呗！"

方菲林白桦互相看看，觉得有理，真的就按着艾艾说的，一只手拉着对方的手，另一只一起按到洞壁上，一点一点推了起来。

"你们也别闲着啊，一起推啊！"艾艾一句话，这才点醒了石岩和美美，他们两个互相看看，有些勉强地也学着方菲，林白桦的样子推了起来。

彭鹏正想跟在方菲和林白桦身后转过去，艾艾过来推他一把说："咱俩也别浪费了，跟我凑一对儿吧，怎么样？"

彭鹏打量 下艾艾，笑道："我跟你？那不是白费力气么？我对你连一点感觉都没有啊！再说咱们也搭配不起来啊，差着好几十档呢……"

艾艾撇嘴说："你当我跟你有感觉啊？要有也是恶心的感觉！我是觉得阴天打孩子，闲着也是闲着啊！兴许瞎猫偏能碰上死耗子！"说着话她已经强迫性地拉住了彭鹏的手。

彭鹏倒也没有挣脱，而是学着方菲他们的样子在洞壁上乱推起来。

方菲他们在洞里认真推了一圈毫无所获。再推一圈，还是找不到。

"怎么会呢？难道你们不是真心相爱的人？"美美审视着方菲林白桦，很是不解更很失望地问道。

方菲和林白桦互相望望那个门更加不解。

"难道这世界上真的没有真爱？"石岩更失望。

这时艾艾四下看看，又仰头看看，突然说了声："仙人洞这么高，那个门会不会在躲在高处啊？"

一句话提醒了大家，大家都觉得有必要一试。林白桦和方菲让石岩美美上去，两人都毫无信心地摇头，坚持叫方菲他们先试。

"哎呀别谦虚了，菲菲你们来，踩着我们的肩膀走向成功吧！"艾艾说着还跑到吕洞宾的神像前，比较认真地合掌默念祷告了几句。

于是林白桦踩着石岩的肩，方菲踩着彭鹏的肩，两人手拉手在上边推了起来。这次没用多久，只听轰然一声，洞底裂开了一条缝隙，然后从洞底到洞顶便如同两扇门般向两边慢慢打开了一道约有一丈宽的门。

望着眼前神奇出现的洞口，大家忍不住一阵欢呼。

"想不到真会有这样一个洞——我们不是在做梦吧?!"彭鹏连连摇头,一副不敢相信的样子。

艾艾也有些不敢相信,还伸手到洞门出探验一下,嘴里却说:"我早知道一定能找到——庐山本来就是有仙气灵气神秘又浪漫的地方啊,要不吕洞宾怎么在这里修炼成神仙呢!"

"快,我们马上进洞,天亮前洞口就会关闭,书上说如果我们不能及时出来,那最少要被关在洞里一年才有机会出来呢!"方菲说着要进洞,林白桦却一把拉住她,自己抢先进了洞。

待六个人全都进去后,黑暗中不知何处冒出的一个鬼一般的黑影也跟了进去。

9

方菲他们以为进到岩洞之后就可以很快找到爱情石,可是没想到进洞之后,大家却大失所望——这个岩洞平平常常,毫无出奇之处,而且连一块活动的石头都找不到。

"爱情石在哪儿啊?"艾艾首先忍不住了。

"在哪你不会找啊?你以为这是超市啊,想什么拿什么?那么容易找到,就不是爱情石了——是这个道理吧菲菲!"彭鹏一边随着方菲林白桦寻找,一边忙里偷闲教育艾艾。

"你太有才了,努努力,我想三千年之后你可能成为一个哲学家!"艾艾回敬一句,然后也专注地寻找起来。

石岩和美美似乎比别人更失望,石岩掏出一个小锤,有些急不可待地四处乱敲乱打。

大家找了一阵,确定洞内真的没有一块活动的石头。

怎么回事?是石头已被别人拿光了,还是根本就没有那样的石头?

可是这个山洞却又是真实存在着啊!

大家不解而又有些泄气地坐下来,冥思苦想。彭鹏突然笑了起来。

"你笑什么?"艾艾没好气地问。

彭鹏赶忙止住笑,可又止不住,他只好捂住嘴,拼命忍着笑说:"谁,谁笑了?……呜……呜……"说着又忍不住笑起来,像哭一样。

"哼,我知道你的鬼心思,找到了"爱情石",你追菲菲就更是三十几晚上看月亮没有指望,所以你就幸灾乐祸!"

艾艾的话立竿见影,让彭鹏立时止了笑,同时惊讶地脱口问句"你怎猜到的?"

"怎么样,不打自招了吧?"

彭鹏懊悔地失手打了自己的小嘴巴:"这破嘴!"

林白桦沉思着说:"我觉得既然找到了这个洞,就应该能找到爱情石,咱们好好想想,是不是什么地方出了问题!"

彭鹏说:"这个洞摆在这里呢,找不到就是找不到了,现在我们可以出去了——我们也不算一无所获,起码证明了这个洞中洞的存在啊!"

"洞中洞?"一句话提醒了艾艾,"啊,会不会这个洞中洞里还有个洞中洞啊?"

艾艾的话又叫方菲立时想了起来:"对对对,我怎么给忘了,那本书上有首诗,我没大看明白,也没细琢磨,可现在想来,似乎就是说洞中有洞洞中洞又有洞的意思啊!"

方菲的话叫大家重新精神焕发,他们仔细在洞壁上寻找发现有可疑的地方,方菲和林白桦就会和打开第一道石门一样手拉手上去推一推。

山穷水尽疑无路,柳暗花明又一村!终于,当两个人把两只手一起放到洞壁上一块突起的石头上时,本来浑然一体的洞壁又一次慢慢裂开了一道缝隙,然后大家面前出现了一个半圆形洞口,并且有七彩之光从洞口泻出,让这个阴黑的岩洞内也明亮起来。

林白桦仍然是第一个走进了那个洞口,然后回身又把方菲拉了进去。

待到六个人都走进那个闪光的洞口之后,那个鬼一般的黑影又跟了进去——他还蒙着面。

方菲他们进到那个岩洞之后，立时被洞内奇异的景象迷住了。这是一个巨大的溶洞，洞内闪烁着梦幻般的奇光异彩，各种石峰石山酷似洞外的庐山，还有彩色的云雾在山峰中环绕着，甚至还能看到山泉在流，听到瀑布响。

"啊，真想不到庐山之下还有个小庐山啊，太神奇了，太美了，太美了！"林白桦又情不自禁地赞叹起来。

一时间大家也全被这梦幻般的壮美而迷离的景色迷醉了，甚至忘记了寻找爱情石，只顾目不暇接地观赏起来。而在六个人之中，最痴迷的莫过于方菲和林白桦了，两个人拉着手，在这个美轮美奂的地下小庐山尽情漫游起来。

一阵美妙的音乐传来，只见空中几位美丽仙女从彩云中飘出，翩翩起舞，舞姿舒展灵动，如诗如梦，妙不可言。其中有一位仙女一袭如莲白裙，脸上蒙着一层如云轻纱，方菲隐隐约约觉得她有些眼熟，她情不自禁地向那位白裙仙女走去，想看清她到底是谁。可是那位白裙仙女像故意躲着方菲似的，总在云雾中时隐时现，在其他仙女身后若即若离，而越是这样，方菲就越想看清她的真实面目。

就这样寻寻觅觅间，那些仙女们不知不觉全又隐进云雾中不见了，方菲回头，身边不知何时也不见了林白桦。

"白桦？白桦？你在哪啊？"方菲呼唤起来。可是叫了半晌，却没有任何回应。方菲又叫艾艾，彭鹏，石岩，美美，可所有的伙伴全都找不到了。方菲有些慌，想要寻着来路回去找到伙伴们，可是她根本不知自己是从哪个方向过来的了。

方菲迷路了。

方菲害怕了，这时候多彩的景色也变得黯淡下来，迷离得有些迷茫起来，甚至有些诡异起来。方菲一个人在弥漫的云雾中不辨东西地寻找着，恐怖、担心、不安让她透不过气来。

这时候，她却无比思念林白桦。

终于，一条比较平坦的小径出现在方菲迷乱的脚下。

方菲别无选择地顺着小径走了一段，眼前迷雾消散，豁然开朗，方菲定睛细看，原来不知道什么时候她已走出了岩洞，正站在大天池旁边。天上半轮上弦月，池中上弦月半轮，天上水中的月亮都在云雾中时隐时现，飘渺不定。方菲的心绪也有些不知所措无所依托。

"爱情石"还没有找到。再说林白桦他们却还在洞里呢。一阵风吹过来，让方菲遽然一醒。方菲虽然不想再回到洞里去，可她又不能不回去。

深深地呼吸几口新鲜空气，方菲毅然回头，向云雾浓重处走回去。

又看到了那个洞口，只是从洞口望进去，洞里边很黑很黑，方菲虽然有几分打憷，却还是没有停留一步就走了进去。

洞里确实太黑太黑了，还很冷很冷，黑得仿佛这是地底最深处，冷得仿佛所有的季节和爱都已封冻。方菲虽然没有停步，但她的脚步却越来越沉重凝滞。

这就是刚才走出来的那个岩洞么？方菲很有些怀疑，但是现在她已别无选择，现在她已找不到出去的路，找到了她也不会退缩，她只是凭着感觉向前走。

黑暗似乎没有尽头，方菲走了好久好久，仍然像在原地里徘徊。但是她始终没有停下脚步。

突然，黑暗中响起了一个声音：

"回头吧，不要因为一个虚幻的传说浪费了金子般的青春年华！"

方菲吓了一跳，她四下看看，四下除了黑暗还是黑暗，什么也看不到。方菲以为是幻听，但那个声音再一次响了起来："回头吧，所谓'爱情石'在这个世界上根本不存在，就像所谓的爱情！"

"不！"方菲虽然不知那个声音是什么人发出的，但她的回答却很确切坚定。

"为什么？为什么一定要找到那样一块石头？"

方菲沉默半晌，这才说出了自己的心里话："因为我相信爱情！因为我需要爱……我是在单亲家庭长大的孩子，我希望找到完整真诚长久的爱，我要给自己给自己的孩子一个完整的爱完整的家……"

黑暗中沉默着。方菲与黑暗和沉默对峙着。

黑暗和沉默中，时间又似乎过去了好久，然后洞内渐渐有了一些亮意和暖意，同时那个声音再次响了起来："现在你可以重新选择——返回去，只要走几步你就可以走出洞窟，回到你从前的生活；向前走，你要经历很多艰难和危险，浪费很多时光，甚至是一生的时间你都未必能找到'爱情石'，甚至爱情有可能会弃你而去……何去何从，你可要考虑好了！"

沉默片刻，方菲平静地说了句："谢谢你的提醒，不管结果如何，我都不会放弃寻找'爱情石'，不管爱情会不会背叛我，我永远都不会背叛爱情！"

说完这句话，方菲义无反顾地向前走去。

岩洞异常难行，一会儿要攀上陡峭的崖壁才能继续前行，时而又要涉过湍急的地下河。方菲有几次几乎支撑不住了，她停留歇息过，但她依然没有退缩一步。

终于走到了终点——前边已经没有了路。方菲不相信会是这样的结果，尽管现在只剩下了她一个人，她还是像和林白桦在一起一样，用手在洞壁上仔细摸索着，希望能找一个新的洞口。

仔细找过一遍之后，什么也没有发现。尽管很失望，但方菲并没有放弃，她又开始了第二次寻找。

然后是第三次。

当方菲第六次用目光和双手寻找之时，她终于有了收获。

不过她并没有找到一个新的洞口，而是听到了有人说话的声音。

这回说话的不是别人，正是林白桦。

"你很美，就像这庐山一样美！"

这是林白桦曾经不止一次对方菲说过的话，方菲一阵激动，幸福得眼泪马上就要流淌下来，不是有些哽咽，她早已叫了出来，哭了出来，笑了出来。

爱
情
石

但是方菲一句话都还没有来得及说，甚至眼泪都还没有完全流淌下来，她就听到了一个女孩儿的声音：

"真的么？我真幸福！我要你再说一遍！"

这句话本应该发自方菲之口，但事实上方菲的嘴只是大张着，却没有发出任何声音。

女孩儿的话音刚落，林白桦的声音又已响起："我爱你，一生一世，永远不会变！在我眼里，你永远是最美丽最动人的女人！"

方菲终于确定——说话的女孩不是自己！

"林白桦！"方菲流着泪，终于喊出了这三个字。

随着方菲的这声喊，她面前的洞壁上立刻现出了一个有些模糊暧昧有些似是而非的洞口。方菲不顾一切地一下子撞了进去。

这个洞里比较亮，还有些色彩，似乎就是方菲刚才与伙伴们走散的那个洞，又似乎不是，林白桦和女孩的声音就应该是从这里传出去的，可是现在方菲一个人也看不到。

"林白桦，你出来?"方菲边呼唤边寻找，她怀疑林白桦是躲起来了。

不料随着她的喊声，那边真的有人影一闪不见了。方菲赶紧追了过去。

那个人影在云雾中时隐时现。方菲跑了一阵，便丢失了那人的踪迹。

方菲在雾气中寻找着。突然，雾气消散了，一个人清晰地出现在了不远的前边。方菲下意识地躲在一块石笋后，然后悄悄抬头望去。

10

方菲看到的那个男人不是别人，正是林白桦，她张嘴刚要叫，却又急忙捂住了嘴。

她觉得林白桦十分反常，一副鬼鬼祟祟的样子，于是她决定先不惊动他，看看他到底要干什么。林白桦对身后的方菲毫无察觉，他径直走出了岩洞的一边。方菲尾随林白桦走了过去。

走了不远竟然又出了岩洞。

一出岩洞，眼前豁然开朗，时间已是清晨。方菲一看，原来自己正在秀峰之上。林白桦走去的方向，正有一个女孩一身白衣亭亭玉立正站在当初方菲和林白桦相遇的那块石崖上，背对着这边似在观赏庐山美景，轻雾薄云在她身边飘来绕去，让她的身影和山峰一起时隐时现，仿佛是天上的仙女一般。

啊，方菲很快认出——她就是刚才在溶洞里舞蹈的那个似曾相识的白衣仙女。

不仅是林白桦，那一刻连方菲都看呆了。

几声清脆的鸟啼让方菲有些醒悟，她正自猜想林白桦为什么要到这里来，那个仙女一样女孩，又跟他有着怎样的关系，前边的林白桦却已采来一束野花，深情款款地向着女孩儿走过去。

方菲终于忍不住了，她刚要冲上去质问林白桦，不料身后突然伸来一只手拉住了她的手。

方菲吓了一跳，回头却见身后不知何时多了一个年青帅气又很有贵族气质的优雅男子。她惊讶地问他是谁，那个男子微笑着回答："我是谁并不重要，重要的是你爱着的那个男孩抛弃了你！"

"你胡说，他不是那样的人！"这个时候方菲突然认出，这个男子竟然酷似彭鹏。

"呵呵，你明明看到了一切，可就是不想承认也不愿承认你看到的这一切……"

"不要说了，我不想听！"方菲痛苦喊叫着捂住了耳朵。

可是优雅男子的话还是清清楚楚传进了她的耳朵："抛掉幻想吧，爱情本来就是一种虚无飘渺的东西，就像这庐山的云雾一样，看得到，摸不着，更难以留住——你再看看，刚刚还和你亲密无间山盟海誓的爱人，现在已和另一个女孩说着同样的话……"

方菲本来不想看，她更不敢看，可是优雅男子的话就像带有魔力的手一般，牵引着她的目光不由自主回头望过去。

那边，林白桦正揽着那个女孩儿的腰，一边欣赏如诗美景，边说着绵绵情话，方菲甚至能听到林白桦和女孩说的正是和自己说过的那些话……方菲实在忍无可忍了，她想冲上去当面拆穿林白桦的虚伪和欺骗，她想马上转身逃开，再也不要见到林白桦……正当方菲自己想到底该怎么做时，优雅男子的声音又在她耳边响起来：

"跟我来，跟我来!"

说着方菲的手又被牵住了。就在这一刻，方菲也被浓稠的云雾包围了。

方菲被那人牵着手，在浓雾中迷茫地走着，穿行着，毫无脚踏实地之感，似乎漂浮在半空中，似乎自己也轻飘飘成了云雾的一部分。

方菲很害怕，很恍惚，她紧紧抓住优雅男人的手，紧紧地闭上了眼。终于，方菲感觉自己的脚踩到了坚实的地面。睁开眼，她发现自己已经置身于庐山美庐区的 座别墅的凉台上。

她四下打量，见这别墅风格独特，气势不凡，豪华中透着典雅尊贵，院里游泳池旁还停有几辆豪华轿车。抬头望去，匡庐美景尽收入眼底。

"这是……"

优雅男子很平淡地说："庐山上的别墅有九座是我家的，这座别墅是我自己的"

豪华的别墅，迷人的美景，都没叫方菲的心情好起来，她心里乱糟糟的，不知自己要做什么该怎么做。这时优雅男人端来一杯飘香的咖啡说："尝尝，这是刚从巴西空运回来的，真正的山多斯!"

方菲接过来，喝了一口，没有品出香味，只是觉得特别苦，她的眼前总是闪现着林白桦和那个女孩亲昵的身影。优雅男人肯定看出了方菲的心思，说声请跟我来，便拉着方菲走进了一个大房间，房间的一面墙壁上是一幅栩栩如生的动感电子画，画中正是云雾中的庐山，还有林白桦和那个女孩的身影。

"这，这是监控还是……录像？"方菲非常惊讶又很不解。

"不，这只是一幅画——一幅电子画。"

"什么是画？电子画？"

"对，这上面的景物，还有画上的人都是虚构出来的。"

方菲越发惊讶得说不出话来，看看画再看看优雅男子，方菲禁不住问了句："你说的是真的么？你是彭鹏么？"

优雅男子微笑不置可否。

方菲的目光充满怀疑，优雅男子也没有再解释什么，只是从旁边桌子上拿起一个摇控器递给方菲："画其实是你臆想出来的，你也可以把它删除掉，你试试！"

方菲看看优雅男人，再看看画，画中林白桦还在搂着女孩面对美景说着说不完的情话，虽然看不到他们的脸，但方菲想象得出他们甜蜜陶醉的样子。一时间她妒火中烧，下意识地按了一下摇控器。

画面真的有一条消失了，再按一下，画面又消失了一条，方菲无法自控地一下一下按下摇控器。

画面在一条条消失不见，很快，就到了林白桦身边，但是这时方菲的手指却停在了摇控器按键上不动了。

"按吧，继续，只要你手指再轻轻按一下，那两个人就永远消失了，你的烦恼也就随之烟消云散，那个虚拟人和他虚拟的爱情就再也不会令你伤心郁闷了……然后我们可以在一起，我会给你更真切的爱，我会让你快乐、幸福，直到永远……"

方菲扭头看了优雅男人一眼，手动了动，虽说没有真的按下去，却猛然把方菲吓一大跳，她一下子把摇控丢到了地上。

"怎么了？你是不是不想删除那个人？"优雅男人有些意外，又似乎没有太大意外。

方菲的心猛然一颤，这一刻她突然明白了自己到底是怎么想的了。

方菲跨前一步，使劲用两脚把摇控器踩碎了。

优雅男人平静了看着她。

这时方菲也已经平静地很多，更平和了许多，不等优雅男人开口问，她先开了口："我明白了，我并不想让他消失，既然爱他，就应该希望他幸福快乐，即使他欺骗了我，但我对他的爱是真诚的，我可以怨他，恨他，但不能不成爱便成仇——我曾经爱过他，即使他是个虚拟的人，但我的最真实存在过，所以我不会后悔，我祝愿他找到自己的爱情和幸福！"说完，方菲又深深看了一眼林白桦，然后转身向外走去。

"等一等！"

后边有人叫了一声，方菲心中又是一颤，情不自禁地停住了脚步。

然后方菲慢慢地向后转身，这一刻，她的心脏猛然狂跳起来，呼吸却停止了一般——那个酷似彭鹏的优雅男人不见了，出现在她身后的不是别人，正是林白桦。

她呆呆地看着林白桦，却说不出一句话。

林白桦依然站在那幅电子画中，只是此刻他已转过身来，面对着方菲。

林白桦也没有说话，他只是凝望着方菲，两眼中满是真挚的情和爱。

方菲几乎不相信那双眼睛流淌出的情感会是虚伪似的。但是那个白衣女孩仍然站在他的身边。

"她是谁？"尽管方菲觉得自己不该问，但她却没有管住自己的嘴。

"你说谁？"林白桦一副不解的样子，还左右看了看。

方菲被他的虚伪所激怒了，她再一次想要转身离去，可是就在这个时候，那个白衣女孩儿突然转过身来。

方菲大吃一惊目击者瞪口呆——那个女孩儿不是别人，竟然就是方菲自己。

就在方菲惊诧不已之时，她感觉自己忽然飘了起来，并很快和另一个自己合二为一。

再一看，方菲发现自己正站在秀峰上，身边林白桦正向自己献上一束刚采来的山花。

方菲愣愣地望着林白桦，喃喃问道："我……我们一直在这里？"

"当然，我们一直在这里看庐山，庐山也一直在看我们！"

这一刻方菲突然明白了——如果刚才删除了林白桦和那个女孩，就等于删除了林白桦和她自己——也就等于删除了他们的爱情。

一念之差，险些断送了自己的爱情命运！暗叫一声好险，方菲伏在林白桦怀里，再也不想离开一步。

可是就在这时，她想起了艾艾她们，还有彭鹏、石岩和美美她们，这么想着的时候，他们发现自己原来还在那个五彩斑斓的巨大溶洞中。

"艾艾，彭鹏，石岩，美美！"两人呼喊起来。

11

此时的艾艾也正急切寻找着方菲他们。

和艾艾在一起的是彭鹏。

现在他们两个被困在一个山洞中，只是他们不知是怎么迷的路怎么离开的同伴们怎么来到这里的。他们也不知该向哪里去，因为山洞分了岔，他们面对的是三个洞口。其实三个洞口还不是什么太大的问题，选择艰难，但他们还可以选择，现在最大的问题是，艾艾一定要进第一个洞口，彭鹏则坚持要进第三个洞口，他们选择的洞口不同，但理由是一样的——艾艾看到方菲走进了左数第一个洞口，而彭鹏则看到方菲走进的是左数第三个洞口。

他们都急于找到方菲，所以都不肯让步，而各走个的，艾艾不敢，彭鹏也有些胆怯。

因为那两个洞太黑了，似乎比他们现在置身的这个山洞更黑暗，一只电筒的光亮显得过分微弱。

争执了半天，谁也无法说服对方，艾艾终于撒蛮了，她大骂彭鹏不是男人，一点也不懂得尊重女士，彭鹏这一路老受她的气，现在找不到方菲很着急，加上现在方菲不在跟前，他再也不能忍受艾艾对自己的肆意欺侮了。

彭鹏开始反抗了。但是彭鹏并没有开口。

艾艾越骂越有气，越气越骂，骂着骂着忍不住要踢那小子几脚，可扭头一看艾艾立刻住了口——不知什么时候彭鹏已经不见了。

"彭鹏，彭鹏躲去哪里了，你给我出来！"艾艾边叫边照去，可照了几圈根本没有彭鹏的身影。艾艾有些慌了，她一边四下乱照，一边不住大喊大叫：

"彭鹏，彭鹏，你躲哪去了，你出来，快出来啊……"

可是喊了半天，根本就没有任何回应。

艾艾真的害怕了，而且是从未有过的害怕，她从不知道自己原来是这样胆小，她几乎没有过度就变了声腔央求起来："彭鹏，快出来，我害怕，好害怕，求你了快出来吧……"

依然没有回应。艾艾哭了起来，边哭边说害怕，哭着叫着一失手电掉到了地上，一下子熄灭了。

艾艾立刻停止了哭泣，因为她已经陷落于无边无底的黑暗之中，她连哭叫的胆量都没有了。艾艾就地蹲了下来，紧紧捂住嘴，身体不住哆嗦着。

她听到了什么动静，鬼鬼祟祟的似乎正向她靠近。她吓得连呼吸都找不到了。

身后，感觉中那个什么东西已经越来越近，艾艾似乎看到那是一个毛绒绒的鬼怪，甚至可能是一个丑陋恐怖的骷髅……她吓得要死，她不敢抬头，不敢逃跑，甚至不敢动一动，只是蹲在那里浑身乱颤，牙齿乱响，她真想让自己马上昏过去，可到此时她的耐受力又意外地强劲，她使劲想昏却总也昏不过去……

艾艾感觉身后那东西已快挨到自己身子了，她似乎能够清楚地看到它那张恐怖的脸，还有那双毛绒绒的爪子。

然后艾艾感觉那只爪子已经搭到了她的背上，凉凉的，痒痒的。

艾艾这次当真要昏过去了。

就在这时，她听到了一声人类的呼唤："艾艾，艾艾……"

呼唤有些隐约，但艾艾还是听出那是彭鹏的呼唤。尽管她不相信那真的是彭鹏在呼唤。但是艾艾还是用尽所有的勇气拼命喊出一句："彭鹏!"

"艾艾，艾艾……"随着这声很近很清晰的呼唤，左数第三个洞口中出现了亮光，并随之跑出一个人来。

毫无疑问这个人就是彭鹏。

"艾艾你在哪里啊？"彭鹏叫着手电光已在急切中发现了抱头蹲在地上的艾艾，他几步冲上去，一把将艾艾抱到了怀里，连声问："你没事吧？你没事吧……"

艾艾什么也没说，什么也说不出，她只是紧紧扑在彭鹏怀里，两手死死把着他的身体，仍然颤栗不止。

"对不起，对不起……"彭鹏不住对这个吓坏的女孩重复着三个字。

哆嗦够了，艾艾突然推开搂着自己的彭鹏，凶恶地质问："你跑哪去了？"

彭鹏惭愧地说："刚才见你凶神恶煞似的，我就悄悄进了那个洞，要自己去找菲菲，可是走着走着我意识到把你丢在这里很危险很不人道，我赶忙往回赶，幸好没出什么事，否则我一辈子会对不起菲菲……"

"呸，说来说去还是为了菲菲，难道我是她的附属物？难道我不是人？难道我不是美女？"

鹏吱唔着说："你当然也是人，也不算丑，可，可你怎么能跟菲菲相提并论呢？"

艾艾更恼火了："什么？我不能和菲菲相提并论？我哪点比她差？你说，我哪点比她差？"

彭鹏见她这么凶，也恼了，指着她大喊大叫起来："你长得比菲菲差，身材比菲菲差，模样比菲菲差，人品比菲菲差，连，连你的牙都没有菲菲整齐，你说你哪点不比菲菲差……"

艾艾给他气死了，她咬着牙说不出话，只是眼里喷火瞪着彭鹏。

手电的余光中，彭鹏看不清楚艾艾的真切神态，还以为她让自己说得体无完肤无地自容了，他更加来了劲头："你说你一个女孩子，却一点也没有女孩子的矜持温柔，整天跟个凶神恶煞老妖婆一般，你自己却还自以为是，以为自己有多少人追求，我敢预言，你如果不改改毛病，继续为所欲为，这辈子你找不到要你的人，下辈子也更难说……"

啪！一个响亮的耳光终结了彭鹏的话语权，彭鹏惨叫一声，捂着半边脸僵在了那里。

艾艾逼近一步，彭鹏边后退边气急败坏地抗议一句："你，你怎么打人，你，还下这么黑的手……"

"哼哼哼……"艾艾突然笑了起来，但笑的却很阴险，跟她平素的风格大不相同。

彭鹏被她笑得心里发毛身上发冷，他结结巴巴地问"你，你笑什么呢？"

"我要杀了你！"

"什么，杀？杀杀、杀谁？"彭鹏吓得差点跳了起来。

艾艾咬着牙，一字一顿重复一遍："我、要、杀、了、你！"

"杀我，凭什么？"彭鹏很不服气。

"因为你侮辱了我！"

"什么，侮辱了你……"彭鹏思索一下，又吓得差点跳起来，"艾艾你可别血口喷人，我彭鹏说不上是君子，但也绝不是小人，我的眼里只有菲菲一个人，我对你正眼都没瞧过，更没有想过，怎么说我侮辱你……"

"你侮辱了我的人格，无赖！"艾艾说着已经张牙舞抓扑了上去。

彭鹏见艾艾一副复仇女神的样子，吓得本能地掉头就跑，并且就近钻进了一个洞口。

艾艾在后紧追不放。

洞内凹凸不平左弯右拐，彭鹏慌不择路间，一跤跌了出去。他边痛叫着边赶紧挣扎起来，跑着还不忘回头警告一句："小心呀！"

话音未落，艾艾已经痛叫一声也摔倒下去。彭鹏回头要扶，可回身跑两步他又紧急刹住脚，只是伸着手惧怕又关切地问："没，没事吧？"

艾艾趴在地上，痛苦地向彭鹏伸着手，断断续续地说："疼，疼死我了，快，快来把我……拉起来……"

彭鹏向前一步，可马上又停住，心有余悸地问："真，真的起不来了？不会吧，艾艾你一直很坚强，起来抓我吧，我就在你身边，你起来就能抓到我……"

面对彭鹏的循循诱导下，艾艾应该很快站起来，但是她不但没有起来，反而趴在那里一动不动了。

彭鹏害怕了，他不由自主地蹲下去，急切地呼唤起来："艾艾，艾艾你说话呀……"

在彭鹏焦急的呼唤下，艾艾的手动了动，她想抬头，却抬不起头来，只好颤抖无力地向彭鹏伸出了一只手，"我，我快不行了……"

彭鹏急了，他奋不顾身地抓住了艾艾的手，想把她扶起来。但是当他的手刚刚抓到艾艾的手时，他就知道上当了，可是，已经太晚了，他想撤出手来逃跑，但他的手已经让艾艾的手死死抓住了。

几乎就在同时，艾艾已经抓着他站了起来，同时得意洋洋大声质问："跑啊，你跑啊？孙猴子再蹦达，也逃不出我如来佛的手心！"

彭鹏悔恨交加："你，你太阴损了……咳，都怪我心太软，好男不跟女斗，何况是你这样的女人，我认栽，要打你就打吧！"

艾艾问："你不怕死了？"

彭鹏垂头丧气地说："落到你手里，怕又有什么用？"

艾艾抬起手，没有打下去，却问了一句："在你心目中，我真有那么一无是处么？"

彭鹏想想，无奈地说："对不起，我真想不出你有什么好的地方……"

艾艾咬咬唇，突然放下了手，另一只手也放下了彭鹏的手，低低说句："你走吧。"

彭鹏不相信般晃晃手，说声我走了，见艾艾没有反应，他便转身走去，可是刚走了两步他就又停住了脚回头又问一句："我可真走了！"

"走吧，快走，我再也不想看到你——永远！"艾艾突然失控地叫起来。

彭鹏只好默默转身，可是很快他又转过身来，怯怯地问："我走了，你怎么办？"

"不用你管，我死我活都跟你无关，去找你的菲菲吧！"

彭鹏不动了。

"去，快去呀，再不去我就打死你！"艾艾歇斯底里起来。

彭鹏仍然不动。

"走，快走，不走，不走我就撞死在你面前！"艾艾已经声嘶力竭了。

彭鹏害怕了，他慌忙说我走我走，说着把手电筒放到地上，"手电你留下，我走了，"说完他便向黑暗的岩洞深处走去。

艾艾没动，可是就在彭鹏的脚步即将消失在岩洞深处之时，她竟然狂叫一声："等等我！"随后拾起手电追了过去。

但是追了半天艾艾猛然停住了脚，她觉得早已应该追上彭鹏了，却一直没有追上，而且彭鹏的脚步声已经不知什么时候听不到了。

"彭鹏，彭鹏，彭鹏！"艾艾四下叫着，可山洞里只有她自己的回声，根本就没有彭鹏的回应。

躲起来了？不可能啊，岩洞中的套洞并不大，艾艾刚才一路跑过来，并没有发现可以藏匿之地。难道彭鹏真的这么快就跑远了？这种可能更小一些，艾艾不断地大声呼叫，她希望还像刚才那样，彭鹏会在她的呼唤声中回到她身边。可是叫了半晌，却并没有等来彭鹏的再次出现。

彭鹏好像一下子蒸发掉了。

好在艾艾手中现在有一只手电。

她没有再胡乱叫喊，也没有再哭，她决定一个人向下走，因为在这六个人之中，她本来就是单独的一个人。

走着，走着，艾艾渐渐忘了害怕，但她却越来越不安，脚步也越来越迟缓。

终于，艾艾停下了脚步，她决定回去寻找彭鹏——不过这次不是因为害怕，而是因为她走了，彭鹏也只剩下一个人。

艾艾转身向回走，边走边呼唤彭鹏，只是这次艾艾的声音既没有恐惧也没有气极败坏，而是从未有过的温柔——温柔得甚至有些慈祥。

"彭鹏，彭鹏，我回来找你了，刚才你没有丢下我，现在我也不能丢下你，这就叫一报还一报吧——别藏了，快出来吧，出来咱们一起去找菲菲！"

就这么说着走着，走着说着。突然艾艾停住了脚——她觉得她走得太长了，走来时山洞没有这么长。

肯定没有。

手电向前照照，套洞仍然不见尽头，拐过一个弯前边又是一个弯。艾艾走向拐弯处再看，前边仍然有个拐弯，就像她刚才拐过的那些弯一样。

就在这时，艾艾听到一种奇怪的声音。

12

"救我，救我……"

艾艾很快听清了，那声音是有人在呼救，同时她也已听出那是彭鹏在呼救，只是那呼救声很微弱，既像在耳边，又像在十分遥远的地方。

"彭鹏，你在哪儿？你在哪儿啊？"艾艾急切起来。

"我在这儿啊，快救我艾艾，我宁愿被你打死，也不想死在这个鬼地方……"

"彭鹏，我不会再打你了，你放心，现在告诉我你到底在哪里？"艾艾说着又用手电四下寻找，她感觉彭鹏就在自己身边。

"我不知这是哪里，这里太黑了，我什么都看不到啊……"

"你听得清我说什么吗？"

"听得清，很近，像在我身边，可我就是看不到你……"

艾艾用手电仔细四下照着，希望彭鹏能够看到，但彭鹏还是看不到一丝光明。

"艾艾，告诉我，我是不是已经失明了？"

"怎么会呢，不会的，你就是看不到……"艾艾不知怎么安慰他。

"那我就是到地狱了，我死了……"彭鹏说着哭了起来，边哭边喃喃道，"我再也见不到菲菲了，我再也见不到菲菲了……"

"哎，你呀，真是个傻子！别哭了，有我在，你死不了的，啊！乖乖的！"

在艾艾的安慰下，彭鹏终于像个孩子般止住了哭泣。

"没事了，没事了，哎，来我问你，菲菲那天背着我们跟你说了什么？"艾艾不知怎么突然问起了这件事。

"她说她爱的是林白桦，劝我不要跟她来找"爱情石"了，我……"

艾艾突然觉得这个彭鹏原来很可爱，很令她敬佩——尽管几乎没有可能追到菲菲，可他还是这么执着地追求着，就像他说的那样，菲菲的婚礼一天没有举办，他就一天不会放弃希望。

只要彭鹏还活着，不管他在哪里，她都要救他出来——这瞬间艾艾做出了这个决定。

"彭鹏你别急，你肯定没有死，更没有在地狱，你就在离我很近的地方，虽然我们看不到，但我们可以说话，能说话，我们就都不会害怕！"

在艾艾不断的安慰下，彭鹏平静下来，他不好意思地说："其实我不是怕死，就是怕再也见不到菲菲……"

艾艾说："一定能见到的，一定的——我保证！"

"我突然觉得你也不是一无事处，就像现在，我觉得你也有些可爱了……"

听了彭鹏的表扬，艾艾没忍住笑了起来："彭鹏，这话是你说的么？这是我听你说的最好听的一句话——你不会已经神智不清说胡话了吧？"

彭鹏也不好意思了："别骄傲啊，我只是说你有点可爱——你想早点嫁出去，那还是任重道远，要再接再厉啊！"

不知不觉中手电渐暗，然后完全熄灭了，可是艾艾没有在意地放了下来，继续和彭鹏说着话——这么说着话，手电熄灭她竟然没有感觉到黑暗。

两个人说着笑着，一时间忘了害怕，也忘了黑暗，甚至忘掉了时间。不知过了多久，不知说了多久，倚在洞壁坐着的艾艾忽然觉得有些异样——坚硬冰冷的洞壁，竟然温暖柔和起来！

回头，艾艾万分惊讶地发现，自己倚着的不知何时已经不是洞壁，而竟然是一个人的后背——虽然看到的只是那个人的后背，艾艾还是一眼就认出，他是彭鹏！

艾艾的一声惊呼也让彭鹏感觉到了异样，他下意识地一回头，也看到了艾艾，他也惊呼一声，把自己和艾艾都吓了一跳。

片刻的惊愕之后，两个人惊喜交加地拥抱在了一起，一边互相捶打一边尖叫狂笑。

突然，两个人停止了打闹，因为他们突然发现眼前亮了起来。

扭头望去，正有阳光倾泻在身边，两个人赶忙站起，只走了两步就出了洞——原来他们正站在洞口边上。

两个人又拥在一起叫起来跳起来，然后两个人又坐在一起，互相依偎着看着庐山美景，说起了庐山。说起庐山两个人都是滔滔不绝，条条是道，两个人越说越觉对方多才多艺有品位，起说越觉自己平时看错了身边这个人。

夕阳西下，云海滔滔，两个人才想起该回了。可是这时艾艾突然问了句："我们的家在哪里？"

这句话一下子把彭鹏问愣了，他挠挠头，想了半天反问道："我们怎么到了这里？"

艾艾不再说话，彭鹏也不再说话，两个人开始冥思苦想他们到底是从哪里来的。

想着的时候，天就黑了，庐山的夏夜有些凉意，两个无家可归的人只能彼此倚靠在一起取暖和安慰。

夜很黑，像他们的记忆。

"啊……我想起来了！"艾艾的一声欢呼，让天边现出了晨羲。

我也想起来了，彭鹏也欢呼一声。

"我们来这里寻找"爱情石"！"彭鹏指指脚下。

两个人拥抱在一起跳起来欢呼起来。在两个年轻人的欢呼声中，一轮红日冲破云海，光芒鲜亮地喷薄而出。

"对，我们是来寻找"爱情石"的！我们是和菲菲一起寻找爱情石！"

两个人同时说出了这句话后，他们就听到了菲菲的呼唤。

13

回头一看，菲菲和林白桦就站在他们身后，而他们所有人其实都一直都没有真正离开过那个巨大的溶洞。

艾艾扑过去和方菲拥抱在一起。

彭鹏和林白桦看着两个女孩，也学着他们的样子挺别扭地拥抱了一下。

激动过后，艾艾忙不迭问："这到底是怎么回事儿啊，我们明明在洞里走散了，却不知怎么就到了洞外，可是现在不知道怎么又回到了洞里……"

方菲想想说道：“我想起来了，那本书里说啊，这个洞分好几个洞，其中有一个洞就叫迷情洞！”

“迷情洞？”

“对，说凡是有真情的人进了这个洞，就会为情所困，被爱所迷，生出许多想象出来——刚才我们经历的那一切，其实都是幻象！”

“啊，太神奇了，就跟真的一样一样的耶！”艾艾又叫起来，可是很快她又不解了。“可是我没情没爱的，怎么也被困住了……哦，我知道了，肯定是受你们连累了！”

艾艾说着逐个看看大家，又摸摸自己，十分怀疑地说：“那我们现在是不是还在幻象里啊！”

林白桦说：“应该不会，因为我们刚才就是在这里迷失的！”

艾艾忍不住拉住彭鹏的手对方菲他们说：“你们猜，我们刚才遇到了什么？”

彭鹏也随着说：“对，你们猜，我们的幻象是什么？”

注意到了这对冤家的反常表现，林白桦和方菲互相看着，又奇怪地望着艾艾彭鹏两个人，方菲开口问：“你们——怎么回事？”

“什么怎么回事？”艾艾浑然不觉。

方菲没再说什么，彭鹏却突然觉出了什么，他突然烫着一般猛然甩掉艾艾的手，有些慌乱地对方菲说：“不，不，不是我，是她抓我的手，不是我抓她的手……”

艾艾气恼地说：“抓你的手怎么了，刚才你不是还抱过我么？”

彭鹏更惶恐了，他一边摆手摇头一边对方菲解释：“不不，我没有——就是有也都是虚幻的，就像梦一样……”

艾艾却又抢着说：“就算是幻象就算是梦，可既然你还记得你抱过我，那就证明你心里这么想过，想这么做过——那又跟真做过有什么区别？”

大家没想到艾艾还能说出这样一句挺哲理的话，方菲说：“士别半日，刮目相看啊！”

林白桦说："艾艾真的有所感悟啊！"

更加着急的只有彭鹏，他急叫起来；"菲菲别听她的——她的话信不过……"

艾艾再次打断彭鹏的话，"你还说别人么？你敢说你没抱过我，摸过我亲过我——看着我的眼睛，说有没有？"

彭鹏大骇，他哭着脸咧着嘴："我只是抱过，什么时候摸过亲过……"说到这里他急忙捂住了嘴儿。

艾艾拍起手来："做贼三年，不打自招！"

林白桦趁火打劫："彭鹏刚说了什么我没听清，烦请再重复一遍！"

彭鹏的脸孔涨得紫红，他有些求助地看着方菲，方菲摇摇头，表情有些复杂，欲言又止。彭鹏突然绝望地大叫一声："抱就抱了，有什么了不起的！"

这一嗓子反叫艾艾和林白桦哑了下来。不过片刻沉寂之后，艾艾很快开口将了一军："有本事就再抱我一次！"

"抱就抱！"彭鹏说着回手就把艾艾抱住了！

洞内七彩奇光突然大炽，让四个人脸上都显得春光明媚神彩飞扬美丽异常。

艾艾的样子更是从未有过的小鸟依人，这一刻她真的像个乖巧温顺的女孩儿了。

彭鹏却又冷不防推开艾艾，对方菲说："你看，这都是她逼我的，我抱着她时想的也是你……"

艾艾一听，立时翻脸，失手就是一个清脆的小嘴巴，同时气极败坏地骂了句："你真 TM 让我恶心！"

方菲一看她真翻脸了，赶忙说："大家都别闹了，咱们得赶紧找到石岩美美，继续寻找爱情石！"

艾艾这才想起："对呀，时辰一过咱们就要在洞里饿成木乃伊了啊！"说着习惯地回手又要拉彭鹏，可彭鹏却捂着脸气哼哼躲到一边问方菲：

"怎么找？还是分开找么？"

林白桦摇摇头："我看还是一起行动吧，别呆会儿找到了他们又丢了你们！"

方菲点头："林白桦说得对，咱们现在一定要集体行动，不能随意乱跑了，走，先找到石岩他们俩！"

"可是洞这么大，哪里去找啊？找不到怎么办？洞门关合可是有时限的啊！"

艾艾的话给大家出了个难题，想了想，方菲说："无论如何，咱们都要赶在洞门关合之前找到美美他们！"

"我同意——哪怕放弃爱情石，也要先找到人！"

艾艾和彭鹏都点头同意方菲和林白桦的意见，不过艾艾还是嘟囔一句："不找'爱情石'，千辛万苦图个啥呀——往哪边走？"

"先往回走，他们是跟在咱们身后的！"

正象林白桦说的那样，当大家转过身去时，有两个人真的站在他们身后不远的地方。

这两个人正是石岩和美美。

"你们出现幻象了没有？都看到了什么？"一边继续向里走，艾艾凑到美美身边悄声问。

美美说："我们，我们……一直就在你们身后，看你们在那里坐着不动，就像睡着了一样，可又睁着眼睛……"

石岩说："你们刚才是怎么了？"

艾艾刚要回答，可他突然想起了方菲的话："难道你们是没有真情的人？"

艾艾的话让石岩和美美全都变了脸，一时不知怎么回答，方菲忙说："艾艾又胡说了，那些都是传说，怎么能当真呢？"

艾艾认真地说："可我们都有幻象出现了啊？"

方菲没再说什么，因为这时山洞已经开始幽暗下来，前边隐隐的又有一道门出现在他们面前。

说是门，其实没有门，只是大洞中出现一个较小的洞口而已。

这次不是幻象，几个人没有犹豫就走了进去。

小洞里黑糊糊的，只能靠手电照明，但手电光被沉重的黑暗压迫得很压抑。

这个小洞里和刚才的大洞风格迥异，这里不但没有光彩，而且洞顶和洞壁的石头犬牙交错狰狞突出，景象阴森恐怖，而且还有阴湿的瘴气阵阵袭来。

"来，瘴气有毒，大家捂住口鼻，跟着我！"林白桦拉着方菲，自己走到了前边。

"我，我也要到前边去！"彭鹏要学林白桦的样子。

可是彭鹏的手却被艾艾及时紧紧抓住了："别走，我怕！"

彭鹏挣了挣，没有挣开，也就没有再挣。

"大家小心……"林白桦听到了风声，他刚说出半句话，前边已经有什么东西飞了起来。

手电光疾照上去，同时几个人也惊呼起来。

那是一群巨大丑陋的蝙蝠，蝙蝠正从洞顶成群向他们袭来。

"快，用光罩住它们！"林白桦急叫道。

几只手电光一齐照耀在头顶处。蝙蝠们虽然被电光照住，但仍然在乱飞乱撞，有的还从他们头顶掉落下来。

几个女孩吓得惊呼连连，扑在男孩怀里，几个男孩则要一边保护他们一边和巨型蝙蝠搏斗，他们脱掉外衣扑打它们，在他们的顽强抵抗下，蝙蝠们留下了几具尸体和暗红的血迹四下逃散。

大家刚刚舒了一口气，向里走了不远，突然有谁又是一声惊叫："快看！"

大家定睛望去，只见一群小猪大小的丑陋动物又向他们冲了过来。

"啊，那，那是什么？"

"是，是老鼠——大老鼠……"彭鹏说着赶忙学起了猫叫。

不料这么一叫不但没起作用，大群硕鼠反倒更加凶狂地向他们冲了过来。彭鹏赶紧闭了嘴。

大家没有武器，只好仍用衣服抽打，可是老鼠们比蝙蝠难对付多了，它们如狼似虎冲上来，张着长有獠牙的尖嘴一副要吃人的样子。

"不行啊这样！"彭鹏一边扑打一边被艾艾拉着一边大叫。

石岩美美转向回撤，可身后的退路也已被硕鼠们堵住了。方菲和林白桦手拉手，战在最前面奋战群鼠，可是群鼠却越来越多，越战越凶，情势也越来越危急。

"怎么办？"方菲大叫。

"火，火，点火！"林白桦急中生智喊了一声。

石岩赶忙掏出打火机点燃了衣服，随后大家都把手中的衣服点燃了。

"快，冲过去！"林白桦大喊一声，挥着燃烧着的衣服带头冲向鼠群。

彭鹏紧随上去。

到这时也顾不得害怕，方菲艾艾还有石岩他们也追上去。硕鼠身上着了火，皮肉糊的气味和老鼠的惨嚎在洞中弥漫。

仗着火威，六个人终于冲过了吱吱乱叫四处奔逃的鼠群，总算闯过了这一关。

大家喘息着刚刚拐过一个弯，艾艾猛然又是一声惊叫："快看，有鬼呀！"

14

大家一看，果然见洞的尽头处站着一具骷髅，两眼射出了幽光。

就在大家惊愕的瞬间，骷髅眼中的幽光已越来越强烈。

艾艾吓得捂住了眼睛。

林白桦说："大家小心！"说着便慢慢向骷髅靠近。

后面的人也慢慢跟上去。鬼影不动，但幽光更炽。

"快，趴下向它的脚下爬——如果让它的鬼光照遍全身很快就会变成石头——书上说的！"方菲边拉倒林白桦边提醒同伴们。

大家赶紧随她趴下，向骷髅脚下爬过去。

这时，骷髅眼中的幽光更加强烈，跟在他们身后的两只硕鼠被幽光笼罩后很快变成石头。

"快，爬过去！"林白桦喊着拉扯着后边的人，直到大家全过去了他才最后跟上。

幽光追上了林白桦的一只脚。

"快啊！"前边的彭鹏紧急拉了林白桦一把。

终于，他们爬到了骷髅脚下幽光照不到的死角。

"怎么样，没事吧？"方菲急切地问。

林白桦揉着被幽光照射过的那只脚，又活动一下说："还好，幸亏你提醒得早，要不可就吃大亏了！"

渐渐地，骷髅眼中的幽光暗淡下去。他们抬头这才看清这个骷髅居然是石头的。

"洞已到底了吗？"艾艾问。

林白桦说："石骷髅左脚上是不是有个按钮……"

彭鹏伸手一摸，果然发现了按钮，他一按，石壁洞开，又现出一个洞来。

方菲说："书上说还要闯过一重石门方能找到'爱情洞'！"

说着他们走进了第二道门。

就着洞里迷茫的薄光，方菲他们眼前出现了一道两丈多宽的峡谷，峡谷下是冒着热气的滔滔浊浪。

"怎么办？"石岩有些傻眼。

林白桦紧皱双眉。

艾艾捅捅方菲："哎菲菲快想想，书上说是如何过的？"

方菲怨道："我还没看完书不是就丢了吗！"

"真是的，关键时刻掉链子！"

他们四下望望，这个洞洞顶洞壁平滑如镜，无处可攀。方菲突然叫道：

"看，那里有个铁环！"

大家仰头，果然看见头上的洞顶处有一个不起眼的铁环。

林白桦说："有了——你们谁带着绳子呢？"

石岩很快把绳子递了过来。林白桦接过绳子，仰头看看说："咱们得叠罗汉了！"

于是较胖的彭鹏蹲在最下边，石岩踩着彭鹏的肩蹲在他身上，林白桦正要上去，方菲过来拦住说："我来！"林白桦不肯，方菲说："我身体轻，下边的人压力能小些，再说也够得到了——来，帮我一把！"

林白桦没再拦阻，他帮着把绳子系在方菲腰上，说声小心，他已抱起方菲把她举上了石岩的肩。

彭鹏咬牙一挺身，总算把石岩方菲顶了起来，只是摇摇晃晃很叫人担心。艾艾和美美上前帮助彭鹏站稳，林白桦则在边上紧张关注着，准备接住万一掉下的方菲或石岩。

方菲忽忽悠悠的摸索着，颤颤的双手总算摸到了铁环上。她小心地拉起绳子的另一头系在了铁环上。

"好了，很好，慢慢下来吧！"林白桦在下边招呼着。可是方菲没有说话也没有下来，而是望望对岸，暗自运运气，然后咬牙闭眼，在林白桦他们的惊呼声中猛然向对岸荡去。

可是由于距离较远，铁环又偏在这一边，方菲又没有这方面的经验，所以只荡到三分之二处她便又荡了回来。

"菲菲快下来，太危险！"林白桦急叫。

"菲菲快下来！"艾艾和彭鹏他们也一起叫起来。

方菲不甘心，她一蹬崖壁又荡了过去。

可是这回距离更近。

方菲又一次荡过去。

大家只顾关注方菲，没有发现绳子已经被粗糙的铁环磨得开始破损了。

"菲菲，这样不行，先上来咱们再想办法！"林白桦想叫方菲下来自己上去。

方菲不应，继续顽强地荡过去。

"绳子要断……"随着艾艾的一声惊叫，绳子真的已经断开。

方菲猛然头朝下向着峡谷中沸腾的浊水坠落下去。

就在此时，水中已有一只丑陋的古鳄露出头来。

站在石崖边的彭鹏手疾眼快，一把抓住了绳子头，可是他也被带了下去。

"救命啊……"彭鹏大叫起来。

林白桦及时伸手抓住了彭鹏的两脚，自己也又险些被带下去。

后边艾艾抱住了林白桦，艾艾后面是石岩和美美。

方菲的头几乎碰到了水面，热气蒸腾，她的长发从古鳄的嘴边抚过，然后又荡到了一边。

"救命啊，救命啊……"方菲恐怖地大叫着，随着她的叫声，水面竟然升高了一些，古鳄张开狰狞的巨嘴，盯住方菲摇荡的头耐心地等待着。

"快啊，我们快把菲菲拉上来！"艾艾岔腔地大叫。

"快啊，我快抓不住了，快啊！"紧紧抓住绳子的彭鹏咬牙喊出了这句话。

"彭鹏坚持住啊，你是最棒的！"艾艾尖叫鼓励。

林白桦紧接着叫了声都抓牢了，便将全身之力都运到双臂之上，拼力向上拉彭鹏。可是因为是垂直向上拉，下面又是彭鹏和方菲两个人，林白桦所处的位置又难以用上全力，所以费了半天劲儿，却没有什么效果。

这时候，水面已经再次抬高了一些。就在方菲的头靠近古鳄之时，古鳄抓住时机猛然窜起老高，鳄嘴大大张开向着方菲头上咬去。

方菲尖叫起来。

千钧一发，彭鹏也是尖叫一声，两臂暴发出空前力量，就在古鳄的巨口将要咬合之时，方菲猛然被提上来一段。

古鳄的大嘴险险咬空了。

同时彭鹏的裤带也给挣开了，好在他也是倒着的，不会马上掉下去，而且这时候也没人顾得上笑话他。

"上来啊！"

上面的林白桦也猛然大喊一声，把彭鹏的身体硬生生拔上来一截。

这时候下边的浊水随跟着又涌了上来，古鳄又一次向方菲张开了大嘴。

"向后拉我！"林白桦又是一声大叫。

身后的三个人拼力向后拖着林白桦，林白桦的身子被向后拖去，下边的彭鹏痛得叫起来，因为他的身子硬生生被卡在石壁上往上拖的。疼痛之中彭鹏一松手，方菲径直又向古鳄口中坠去。

古鳄伸出大张的长嘴等待着

"快拉住！"林白桦大吼一声。

"啊……"彭鹏嚎叫着拼命猛拉。

就在古鳄闭嘴的那一瞬，方菲再一次鳄口脱险。

水面随跟着也升了上来。只是这次没等古鳄再张嘴，大家已经一鼓作气把彭鹏拉了上来。

方菲的脚也终于快到石崖边了。

一个小洞在她眼前一闪而过。

"等一等！"方菲喊一声。

林白桦叫："坚持住菲菲，很快就上来了！"

"不，放下一些！"方菲叫。

"菲菲你疯了么？"彭鹏艾艾气急败坏。

方菲也急叫："快放下来，石壁上有个小洞，让我看看洞里好像有些什么！"

好在现在彭鹏已经上去了，几个人一起小心地又把方菲放下去一些，直到方菲看到了那个小洞。

方菲的眼睛正对着石壁上的小洞，她发现小洞里边藏着一个按钮。

来不及多考虑，方菲就伸手按动了按钮。

随着按钮被按动，只听轰隆一声，两边的石壁开始合拢。

"啊……"大家惊叫起来。

滚烫的浊水掀起了大浪，迅速往上涨，那头古鳄眼看就要窜到岸上来了。

大家拼命往上拉。

石壁不断靠拢。

"快呀，快呀——菲菲坚持住！"

方菲的腿被拉了上来，可是她的头还是眼看就要被夹在石壁中了。

15

岩洞峡谷眼看就要合拢。

终于，在两岸石崖合在一起的千钧一发之际，方菲终于被拉了上来，刚上来她就被彭鹏和林白桦抱住了。

慢了半拍的艾艾跟随着也扑了过去，可是伸手觉得不对，低头一看她立时惊叫起来——她摸到了彭鹏只穿裤头的屁股！

随着艾艾的惊叫，大家都看到了彭鹏的裤子掉到了地上，彭鹏这时也发现了这一点，他赶忙放开方菲提起裤子，又羞又恼地埋怨："你你你为什么摸我，简直是性骚扰么？"

"摸你？骚扰？我还要抱你呢！"艾艾说着一把把彭鹏搂了过来，"彭鹏，好样的！"说着还情不自禁地在他脸上干干脆脆地亲了一下。

彭鹏没有挣脱逃避反倒还有些激动，他的两手也不禁去搂抱艾艾，结果一放手裤子又掉了。

"得了得了你先穿好裤子再说吧！"艾艾说着放开彭鹏，又扑上前抱住方菲的说，"菲菲，你可吓死我了！"

方菲心有余悸地说："别提了，我可是真的差点给吓死了！"

林白桦催促说："菲菲咱们还得赶快走，我估计这个峡谷过不多久还会裂开来！"

六个人又向里面走去。走了有十多米，拐了一个弯，猛然前面响起一声怪吼。大家抬头望去，只见前面出现了一个较大的洞窟，洞窟内一个形似恐龙的凶恶巨型怪兽正张牙舞爪向他们扑了过来。

双方相差太过悬殊，大家又是赤手空拳，所以只能躲闪避让，但是那个巨型怪兽实在太大了，相对来说山洞久显得比较狭小了，大家三逃两跑，很快就被巨型怪兽堵在了洞窟里，现在就连原路逃回的机会都没有了。

怪兽已经逼了过来，它的眼睛放着兽光。林白桦突然说："我把怪兽吸引住，菲菲你们快从来路逃出去！"说着冷不防跳过去，对着怪兽大叫一声，"来啊，你抓不到我，我不怕你！"说着便向一边跑去。

怪兽显然被激怒了，它大吼一声转身扑向林白桦。

"你们快走——丑八怪，快来拜见你彭爷爷！"彭鹏说着也奋不顾身地向怪兽扑过去。

石岩和美美惊慌地想找机会逃回来路方向，但是方菲、艾艾却毫不犹豫地追向怪兽，边追边大叫："死怪物，你真丑真恶心，你快一头撞死吧！"

怪兽大怒，它怪吼一声，扔了林白桦彭鹏他们，转头又向方菲她们扑来。太近了，她们根本来不及逃开。

"你快走！"方菲一把推开艾艾，几乎就在同时，她被怪兽一口叼住了。

"菲菲！"林白桦和彭鹏急叫着不顾一切地扑上来要救方菲。

可是已经来不及了，怪兽高高地把方菲叼起来就向石壁上撞去。

"菲菲……"林白桦嘶声叫着猛地向怪兽巨腿撞去，但是很明显，即使这样也已无回天之力了。

砰！

突然响起的枪声在岩洞里分外惊心动魄。随着枪声怪兽巨大的身躯猛然一颤，可是它并没有放开方菲。

随之响起了第二枪和第三枪。怪兽终于痛吼一声撒嘴甩脱了方菲。

方菲从高处疾速坠落。

好在有林白桦彭鹏和艾艾一起在下面接住了方菲。就在这时候，那怪兽负痛一头撞落洞顶一块石头，然后它身上淌着黑绿的血水，狂吼着乱撞乱跳，几次差点撞在方菲他们身上。

随着最后一枪，怪兽狂吼一声，一口墨绿的血液喷射到洞顶上，然后晃了两晃，这头巨大可怖的怪兽就轰然倒在了洞穴里面。

在岩洞骇人的颤动中，怪兽巨硕的尸体险些重重砸在方菲他们身上。

呆愣一刻惊魂稍定，大家这才顾得上向出口处望去——只见一个手持手枪精明强干的蒙面人站在那里。

"你是谁?"

蒙面人摘去了蒙面黑巾。

"啊，刘涛是你!"艾艾惊喜地欢叫着扑上去，把刘涛紧紧搂在怀里，又是激动又是骄傲地说，"我知道你会来的，一定会的，你没有辜负我的期望，你好可爱哦!"说着忍不住在刘涛脸颊上亲了一口。

大家互相望望，彭鹏眼里竟然现出了连他自己都不曾察觉的醋意。

"知道你就不会放心我一个人来么，快告诉我，你是怎么找来的，怎么不先打个电话，是不是要给我个意外惊喜……幸亏你来了，幸亏你有枪，不然——哎，你的枪哪来的……"

艾艾还没问完，就被刘涛从怀里推了出来。刘涛急切地说："时间紧急，赶紧打开那扇门吧，否则来不及了!"

"还有门啊? 在哪?"艾艾忙问。

"应该在里面不远，快走!"刘涛说着抢先过去向洞窟深处走去。

又拐过一个弯，前面又有两扇石门赫然出现大家面前，石门上有两个金光闪闪的大字:

"金库"。

刘涛又抢上前就去推门，可是用上了全身力气石门却未动丝毫。

"怎么还有个金库？我们不是找"爱情石"么，怎么找到"金库"来了？"艾艾转头问方菲。

方菲未及回答，刘涛又已经催促起来："快，这门还必须你和林白桦才能打开！"

林白桦拉着方菲就要上前推门，方菲却摇头说："书上确实说过有个"金库"，而且爱情石就藏在"金库"里，只是……"

"只是什么？"

"书里说这里面有金魔看守……"

"金魔怕什么，刚才那怪兽多厉害，不是让咱们摆平了，再说咱现在还有枪！"艾艾满不在乎。

方菲摇头："书上说这洞里最厉害的就是食人金魔，书上说它几乎是不可战胜的，我怕……"

艾艾打断方菲的话："得了吧，张口书上说闭口打不过，我看你是一朝遭蛇咬十年怕井绳，刚才那怪兽把你吓破胆了吧？"

方菲摇头："刚才是把我吓坏了，可我不会因为害怕就会放弃的……"

"那又是为了什么？"

"找"爱情石"是我提出来的，也是我坚持找到现在的，我很感激大家，说真的，没有你们我也可能走不到这里……但是，我现在突然想放弃了，因为我有些不好的预感，"爱情石"对我非常重要，但你们对我更重要！"

艾艾上前搂住方菲说："菲菲我明白你的心情了，可我们费尽周折，好容易找到这里，怎么也不能空手而回啊！你不用多想，我们来也是为了找到爱情石，又不只是为了跟你来，咱们快开门吧！"

方菲犹豫地望向林白桦，林白桦点点头："我们在一起，什么都不怕！"

"快点，晚了我们可能要被永远困在这里了！"

方菲这才下了决心，她和林白桦手拉手走上前，双手一起推到石门上。同时林白桦回头对大家说："你们退到那边，门开了我们先进去！"

林白桦话音未落，两扇石门已经慢慢分开，同时强烈的金光立时射出，照得人睁不开眼睛。

金库大门完全打开后，强烈的金光让大家全都不由自主闭上了眼睛。

稍稍适应了一下，大家睁眼一看，只见偌大个金库内是一座堆满金块儿的金山，整个石洞内都是金光灿烂金碧辉煌。

一时间大家都看得傻了眼。

"不对呀，怎么没有金魔——书上写的很清楚哇……"方菲对着金堆傻愣愣喃喃自语。

"你真傻了啊，没有金魔只有金子，这不是大好事吗——快走咱们进去吧！"艾艾说着拉着方菲就要往洞里跑。

但是石岩美美已经抢在前面跑了进去。

方菲他们正要进去，跟在最后的刘涛突然大喝一声："都别动，金子是我的！"

大家扭头一看，只见刘涛正用枪指着他们呢。

大家都很惊愕，而最惊愕意外的莫过于艾艾了。

"刘涛，你干什么？"

"我再说一遍，金子全是我的，你们谁都不许动，否则别怪我不客气！"

"刘涛，你疯了吗？"艾艾说着气呼呼跑过来要夺刘涛的枪。

"别动，再向前一步我就开枪！"

艾艾吓得咯噔站住了脚，她的两眼瞪得大大的，见鬼般瞪着刘涛："刘涛，你这是为什么？"

"为什么？哈哈，当然是为了金子！告诉你吧傻妞，开始我不知道什么"爱情石"还跟金子有关，否则我早就跟你们一起来了，我听说的虽然有点晚了，好在我追上了你们总算没有误事，在跟踪你们的时候我发现石岩美美有问题，就来了个螳螂捕蝉黄雀在后，现在证明我的选择非常正确！只是我没有想到金子会有这么多，我的运气真是好得不能再好了，哈哈哈哈……"

"原来、原来你不是为了我才来的……"艾艾泪都下来了，不过与其说是气愤伤心，不如说是太丢面子了。

"哈哈哈哈……说你傻你还真傻，我爱美女，但不会爱你一个，哪怕你再美，何况和女人比起来，我更爱金子啊，哈哈哈哈……"

"你、你——真没想到你是这样一个卑鄙无耻的小人！我、我……"艾艾气得真想夺过枪一枪把刘涛给毙了，可是面对刘涛的枪口她只能咬牙切齿。

"你们别惹我发火！我只想要金子，但如果有人想跟我作对，我也会杀人，不信就试试！"刘涛及时用枪制止了趁他和艾艾说话想来夺枪的林白桦和彭鹏。

"我们找我们的"爱情石"，你找你的金子，为什么一定要跟着我们?"彭鹏气愤而又不解。

"你也是傻瓜啊，不跟着你们，我能打开了这重重石门吗？不是为了开石门，刚才我也不一定要浪费那几颗子弹去救方菲——不过现在看来那些子弹没有白费啊，哈哈哈，哈哈哈……"

砰砰——两声枪响让刘涛的狂笑戛然而止。

16

枪响之后，倒下的不是刘涛，而是正在不顾一切往包里填金子的石岩和美美。

开枪的还是刘涛。

大家无比震惊。

"你、你杀人了?"艾艾像面对魔鬼般惊愕惊恐地瞪着刘涛，她怎么也不敢相信这个刘涛就是曾和她谈情说爱过的那个风度翩翩的刘涛。

"我说过，我会杀人的，为了金子我会的！"刘涛的眼睛都红了，

229

爱

情

石

"再说他们也是罪有应得，你们以为他们也是来找"爱情石"的吗？NO！其实他们是来找金子的，他们接近你们只是为了你们手中那半张图，因为另半张图就是他们偷走的！"

"啊？"大家面面相觑，都不敢或不愿相信刘涛的话。

"你、你胡说，如果像你说的那样，他们偷了图为什么还要回来找我们？"

"说你傻你还真是傻，他们不是非想找你们，他们本来找到了仙人洞，可是他们打不开门啊？必须是真心相爱的一对情侣才能打开这些石门啊，他们和我一样，都是为了金子，哪找真情去啊？我们的目的都是要利用你们……"说着他两眼闪着金光，急不可待地扑向了金山。

"啊，我是世界上最富有的人了，哈哈哈哈哈哈，什么比尔盖茨李嘉诚，我才是老大我是老大啊，哈哈哈哈哈……"刘涛扑在金堆上，两手捧着金子狂笑不止。

方菲他们不想功亏一篑，趁着刘涛注意力全在金子上时，他们溜进金库寻找起"爱情石"来。可是他们很快被刘涛发现了。

"金子是我的是我的，谁也不能跟我抢，要不我都打死你们！"刘涛说着摸枪，可他只顾金子，枪已失落到金子里了，刘涛惊恐地望望方菲他们四个人，突然抓起一块金子就往嘴里吞。

方菲他们都瞪大了眼。

刘涛吞下一块金子后，紧接着又抓起大把大把金子大口大口吞吃起来，边吃边含混说道："我的，都是我的，谁也抢不去，谁也抢不去……"

"刘涛——刘涛你在干什么？"艾艾忍不住叫了一声想跑过去拉开他。

"别过来！"刘涛忽地站起，面目扭曲狰狞地指着艾艾。

"你——"艾艾不禁停住了脚。

"别过来，这些金子全是我的，是我的，是我的！谁也不能给我抢走——不能不能不能！"怪腔狂叫着刘涛又狼吞虎咽地抓起金子吞食。

大家惊呆了。

"刘涛，我们不要金子，我们只要找"爱情石"，金子都是你的，你能拿多少拿多少，赶紧拿了出去吧，洞门快要关了!"方菲也叫起来。

"滚，你们都滚，少来骗我，这里根本没有什么"爱情石"，这里只有金子——金子是我的，谁也不能抢我金子不能……"

林白桦和彭鹏互相看看，扑过去想拉开刘涛，不料却被刘涛恶狠狠两拳打飞出去。

刘涛的力气大得邪乎。

方菲艾艾接住他们，只见林白桦和彭鹏的嘴角都淌出血来。

"刘涛，你——"艾艾怒视着刘涛刚说出半句就张着嘴瞪着眼见鬼般呆了。

刘涛此时已经眼睛血红血红，身体变异，头发倒竖并变成黄色，骨节一阵暴响。

刘涛又抓起两把金子咯咯有声地嚼着向他们走来。

方菲他们惊恐地向后退去。

刘涛走一步，长一寸，皮肤也开始发黄发硬变成金子一样的金属，头发金黄，金丝一样立起来，并且越走脚步越重。

"啊——"刘涛忽然张开已经变得很大的黄金嘴瘆人地怪吼一声，扑了上来。

大家吓得转身就跑。

忽然，刘涛抓起了躺在地下的石岩，把嘴像蛇一样张大，很快就把半死的石岩吞了进去。

那一刻大家再一次无比震惊地僵住了。

刘涛吞下了石岩，已完全变成了一个魔鬼。

"啊，明白了——原来这就是'金魔'——金库里本没有金魔，可贪心的人见了金子就会变成吞金食人的金魔……"!

"你个狗杂种，我跟你拼了!"艾艾忘了害怕，她怒喊着扑上去撕打金魔，却被金魔重重一拳打飞出去，"砰"地一声撞在洞壁上又摔了下来。

彭鹏赶忙上前抱起她，艾艾的头上和嘴里都淌出了鲜血。

"艾艾，艾艾……"彭鹏抱着奄奄一息的艾艾大喊大叫。

此时全身已成金子的巨大金魔已返回金堆捧起金子又往口中狂塞起来。

林白桦方菲过去和彭鹏一起搀着艾艾要走，可是金库的石门却在这时开始合拢了。

此时金魔也向他们扑了过来。

艾艾这时睁开了眼睛，她断续着说："别管我了，你们快跑……"

"别说傻话，坚持住艾艾，我们一起走！"

可是这时巨大的金魔已经追到近前。

洞门也已经合拢了一半。

"你们快走，我掩护！"林白桦说着扑向金魔。但是金魔一脚就把他踢飞了。

"白桦！"方菲厉叫一声扑向林白桦。

金魔又向彭鹏和艾艾抬起了金光灿灿巨脚。

他们无处可逃。

突然，彭鹏丢开艾艾，向金堆跑去，边跑边喊："我要抢金子了，我要抢金子了！"

这招非常见效，金魔立时丢开地上的艾艾，怪吼着回身向金堆跑来。

彭鹏捧起金子，看看金魔已到近前，他突然学着金魔的样子把金子塞进了嘴里。

"彭鹏你在干什么？"方菲和艾艾同时惊叫起来。

"你们快走，快呀，否则谁都走不了啦……"彭鹏顾不得抹抹嘴边的鲜血，只顾使劲往嘴里塞金子。

这时金魔又长大了许多，它吼叫着"我要吃金子，我要吃人！"吼叫着扑向彭鹏。

"我来了，我也要抢金子!"这时艾艾竟然挣扎着站了起来，摇摇晃晃扑向金堆。

"艾艾，你回来……"

方菲叫着要去追艾艾，这时金魔也闻声回身向艾艾扑来。"呵呵，金子真好吃，我要吃光吃光一点不给你留啊，哈哈哈哈!"彭鹏在那边又大叫起来。

金魔又回身扑向彭鹏。

这时方菲已丢下林白桦，扑到了艾艾身边，但还是晚了一步——艾艾也已吞下了一块金子!

"艾艾……"方菲痛心疾首地呼叫着。

"你们快走，我们掩护，否则我们变成金魔也会吃了你们，快呀!"艾艾说着一拳把方菲打飞出去。

这时金魔又向艾艾扑来，可是那边彭鹏也向金魔追了过来——这时的彭鹏也已变成了半个金魔。

"艾艾、彭鹏……"方菲痛叫着又要过去。

"快走啊，要不我们就白白牺牲了，求你们了!"彭鹏费力地说着，扑到了金魔身上和他撕打起来。

方菲哭着去搀扶林白桦。

这时石门眼看快要关合了。

林白桦被方菲搀了起来，两人没有逃走，而是要去救艾艾，可是这时艾艾身上脸上竟然也已经起了变异。

"艾艾、艾艾啊……"方菲林白桦痛叫着要往上扑。

艾艾边吃金子边变腔喊叫："我这叫以毒攻毒，你们快跑，否则我们待会就、就吃你们……别过来，你们千万别过来，否则我就撞死!"

听着艾艾痛苦的叫声，方菲林白桦只得站住了脚，含泪急切而又无奈地望着他。

这时彭鹏也已完全变成了金魔，两个金魔撕打在一起，方菲林白桦都已经分不清哪个是彭鹏哪个是刘涛了。

"彭鹏等我帮你来了!"这边的艾艾也在吞吃中不断长大、变化,她也像个金魔了!

"我来了!"艾艾转身向那两个金魔扑去。

可是这时两个已相差无几的金魔已经在互相撕打中互相吞食了。

"彭鹏、彭鹏……"艾艾的叫声已经不像是人类了。

很快,三个金魔撕打在一起。

三个金魔互相残忍地啃食着。

"菲菲我们走吧,我们走!"林白桦忍住悲痛拉住方菲要走。

"不,白桦,你走吧,我要留下来陪艾艾——是我害了她,我不该找什么爱情石……"

"不,不是你的错,石门就要关上了,再不走就真的没机会了!"

"你走吧,我不走!"

林白桦放开方菲的手:"好吧,你不走我也不走!"

方菲看看林白桦,突然拉起他向石门跑去,可是就在这个时候石门已经轰然一声合拢了。

方菲再次傻了眼。

这时只听几声吼叫,三个金魔摔倒在金堆上,哗啦啦摔成金块,再不能分辨出来。

洞里只剩下了方菲和林白桦两个人。两个人坐在一起,心中一片空白,那一刻他们甚至都忘记了为什么来到这里。

金光灿灿的金库里,却被巨大的悲伤所笼罩。

不知过了多久,两个人这才想起,他们是来找"爱情石"的。可是即使找到了"爱情石",他们这次行动也是太过得不偿失,因为他们失去的是最好的朋友。

但是最后,他们还是忍不住在这个叫金库的岩洞内寻找起来,他们不想坐在那里等死。

找了一遍一无所获。

再找一遍还是一块石头都没有找到。找了无数遍之后他们悲哀地发现——偌大的洞窟内只有金子，而没有一块纯粹的可以寄托爱情的石头！

无比的悲伤和无比的失望让满洞金子黯然失色。

17

现在方菲和林白桦正坐在一个很小很黑的漫长甬洞里。

方菲和林白桦在金库里不知过了多久，他们再次起来不甘心地寻找爱情石。爱情石还是没有找到，他们却意外地在金堆底下发现了一个小小洞口。于是他们钻进了小洞里——不管小洞通向何方，总比在这个满是金子的洞里等死要好。

不过在下洞时方菲崴了脚，只能让林白桦搀扶着走，所以他们走得很慢也很辛苦。

终于他们走不动了。

"你走吧，好么，去找到出口再来接我，好么？"倚在洞壁上，方菲一遍遍催促着林白桦，她觉得自己肯定出不去了，但她真的不希望林白桦陪着自己一起死，"你走吧，你走还可能活着出去，否则咱们都得死在这里的！"

林白桦不应。方菲开始求他。林白桦开口了，依然是那样平静，但他没有回答方菲的话，而是说出了这样一句："你知道对我来说，什么是最美好的事么？"

方菲不应，林白桦静静等着她。方菲终于还是忍不住问了出来："是什么？"

"就是和你一起活！"

方菲没有说话，好半晌——好半晌她才喃喃地说："我也是，我也是，我多想和你一起活在这个美好的世界上啊，一辈子不分开，我们要在这庐山上搭一座茅屋，每天一起欣赏这永远看不够的美景，我陪你画这永远画不完的庐山……我们还要生儿育女，我们……可是这洞太黑太长了，我走不出去了啊……"方菲激动得说不下去了，她终于不再抑制自己的感情，有些绝望地哭了起来。

林白桦抱住她，轻轻为她擦去泪，轻轻在她耳边说："你知道比和你一起活更美好的事是什么吗？"

"……"

"就是和你一起死！"

方菲身体轻轻一颤，然后她不再哭泣，也没有说话，只是更紧地靠在了这个爱人的怀里。

"能和你一起死在庐山上，我想这世上再没有比这更美好更浪漫的事情了！"

方菲仰起脸，望着眼前这张脸——虽然是在完全的黑暗之中，她仍然能看到这张脸，更看得到这一脸的阳光灿烂——因为这一脸阳光，这个黑暗的山洞不再恐怖不再阴冷，反倒让方菲感觉到了春天的气息。

她的身上突然有了力气，她的心里忽然生出勇气和希望，还有强烈的渴望——她不想死，她觉得能和爱人一起活着才是最美好的事情！她忍不住伸出手去，抚摸着林白桦的脸，轻轻说道：

"我们走，我们要出去，一定要走出去——我们一定能出去！"说着方菲已经挣扎着站了起来！

林白桦也站起来，洞太狭窄低矮，已经不容许再把方菲背起来，他就让她趴伏在自己后背上，抱紧自己。方菲没有拒绝，她紧紧贴在林白桦的背上，紧紧抱着他，她现在才知道，只要有爱，就有希望，只要有爱，任何地方都不会缺少阳光和温暖。

小洞越来越窄小低矮，窄小低矮得叫人透不过气来。直不起身来，林白桦已经是在前面爬了，而方菲也只能在后面抓着林白桦的脚跟着向前爬。因为空气更稀薄了，不动还有要窒息的感觉，所以每一步的距离都要消耗巨大的体能。

窄小黑暗的岩洞里回响着两人急促的呼吸声。

"休息一下……再走……"方菲支持不住了，但她知道林白桦比自己要累得多。

林白桦停下来，喘息一阵说："很快，很快就能出去的……出去、出去后，最、最先想做什么……"

方菲知道这是林白桦在鼓励自己，在给自己希望，她认真地说："新鲜的……空气灿烂的阳光，是最好最好的……财富……走出去，我要尽情呼吸、沐浴……"

"我也是，我们要在这庐山上，好好，好好的躺上一整天……"

"不行，不行，要三天，要好好躺上三，三整天……"

说着两个人都上气不接下气地笑了起来。

然后两个人互相鼓励着，又继续向前爬行。

很慢，但他和他一直在坚持，一直在前行着，一直没有放弃。

终于，他们的路到了尽头——不是到了出口，而是到了洞底。

这一次两个人都不再说话，他们只是靠在一起，互相感受着彼此的呼吸和心跳。他们想这样安详地睡去。

就这样不知过了多久，方菲眼前好像出现了一束细小的金色光柱。她以为是幻觉，但是林白桦也看到了。

"是什么？"方菲已经平静的心忽又疾跳起来。

"是……金光……"林白桦望望，淡淡道。

方菲泄了气："又是金子……"

方菲的话没说完，林白桦忽地坐起来叫道："这不是金光，是阳光、是阳光！"

方菲也一下子站了起来，她激动得伸出手去，急于要验证一下那束阳光是不是真的，但手到近前却又胆怯地不敢去碰触，她生怕那只是个一触即逝的梦。

林白桦一手抱着她，一手和她的手一同慢慢伸过去、伸过去。

两只手终于轻轻触到了那束光。光没有消失，而且真切地让两个人感受到了久违的暖和光，同时他们明显地感觉到了新鲜空气的气息。

"是阳光，是阳光！真的是阳光！"

两个人抱在一起，在那束细小的光柱下欢呼起来跳起来。那一刻他们感觉他们已经离开阳光一千年了。

激动兴奋过后，两个人这才发现那束光是从头顶照射下来的——仔细看去，岩洞的出口在他们头上约六米的高处，那段近乎垂直的高度对于筋疲力尽的两个人来说几乎是难比登天，何况方菲脚上还受了伤。

希望就在前边看得到的地方，但是他们似乎永远都难以走到了。

18

两个人望着，好久方菲问了句："我们能上去，是么？"

"当然，我们当然能，一定能！"林白桦说得从未有过的肯定。

但是这一次按照刚才的方法肯定是不行的，石壁垂直陡峭而又湿滑，一个人能否上去都很难说，更不要说是两个人。林白桦在努力想着办法，但是方菲却先开口了："你先上去，然后我再上！"

林白桦摇摇头："不行，这样，你踩着我的肩，先上去，然后我再上！"

方菲又摇摇头："那是根本不可能的，太高了，我的脚用不上力气……别耽误了，你先上去，然后我再想办法，耽搁下去我们就都没力气上去了！"

林白桦沉默一阵，同意了，不过他要方菲答应他，一定不要乱动，更不能放弃，一定要好好在这里等着他，他上去后，一定会想办法尽快让她出去的。方菲郑重答应了，林白桦紧紧拥抱亲吻了方菲之后，这才开始向上攀登。

但是好半天他刚刚爬上去一米高，就又掉了下来。

方菲蹲下去，叫林白桦踩着自己的肩膀上去，这样就能够到上面那个凹下去的小石窝了。林白桦再三不肯，方菲第一次冲他发火了："你怎么也婆婆妈妈的？什么时候了，再待会我们都没有力气了！"

林白桦一咬牙，狠狠心，终于踩到了方菲柔弱的肩膀上。

林白桦虽然不是什么彪形大汉，但高高的个子，身架就在那呢，若平时，方菲肯定支撑不起他的身体，何况她的一只脚还带着伤。但是现在她两手死死抵在光溜溜的洞壁上，竟然咬着牙慢慢把林白桦举了起来。

上面的林白桦知道方菲几乎完全是靠着内心的信念还有爱把自己举到这么高的，他真想跳下去，不管生死地和方菲在一起。但他不能那么做，他必须出去——只有他出去了，才能想办法把方菲救出去！

他忍住心疼，右脚狠心用力，左脚终于抬高到，刚好够到了那个浅浅的石窝窝。他的手也拼力抓住了洞壁上一块稍微突出一点的石头，一挺身把身子贴了上去。

林白桦的身子刚一离开肩头，方菲连叫一声的力气都没有就一下子贴到了石壁上，然后无声地委顿下去，直到最后瘫在了地上。

不知过了多久，方菲这才费力地抬起头来。此时上面投下来的那束阳光已经看不到了，估计是太阳偏过去了，只有上面那个狭小洞口还透着手掌大的光。洞里死寂一片，这一刻方菲突地恐惧起来，而比恐惧更可怕的是孤独——她觉得自己再也见不到外面的世界了，再也见不到林白桦了——她觉得林白桦离开她已经有一万年了。

唯一的安慰是，林白桦已经出去了，现在自己死在这里也值得了！方菲这样想着，她就觉得自己快要死了，但她又不甘心，她不想这样窝囊地死去，她要对这个世界说一句话：

"林白桦，我爱你，我爱你！"

方菲像个临刑的仁人志士一样高呼着，她打算把自己剩余的力气全都用在这上面。可是刚刚喊了两声，她就停住了——因为有一条绳子垂了下来。

这是一条用藤条柠成的绳子，很结实。

方菲抬头，上面一张脸正在对着下面呼喊着："菲菲，抓住了，我拉你上来！"

方菲一把抓住那根藤绳，但没有往上爬，却冲上面叫喊起来："这么久才想起我，我不上去了，我要死在这里面！"

林白桦吓坏了，他又叫又哄："菲菲，千万不要说傻话，你能上来，一定能上来，你只要抓牢绳子就好，我来拉你，听话，抓牢！"

方菲赌气地说："就不上去，你走吧，我死也不上去！"方菲本来不是这样人，可她现在却成了这样人，不知是不是受了艾艾传染。

上面半晌无语，抬头也找不见了林白桦的脸。方菲不禁害怕后悔起来，刚要对上面喊叫，林白桦又已经出现在了上面："菲菲你等着，我下去！"

"别别别千万别，我上去我上去！"见林白桦真的要下来，方菲不敢再撒娇，她抓牢绳子，对上面喊一声，"拉我！"

方菲终于被拉出了洞外。

她被林白桦抱在怀里，大口大口呼吸着新鲜空气，尽情享受着阳光的爱抚，这一刻她感到无比幸福！

"咱们进村找点吃的，好么？"

林白桦轻轻一句话，立刻叫方菲觉到了从未有过的饥饿！回头看看，身后就是庐山，而他们现在正在庐山脚下的一个小村外——小村有些眼熟。

一进村，就看见了那条古老的石板街，还有那间古朴的房屋，方菲和林白桦立时认出了这是什么地方。果然，再走近些，他们就看到了正坐在老屋门口沐浴阳光的那个老婆婆。

老婆婆也看到了方菲他们，她用微笑和他们打招呼。

"阿婆还认识我们么？"

老婆婆微微点头。

"阿婆我们好饿，能给我们些吃的么？"

老婆婆还是微微点点头，同时又伸出一只干枯的手。

两个人怔了怔，方菲很快领会了老婆婆的意图，她看看林白桦为难地说："我们，我们现在都没有钱啊……不不我有，想起来了……"说着她边向怀里掏边不好意思地对林白桦说，"我也偷偷拿了一小块……金子——就一小块儿……"

可是金子掏出来，方菲却愣住了，因为她手里捏着的根本不是一小块儿金子，而只是一块儿小石头。

"这、这这怎么回事，我明明拿的是块儿金子啊？"方菲万分不解地看看林白桦，又求助般地望向老婆婆。

老婆婆笑了，笑得很开心还有些天真，像个小孩子："这石头啊，山上山下多着呢，不值一个钱呦——我是要看看你找的石头哦！"

方菲又看看林白桦，惭愧地说："我们、我们找到了那个洞，那个洞里只有金子，没有石头……"

老婆婆忍不住又笑起来，笑得那么开心甚至有些幸灾乐祸了："那就对了，那个洞里只有金子，根本就没有"爱情石"啊！"

啊！方菲和林白桦都是非常意外又非常不解。

老婆婆笑着说："傻孩子，你们能一起从那个洞里走出来而没有变成金子，也没有被别人拐走，你们还需要找石头干什么——你们什么也不用找了，心中没有真爱，找到爱情石也只是找到一块石头而已——如果真有那样一块"爱情石"，那它一定就长在你们的心里呢，不用找，也丢不了！"

明白了，真爱就是"爱情石"——真爱胜过"爱情石"！

方菲和林白桦互相看看，若有所思，若有所悟。

"呵呵，看我老糊涂了，你们不是饿了么，我给你们做饭去！"老婆婆说着站起来，向屋里走去。

方菲看看手中的石头，石头放着金光，似乎又成了一块金子。但是方菲还是笑笑，把它轻轻抛出很远，很远。

然后方菲和林白桦在老屋前跳起了轻松快乐的舞蹈。

庐山在他们身边美丽着，庄稼在他们身边生长着，老屋在他们身边年青着，太阳在他们身边灿烂着……

19

"快起来快起来，有人来参拜你了！"

方菲被一阵吵嚷声唤醒，睁眼眼前却是黑糊糊一片。好在这时有人及时拿走了盖在她脸上的书，同时一张模糊的脸庞近得不能再近地出现在她眼前。虽然近得有些夸张变形，可方菲还是一眼认出她是谁。

啊，是艾艾。

"啊——艾艾你还活着？"方菲惊喜交加地叫着，忽地坐了起来。

艾艾瞪大了眼："啥？我还活着？我当然活着，我一朵花没开呢，你就盼我死啊？"

"你没有变成金魔、没有变成金子，太好了！太好了！"方菲喜极而泣。

"什么，变金魔？变金子，我？"艾艾疑惑不解地说着伸手去摸方菲的额头，"你是说胡话呢还是说梦话呢？"

一句话叫方菲这才有些清醒过来，她打量一下，确定自己是在庐山牯岭的一家宾馆里，昨夜她是看着那本捡来的书睡着的，只是她一时无法分清她所经历的那些情景到底是书中的情景还是她梦中的情景。

也许是把书里情节，做到梦里了吧！

"快起来吧，那个林白桦在门外等你呢，我看他对你是一见钟情了！"艾艾不容方菲细想，又在催促了。

"林白桦？"芳菲重复一句，方才想起梦幻中一直跟自己一起寻找"爱情石"的那个林白桦其实是昨天下午在秀峰刚刚认识的。

方菲收拾好出来后，林白桦果真等在外边呢——昨晚他们说好今天一起游庐山呢。

三个人在小饭店吃早餐的时候，邻桌一对情侣不知为什么吵了起来。方菲扭头一看差一点叫了出来——这两个人不正是梦中的石岩和美美么？

方菲正自己惊奇，那女孩儿已经跑了出去，而那个刚才还气呼呼的男孩马上呼唤着女孩的名字追了出去。

他叫的是美美！

"怎么了？快吃啊？看你今天怎么这么不对劲儿呢——是不是让谁

把魂儿勾走了?"艾艾说着故意瞟瞟林白桦。

林白桦立时红了脸,表情也不自然起来。

吃过了饭出来,只见一个老婆婆正坐在对面树下的藤椅上,悠闲而又认真地在一块白丝绸上一针一线绣着什么。

方菲认识她,就是梦中给她半张爱情洞路线图的那个老婆婆。方菲情不自禁地走过去,蹲下来,艾艾和林白桦也跟了过去。他们看出,老太太在白丝绸上绣的正是他们所置身的这座"庐山"。

见方菲那么专注地看自己,老婆婆微笑着点点头,却什么也没说,只是一针一线绣从容而又不停地绣着、绣着。

见方菲没有走的意思,艾艾忍不住又要催她了,不过这次还没等艾艾开口,那边先响起了叫卖声:

"爱情石,爱情石,庐山爱情石,有了庐山爱情石,有情人海枯石烂不变心,白头到老永相随……"

方菲回头,看到那边叫卖爱情石的小贩酷似梦里的刘涛。不过这时方菲已没了太多的惊讶。

告别了老婆婆,方菲他们又来到小贩面前。"爱情石"是一些精心磨制成心型、再用红线串起来的大小不等的庐山石。

方菲他们每人买了一块,走出几步,方菲回头随口问句:"如果我没猜错,你叫刘涛吧?"

小贩瞪大了眼睛:"哎,你怎么知道?你认识我?"

方菲点点头,又摇摇头,笑着走去,留给那个叫刘涛的小贩一脑袋庐山云雾。

林白桦上前正想把自己的爱情石送给方菲,艾艾又在后边叫起来:"菲菲,菲菲,你怎么知道那个人叫刘涛?"

方菲等艾艾追上来,咬着她的耳朵告诉她:"保密!"

艾艾捶她一下:"看出来了,你有事瞒着我,哼,不理你了!"

方菲不管她,跑几步去追林白桦了。

这时艾艾却又在后面叫起来:"哎菲菲,你的追求者来信息了,问你现在在哪里？告诉他吗？"

芳菲回头笑道："追我的人那么多，你不说是谁我怎么决定！"

"看把你美的，追你的都是追我追不到的二手货——别装糊涂了，就是那个傻乎乎的彭鹏啊？"

方菲笑得更灿烂了："随你吧！"

"随我？又不是追我的？"

"不追你怎么老给你打电话发信息？"方菲说着拉起林白桦悄悄说着什么就向前面走去。

"可不是，这个彭鹏是笨是傻还是糊涂啊……"艾艾很有些迷惑地回了信息，抬头却不见了方菲他们，眼前只有云雾包围而来，她大叫起来，"菲菲你在哪？敢甩我，你重色轻友，看我怎么惩罚你！"

"我没有甩你啊，我们都在庐山上啊！"飘渺的云雾中响起了方菲的回答。

"我连庐山都找不到了耶！"艾艾真有些着急了。

"不识庐山真面目，只缘身在此山中，要想看清庐山，先要找到自己啊……"

在清脆的笑声中，云雾如来时一样正在迅速消散，庐山正在半遮半掩的云雾中展现着美丽迷人而又神秘莫测的无限魅力——就像爱情一样。